DIE DUNKLE SCHLUCHT

WEITERE TITEL VON GREGG OLSEN

In Deutscher Sprache

Detective-Megan-Carpenter-Serie

Die dunkle Schlucht

Die einsame Bucht

Auf schmalem Grat

Am stillen Wasser

In Englischer Sprache

Detective Megan Carpenter Series

Snow Creek

Water's Edge

Silent Ridge

Stillwater Island

Port Gamble Chronicles

Beneath Her Skin

Dying to Be Her

GREGG OLSEN

DIE DUNKLE SCHLUCHT

Übersetzt von Susanne Döllner

bookouture

Die Originalausgabe erschien 2019 unter dem Titel
„Snow Creek“
bei Storyfire Ltd. trading as Bookouture.

Deutsche Erstausgabe herausgegeben von Bookouture, 2023
1. Auflage Januar 2023

Ein Imprint von Storyfire Ltd.
Carmelite House
50 Victoria Embankment
London EC4Y 0DZ

www.bookouture.com

ISBN: 978-1-83790-088-6
eBook ISBN: 978-1-83790-087-9

Für Claire Bord, die schmeichelte und bettelte, um das Beste aus mir herauszuholen.

PROLOG

Regina Torrance ließ sich durch nichts von ihrer täglichen Routine abbringen.

Ablenkungen durfte sie nicht zulassen.

Sich ablenken zu lassen hieße, alles aufs Spiel zu setzen.

Sie ging nach einem festen Schema vor, das so streng, so eisern verfolgt werden musste, dass selbst die kleinste Änderung sie für eine Woche ans Bett fesseln konnte. Regina lebte mit ihrer Frau Amy in einem schlecht isolierten Holzhaus mit Außendusche und Außentoilette in den Bergen oberhalb von Snow Creek. Vollständig autark. Sie bauten ihr eigenes Gemüse an. Legten Fallen für Eichhörnchen. Auch wenn sie nur ein Auge hatte, war Regina eine ausgezeichnete Schützin.

Tauben waren mager, aber lecker. Eichhörnchen schmeckten fettig und waren häufig zäh. Proteine bezogen sie vor allem aus Nüssen, Eiern und Ziegenkäse von ihren drei Anglo-Nubiern. Jede von ihnen hatte einen Namen, auch wenn sie sie niemals laut aussprach.

Als Regina das Haus betrat, lag Amy auf dem Sofa. Sie war schon seit einer ganzen Weile krank. Ihr langes braunes Haar schlängelte sich zu einem hübschen Zopf geflochten über das

Kissen wie eine Pazifik-Klapperschlange. Sie trug ein blaues Nachthemd mit einer weißen Bordüre. Beide waren sich einig, dass ihr diese Farbe am besten stand, weshalb sie es häufig trug. Sie lag still da, während sich ein vertrauter Dialog zwischen ihnen entspann.

»Hab dir Kaffee mitgebracht.«

»Der Ziegenbock hat ganz schön lange Beine.«

»Mir ist ein Glas Tomaten runtergefallen.«

»Verdammt! Ich fühl's in den Knochen, da kommt ein Wetterwechsel.«

»Man sieht's dir an.«

Regina legte eine Hand an Amys Wange und beugte sich für einen Kuss zu ihr herunter. Auch Amy war schlank, sehnig. Ihre Schultern standen wie Türknäufe heraus und ihre Beine waren von einem Netz aus Venen und Narben überzogen. In ihren Augen spiegelte sich ein Lichtstrahl, der durch eine Lücke zwischen den Vorhängen hereinfiel.

»Wunderschöner Morgen!«

»Stimmt! Ich mach mal einen Spaziergang. Es wäre so schön, wenn du mitkommen könntest.«

»Nächstes Mal, versprochen!«

Regina zog die Vorhänge resolut wieder zu und ging nach draußen.

Der Boden rund um die Scheune war aufgeweicht vom Regen der letzten Nacht, und die Wolken hingen so dicht über den Baumkronen, dass sie wie ein Zirkuszelt wirkten, das von Pfeilern aufrecht gehalten wurde. Regina fütterte die Tiere und folgte dann einem schmalen Pfad, der früher einmal eine Zufahrt gewesen war. Seit mindestens einem Jahrzehnt war kein Auto mehr bis zu dem baufälligem Heim der beiden Frauen vorgedrungen. Und das war gut so. Wer in den Bergen oberhalb von Snow Creek wohnte, wollte seine Ruhe haben. Schätzte die Abgeschiedenheit. Suchte die Einsamkeit, nicht die Gemeinschaft. Die Leute hier oben kümmerten sich um ihren eigenen Kram.

Als Regina und Amy sich damals ineinander verliebten, wollten sie einfach nur ihr Zusammensein genießen. Nicht ständig angestarrt werden, wenn sie Händchen hielten. Der LGBT-Bewegung schlossen sie sich nicht an, weil es ihnen um ihre ganz persönliche Liebe ging, nicht darum, Teil einer Gruppe Gleichgesinnter zu sein.

Snow Creek lag nicht weit von Seattle entfernt, aber man musste eine Fähre nehmen, um dahin zu gelangen. Und brauchte schon eine ziemlich genaue Wegbeschreibung, um von dort aus den Weg zu ihrem Haus zu finden. Das gefiel ihnen. Natürlich fuhren sie am Anfang noch häufig in die Stadt. Irgendwann hatten sie aber einfach kein Bedürfnis mehr nach ihrem alten Zuhause.

Schließlich entsagten sie dem Stadtleben ganz.

Das Jawort gaben sie sich unter einer riesigen Zeder, die letztendlich dem Hausbau weichen musste. Damals kamen ein paar Freunde sie noch besuchen, wenn auch nicht viele. Manche gaben ihnen Tipps für die Farmarbeit, andere wiesen darauf hin, dass sie die Stadt und alles, was Snow Creek zu bieten hatte, für feuchten Wald und einen sich dahinschlängelnden Bach aufgaben.

»Wir mögen den feuchten Wald«, erklärte Amy einem der Zweifler.

»Der Bach ist auch ganz nett«, fügte Regina hinzu.

Nach ein paar Jahren kamen keine Freunde mehr zu Besuch, aber die beiden Frauen störte das nicht. Vor allem Regina nicht. Sie war es gewesen, die damals vorgeschlagen hatte, irgendwo in der Wildnis komplett unabhängig zu leben. Amy hatte es für ein kleines Abenteuer gehalten. Etwas, das man mal eine Weile ausprobieren könnte.

Aus einer Weile wurde schließlich für immer.

Während Regina dem Pfad den Bach entlang und dann in

den Wald hinunter folgte, hörte sie etwas, das sie innehalten ließ. Es war ein vertrautes Geräusch, doch eines, das sie schon lange nicht mehr gehört hatte: Motorenlärm.

Zwei Autos.

Für Snow Creek kam das förmlich einem Verkehrschaos gleich. Und ging ihr ziemlich auf die Nerven.

Sie wandte den Kopf in Richtung der Geräusche. Irgendwo da oben hatte es früher einmal eine Holzfällerstraße gegeben. Ob Forstarbeiter die Gegend erkundeten, um ein weiteres Stück Grün aus dem Hang zu reißen?

Bitte nicht.

Sie stand ganz still, wie ein Reh im Scheinwerferlicht, während sie versuchte, das grüne Dickicht mit Blicken zu durchdringen. Der Wind frischte auf und fuhr durch die Zweige. Die Bewegung reichte allerdings nicht, um etwas zu erkennen. Regina trat ein paar Schritte näher.

Ein Streit.

Worüber reden sie?

Auch wenn sie die Worte nicht verstand, spürte sie Angst in sich aufwallen. Nichts Gutes. Irgendetwas Schlimmes ging da vor sich.

Worüber streiten sie?

Sie hörte eine Autotür zuschlagen, dann noch eine. Zweige knackten, und dann rollte etwas von der Straße, brach mit lautem Krachen durchs Unterholz und stürzte den Abhang hinab.

Eine Sekunde später schossen Flammen den tiefhängenden Wolken entgegen.

Adrenalin schoss durch Reginas schmalen Körper, durchzuckte sie wie ein Blitz und tanzte über ihre Knochen wie über ein makabres Xylofon. Unwillkürlich schlug sie die Hand vor den Mund, als müsse sie einen Schrei ersticken.

Sie dürfen nicht wissen, dass ich hier bin!

Regina schrie nie. Amy schon.

Der Feuerball wurde von einer Wolke aus schwarzem Qualm verschluckt, die sich bis über die Baumkronen in den Himmel schraubte. Schwer, ölig und furchteinflößend. Sie nahm ihr die Luft.

Ich muss von hier verschwinden. Was wird Amy dazu sagen? O Mann. Das glaubt sie mir garantiert nicht.

Als Regina sich in Bewegung setzte, hörte sie von der Holzfällerstraße eine Stimme rufen: »Da unten ist jemand.«

Eine andere antwortete: »Scheiße!«

»Ich hab eine Bewegung gesehen«, sagte die erste.

»Du spinnst doch. Das war ein Reh.«

»Nein, es war was Größeres.«

»Ein Bär. Ein Puma vielleicht.«

Regina rührte sich nicht. Sie trug ein dunkles Shirt und Kakihosen, die Hosenbeine über den dunkelblauen Crocs hochgerollt. Sie wusste nicht genau, warum, aber sie hatte schreckliche Angst.

Beweg dich nicht. Wenn du dich nicht bewegst, werden sie verschwinden. Verschwindet!

Ob die Tiere, die in ihre Fallen gerieten, sich genauso fühlten, wenn die Schlinge sich um ihre kleinen Beinchen festzog?

Sie holte tief Luft, fuhr herum und rannte, so schnell sie konnte. Warf keinen Blick zurück. Nicht einmal, als sie mit einem der Crocs an einer Wurzel hängenblieb und ihn verlor. Sie war das Kaninchen, das entkommen war – wenn sie auch immer noch nicht genau wusste, wovor sie eigentlich davonrannte. Diesen einen Atemzug hielt sie fest, vergaß völlig auszuatmen, bis sie beinahe in Ohnmacht fiel. Als sie endlich zu Hause war, merkte sie, dass ihr bloßer Fuß blutete. Sie hatte sich irgendwo geschnitten. Ihr Rücken war schweißüberströmt, das T-Shirt vom Hals bis zur Hüfte dunkel verfärbt. Auf der Veranda zog sie die Sachen aus, dann stellte sie sich unter die Außendusche. Das Wasser war kalt, prickelte auf ihrer Haut, vermischte sich mit den Tränen.

Sie hatte schon lange nicht mehr geweint.

Hatte nie einen Grund gehabt.

Plötzlich meinte sie, Amy rufen zu hören. Sie drehte den Duschkopf zur Seite, stellte das Wasser ab und angelte das steife, ausgeblichene Handtuch vom Haken. Während sie nach drinnen ging, wickelte sie sich darin ein. Dann warf sie einen Blick ins Wohnzimmer. Amy schlief noch. Sie mochte es nicht, geweckt zu werden. Und sie brauchte den Schlaf. Er würde ihr dabei helfen, wieder zu ihrem alten Ich zurückzufinden.

Regina würde ihr einfach morgen alles erzählen.

Und sie würde noch einmal zurückgehen und herausfinden, was auf dieser Straße passiert war, von der sie beide überzeugt gewesen waren, dass sie längst nicht mehr benutzt wurde.

Am folgenden Tag verhielt sich Regina trotz all der Aufregung, wie sie es nannte, genau wie an jedem anderen Tag. Keinerlei Abweichung. Sie prüfte das Feuer und legte noch einen Erlenscheit auf. Das Holz konnte die Flammen den ganzen Tag am Leben halten. Dann ging sie über den Hof und einen kleinen Hang hinab zur Außentoilette, um sich zu erleichtern. Später setzte sie auf dem Holzofen eine Kanne Kaffee auf. Zog sich an. Ging wieder nach draußen und fütterte die Tiere. Die Ziege musste gemolken werden, also erledigte sie auch das.

Anschließend erzählte sie Amy, was gestern passiert war, und schärfte ihr ein, im Haus zu bleiben.

»Ich kümmere mich darum. Denk nicht weiter drüber nach. Da draußen ist etwas Schlimmes passiert, aber nicht uns. Uns geht's gut. Wir sind okay. Mach dir keine Gedanken.«

Amy nickte.

Regina küsste sie und machte sich dann auf den Weg. Als sie sich der Stelle näherte, begann ihr Herz zu klopfen. Sie heftete den Blick auf den Boden in der Hoffnung, ihren zweiten Croc wiederzufinden, aber er war nirgends zu sehen.

Das ist mein letztes Paar. Vielleicht kann ich Amys alte anziehen. Lila ist hübsch.

Der Wald war still, und es war schwüler geworden. Das Wetter schlug tatsächlich um. Die Regenfälle des Frühjahrs wichen sommerlicher Hitze. Die Pflanzen in Reginas Garten hatten nun eine Chance. Die Wachstumsperiode im westlichen Washington State war recht kurz und ziemlich unberechenbar. Letztes Jahr hatten Regina und Amy eine Wagenladung reifer Tomaten ernten können. Im Jahr davor waren alle grün geblieben.

Sie bewegte sich nicht, lauschte. *Nichts.* Also machte sie sich an den Aufstieg zur Straße hinauf und suchte nach der Stelle, an der sie die beiden hatte streiten hören. Die Stelle, an der das Auto durchs Unterholz gebrochen und die Rauchsäule zwischen den Baumwipfeln aufgestiegen war.

Reifenspuren zogen sich durch den Schlamm und überall waren Fußabdrücke verteilt wie herabgefallenes Laub. Sie hielt kurz inne, um den Anblick zu verarbeiten, dann folgte sie ihnen zu der Stelle, an der das Fahrzeug liegen geblieben und in Flammen aufgegangen war. Spuren führten vom Rand der mit Schlaglöchern gespickten Straße hinab.

Während sie dastand und den Abhang hinabsah, spürte sie erneut Angst in sich aufsteigen.

Ein menschlicher Körper lag vom Feuer geschwärzt reglos im Gebüsch.

O nein. O Gott, nein. Das ist schrecklich. Jemand wird herkommen.

Die Entscheidung fiel in Sekundenschnelle. Regina legte sich einen Plan zurecht, der sicherstellen würde, dass niemand das ausgebrannte Wrack oder auch nur die Stelle finden konnte, an der es von der Straße abgekommen und dem Vergessen überlassen worden war. Es würde nicht einfach werden. Etwas zu verstecken war Schwerstarbeit – das wusste sie aus Erfahrung. Amy und sie wollten nicht, dass irgendjemand zu ihnen kam. Sie wollten einfach nur in Ruhe gelassen werden. Ihr Leben leben, ohne durch die aufdringliche Außenwelt gestört zu werden.

Wie stelle ich es am besten an? Wie kann ich dafür sorgen, dass wir sicher bleiben? Eindringlinge fernhalten?

Der Haufen aus Holzresten, den die Waldarbeiter zurückgelassen hatten, zog ihren Blick auf sich.

Auslöschen.

Sie zog einen skelettartigen Tannenzweig aus dem Haufen. Überflog die Szenerie noch ein letztes Mal, suchte nach Anzeichen dafür, dass hier jemand gewesen war. Dann ging sie vom Beginn der Reifenspuren aus rückwärts und fegte sie mit dem Tannenzweig weg. Methodisch. Mit Nachdruck. Es dauerte eine Weile, bis sie die Stelle am Straßenrand erreichte, an der der Pick-up abgestürzt war. Mit leisem Rascheln fuhr der Tannenzweig über den Boden, hin und her, löschte alle Spuren aus. Wie Sandpapier. Wie ein Putzlappen. Ein Zauberstab.

Schließlich hielt sie inne und begutachtete ihr Werk. Nicht perfekt, aber damit konnte sie leben. Schließlich war nichts in der Natur perfekt.

Regina fuhr sich mit dem Arm über die verschwitzte Stirn, warf noch einen letzten Blick zurück und machte sich dann auf den Heimweg. Ging weiterhin rückwärts und verdeckte ihre eigenen Spuren mit heruntergefallenen Zweigen und altem Laub.

Nach etwa hundert Metern drehte sie sich um und folgte dem Pfad Richtung Haus. Nun würde alles gut werden.

Und das wurde es auch.

In dieser Nacht kehrte Amy in ihr gemeinsames Bett zurück.

»Ich habe mir solche Sorgen gemacht.«

»Ich mir auch.«

»Werden wir zurechtkommen, Regina?«

»Ja, Liebes.«

»Niemand wird mich holen kommen?«

»Niemals.«

»Bist du sicher, dass sie nicht zurückkommen?«

»Nein. Aber ich habe einen Plan. Zumindest glaube ich das. Dafür muss ich etwas erledigen: Ich muss die Leiche beseitigen, ein für alle Mal.«

»Zu gefährlich.«

»Nicht jetzt, Amy. Später. Ich lasse etwas Zeit verstreichen. Warte, bis ich sicher sein kann, dass sie nicht zurückkommen. Dass niemand nach ihm sucht.«

Amy kuschelte sich an Reginas Brüste, und Regina strich über ihren langen, glänzenden Zopf. Dann zog sie die ausgeblichene blaue Daunendecke bis zum Kinn hoch. In diesem Moment schien alles perfekt zu sein. Als wäre nie etwas Schlimmes geschehen. Oder könnte auch nur geschehen. Sie waren gesund und in Sicherheit. Reginas Hände wanderten nach unten, liebkosten federleicht und zärtlich den Körper ihrer Frau.

Sie atmete Amys süßen Duft ein.

»Ich liebe dich, Amy. Bleib bei mir.«

Sie küsste sie sanft.

»Du bist mein Ein und Alles, ich werde dich immer lieben.«

»Ich liebe dich, Regina.«

»Für immer und ewig.«

EINS

Ich weiß, die Flüssigkeit am Boden des Bechers ist nur ein Rest Tomatensuppe vom hastigen Mittagessen gestern. Ich weiß, dass es so ist. Ich *weiß,* wie Blut aussieht. Trotzdem spielt mir mein Verstand Streiche. Es ist wie ein Tick. Einer von vielen, die ich nicht loswerde. In meinem Leben habe ich schon so viel Blut gesehen. Während der Arbeit natürlich. Während ich an meinem Schreibtisch im Jefferson County Sheriff's Office sitze und die prachtvollen Olympic Mountains sich auf Postern an der Wand hinter mir auftürmen, denke ich an all die Dinge, die mich an Blut erinnern. Das Fingerfarbenbild eines Kindes, das stolz ins Fenster seines Klassenraums gehängt wurde. Der rote Lippenstift am Kragen von Sheriffs gestärktem weißem Hemd. Die Saftexplosion aus heruntergefallenen, zertretenen Kirschen auf dem Gehsteig vor meiner Wohnung in Port Townsend im Bundesstaat Washington.

Manchmal wünschte ich, ich wäre farbenblind.

Oder irgendwo aufgewachsen, wo Rot keine besondere Bedeutung hat. Harmlos ist. Einfach nur irgendeine Farbe. Wie das Blau des Pazifiks oder das Grün der Tannen und Fichten, die die schneebedeckten Olympic Mountains bis zu den Hügeln vor der Stadt heruntertaumeln, bis zu den Wiesen im Tal.

Blut oxidiert und trocknet zu einem hübschen Rotbraun. Das ist gut. Bei getrocknetem Blut bleibt mir nicht die Luft weg. Nur bei frischem. Kirschfarbenem. Scharlachrotem.

Das Lämpchen an meinem Telefon blinkt.

Schon wieder Rot.

Ich gehe ran: »Detective Carpenter.«

»Meine Schwester ist verschwunden«, sagt eine Frau und hält inne, als müsse das Information genug sein, um meine Aufmerksamkeit einzufangen. Und das ist es auch. In letzter Zeit habe ich mich überwiegend mit Diebstählen beschäftigt, meist Einbrüchen, und mit einem vermissten Hund.

Ganz recht – einem Hund.

Die Frau klingt zögerlich. Es ist offensichtlich, dass sie all ihren Mut zusammengenommen hat, um anzurufen. Nicht, weil sie Angst hätte, diese Nummer zu wählen, sondern davor, was dabei herauskommen könnte.

Was ich herausfinden könnte.

»Erzählen Sie mir mehr, Ms ...?«

Ihre Worte purzeln geradezu durch den Hörer. »Turner. Ruth Turner. Von meiner Schwester Ida – Ida Wheaton – hat seit Wochen niemand in der Familie etwas gehört, seit einem Monat vielleicht. Das sieht ihr nicht ähnlich. Absolut nicht.«

Ich frage mich, wie nah Ruth ihrer Schwester stehen kann, wenn sie nicht mal sicher ist, wann jemand zuletzt von ihr gehört hat.

»Ich brauche Einzelheiten«, erkläre ich.

Ihr Zögern vibriert förmlich durch die Leitung. »Natürlich«, sagt sie schließlich. »Ich stehe draußen auf dem Parkplatz. Kann ich reinkommen und mit Ihnen reden?«

»Ich hole Sie am Empfang ab.«

Ich lege auf und starre mein Spiegelbild im inzwischen eiskalten Kaffee an. Mein dunkles Haar ist im Nacken kurzgeschnitten. Außer ein wenig Mascara und etwas Rouge trage ich kein Make-up. Die aktuelle Farbe meiner Lippen verdanke ich einem Labello, den ich vor allem wegen der steifen Brise trage, die vom Meer herüberweht. Ich weiß, ich könnte mich mehr herausputzen – aber das würde nur die Blicke von Männern anlocken. Und das will ich im Moment nicht. Wahrscheinlich werde ich das nie wollen. Als ich mich erhebe, stoße ich aus Versehen gegen den Schreibtisch und mein Spiegelbild ertrinkt in Dutzenden Miniaturwellen. Meine Mutter hat immer gesagt, ich sei wunderschön. Und auch wenn das sehr lange her ist und sie dabei nicht gerade objektiv war, bin ich sicherlich so manches. Vielleicht sogar das.

Während ich unterwegs zum Empfang bin, frage ich mich, warum sie vom Parkplatz aus angerufen hat. Wer tut denn so was? Warum ist sie nicht einfach reingekommen?

Ruth Turner steht unbeholfen am Empfangstresen. Sie ist schlank, hochgewachsen und schlaksig; beim Eintragen ins Besucherregister zieht sie die Schultern ein. Sie scheint nicht älter als Mitte fünfzig zu sein und trägt ihr langes grau-weißes Haar zu einem Dutt hochgesteckt, der mich an das Wespennest über meiner Garage erinnert. Über einer weißen Baumwollbluse trägt sie ein langes dunkles Kleid, ihre Schuhe sind glänzende schwarze Oxfords, von der Herfahrt etwas mitgenommen. Außer einem Anflug von Mascara trägt sie kein Make-up. Trotz des nüchternen Äußeren ist ihr Blick warm und gefühlvoll, als sie mich begrüßt. Sie strahlt Hoffnung und Sorge gleichermaßen aus.

Ich reiche ihr die Hand und fühle, wie die ihre trotz des behutsamen Griffs leicht zittert.

»Detective Carpenter«, sagt sie, während ihr Tränen in die Augen steigen, »vielen Dank, dass Sie sich die Zeit nehmen.«

Ich mag Tränen nicht. Weder meine eigenen noch die anderer Menschen. Deshalb schenke ich ihr ein beruhigendes Lächeln und ergreife die Initiative. Tränen können der Wahrheit im Weg stehen. Das weiß ich aus eigener Erfahrung.

»Kommen Sie mit nach hinten, Ms Turner. Schauen wir mal, was wir für Sie tun können.«

»Nennen Sie mich Ruth.«

Ich nicke und führe sie zu einem Raum, in dem wir normalerweise Kinder befragen. Die Ausstattung ist farbenfroh und an den Wänden hängen Poster mit freundlichen Motiven – springende Orcas und Leuchttürme bei Sonnenuntergang. Ganz anders als das beklemmende Befragungszimmer nebenan, in Weiß und Grau gehalten, in dem man sich automatisch eingeengt fühlt. Dafür ist es schließlich da.

Um es Verdächtigen unbequem zu machen.

Das wirkt wahre Wunder dabei, sich zu konzentrieren.

Weil sie so schnell wie möglich wieder raus wollen.

Kurz gesagt: Sie verraten uns alles, was wir wissen wollen.

Während ich Ruth gegenübersitze, präge ich mir jede Einzelheit ein. Ihre Körpersprache. Ob sie mir in die Augen sehen kann. Ihre kleinen Ticks – falls sie welche hat. Und tatsächlich: Während sie mir ihre Geschichte erzählt, zwinkert sie bei jedem Atemzug heftiger als nötig. Ob sie das tut, um noch ein paar Tränen extra herauszupressen, oder ob das einfach ihre Art ist, kann ich nicht sagen.

Sie erzählt, dass Ida Wheaton und ihr Mann Merritt in den Bergen oberhalb von Snow Creek leben.

Die Gegend hat einen gewissen Ruf.

»Abseits der Zivilisation?«, frage ich.

»Genau. Merritt wollte es so, und Ida hatte nichts dagegen. Wir kommen aus einem eher konservativen Umfeld. Sind in

Utah und Idaho aufgewachsen. Dad hat Merritt sorgfältig für Ida ausgewählt.«

Innerlich sträuben sich mir bei »sorgfältig ausgewählt« die Haare, aber ich lasse mir nichts anmerken.

»Am Telefon sagten Sie, Sie seien sich nicht sicher, wann irgendjemand zuletzt etwas von ihrer Schwester gehört hat. Trotzdem machen Sie sich Sorgen um ihre Sicherheit. Ist etwas passiert?«

Ruth wendet den Blick ab und zwinkert heftig. »Nein. Eigentlich nicht.«

»Eigentlich nicht«, wiederhole ich.

»Ich weiß auch nicht. Vielleicht. Als ich das letzte Mal mit ihr gesprochen habe, war sie irgendwie komisch.«

»Woran genau machen Sie das fest?«

Sie zögert kurz. »Sie äußerte sich respektlos über die Art, wie ihr Mann die Kinder züchtigte.«

Bis zu diesem Punkt war von Kindern keine Rede gewesen. Sie liest mir den Gedanken am Gesicht ab, bevor ich etwas sagen kann.

»Sarah ist fast siebzehn, Joshua neunzehn. Teenager sind immer etwas schwierig, egal, wie man sie erzieht. Sie brauchen eine strenge Hand, damit sie auf dem richtigen Weg bleiben.«

Ich frage, was sie unter einer »strengen Hand« versteht.

Plötzlich wirkt sie argwöhnisch. Sie schlingt die Arme fest um den Oberkörper. Eine Abwehrhaltung.

»Sie würden seine Methoden vermutlich nicht befürworten«, erklärt sie, »aber wo ich herkomme, Detective, haben sie uns stets gute Dienste erwiesen. Unsere Kinder lernen, dass Fehlverhalten Konsequenzen hat. Regeln bieten den Rahmen, den ein dem Herrn gewidmetes Leben braucht.«

»Welche Art von Züchtigung?«

»Das Übliche«, meint sie. »Eine Tracht Prügel, solange sie klein sind. So was. Das Vorenthalten von Rechten, wenn sie älter sind. Strafarbeiten.« Ruths Finger spielen nervös an ihrem Portemonnaie herum. Erst jetzt bemerke ich, dass sie gar keine Handtasche dabeihat. Während sie tief Luft holt und überlegt, was sie als Nächstes sagen soll, schweige ich bewusst und gebe ihr Zeit. »Wir sind Christen. Gute Menschen. Wir gehören nicht zu irgendeiner Sekte, die in einer eigenen Kommune lebt.«

»So habe ich die Frage auch nicht gemeint«, versichere ich, auch wenn das gelogen ist. »Ich habe nur an die Kinder gedacht. Wissen Sie, welche Schule sie besuchen? Das wäre wahrscheinlich der beste Startpunkt. Mit einem kurzen Anruf könnten wir abklären, ob alles in Ordnung ist.«

Sie sieht mir direkt in die Augen. »Es gibt keine Schule. Ida unterrichtet sie. Ihre Kinder, genau wie meine, und genau wie meine Schwester und ich früher, lernen zu Hause.«

Natürlich.

»Okay«, sage ich und erhebe mich, »ich fahre nach Snow Creek raus und sehe nach ihnen. Vielleicht klärt sich die Sache damit schon.«

»Ich komme mit.«

»Das ist keine gute Idee.«

»Sie würden das Haus alleine gar nicht finden. Ich war schon mal da. Vertrauen Sie mir – Sie brauchen mich da draußen.«

Ich vertraue niemandem.

»Ich kann mich prima nach GPS orientieren.«

»Das hilft Ihnen da oben gar nichts. Sie ist meine Schwester. Ich muss mitkommen.«

Ich gebe nach. »Na schön. Aber Sie bleiben im Auto, verstanden?«

Damit ist sie zufrieden.

Ich traue ihr trotzdem nicht.

Ich gebe dem Disponenten Bescheid, dass ich mich auf den

Weg zu einer Überprüfung des Wohlergehens von Anwohnern in Snow Creek mache, dann stecke ich den Kopf in Sheriff Grays Büro und bringe ihn auf den neuesten Stand. Er murmelt etwas, das wie Zustimmung klingt, während er weiter in sein Handyspiel vertieft ist.

Dann wirft er mir über den Brillenrand einen Blick zu. »Soll ich mitkommen?«

»Nicht nötig. Ich seh doch, wie beschäftigt du bist.«

Er grinst.

Auch wenn ich ihm das nie sagen würde – in gewisser Weise ist er für mich so was wie Familie. Ab und zu bin ich bei seiner Frau und ihm zum Essen eingeladen. An den Feiertagen tauschen wir nicht zu persönliche Geschenke aus. Süßigkeiten. Eine Windfahne. Ein Buch.

Kennengelernt habe ich ihn auf der Akademie. Er hielt ein Seminar zu den Feinheiten der Polizeiarbeit in Kleinstädten – inzwischen weiß ich, dass die gar nicht so fein ist. Die meisten Fälle, die hier auf meinem Tisch landen, drehen sich um häusliche Gewalt oder Diebstähle. Die Häuslichen sind einfach. Diebstähle werden fast nie aufgeklärt. Methamphetamin-Abhängige sind dreist, aber leider auch oft erfolgreich.

Vielleicht erinnerte mich Sheriff Gray damals an jemanden. Vielleicht lag es an der Art, wie er mit mir redete: Sein Interesse war nicht einstudiert, nicht sexueller Natur, sondern zeigte, dass er eine echte Verbindung zu mir suchte. Ich erzählte ihm das Eine oder Andere aus meiner Vergangenheit und dass ich so viel wie möglich aus meiner Vita gelöscht habe.

»Sie werden mich doch nicht verraten?«, hatte ich ihn damals gefragt.

Er hatte den Kopf geschüttelt. »Scheiße, nein. Jeder von uns rennt vor irgendwas oder irgendwem davon.«

Und das war's. Er fand ein paar Informationen über mich in der Polizeidatenbank und löschte sie. Und er versprach mir, dass nach meinem Abschluss ein Job bei ihm auf mich warten würde.

»Du bist genau die Richtige dafür«, sagte er an meinem ersten Tag. »Perfekt für den Job.«

Seine bloße Anwesenheit beweist mir täglich aufs Neue, dass auch aus schrecklichen Erfahrungen etwas Gutes entstehen kann.

ZWEI

Mein steinalter hellbrauner Ford Taurus riecht trotz geschlossener Fenster plötzlich nach Wintergrün. Ich lehne mich ein wenig zu Ruth hinüber und schnuppere. Der Geruch kommt tatsächlich von ihr. Er ist nicht direkt unangenehm, nur etwas ungewöhnlich. Sie kaut keinen Kaugummi. Isst auch nichts Süßes. Während wir aus der Stadt heraus und in die Berge hinter Snow Creek hinauffahren, bemerkt sie, dass ich an ihr rieche.

Nicht auf komische Art. Ich bin einfach neugierig.

»Deodorant«, erklärt sie. »Ich mache es selbst und benutze es, wenn ich unterwegs bin. Normalerweise trage ich keins. Ich hoffe, es ist nicht zu stark.«

»Nein. Es riecht ganz nett.«

Ich verrate ihr nicht, dass es mich an Raststättenurinale erinnert. Klar stellt sie ihr Deo selbst her. Seife sicher auch, wette ich. Schlachtet Schweine. Hat einen Webstuhl daheim. Ruth ist eine Pfadfinderin der modernen Welt, sie macht alles selbst. Sie war schon Etsy, lange bevor es das überhaupt gab.

»Halten Sie Ausschau nach einem weißen Pfosten. Kein Briefkasten drauf, nur der Pfosten«, weist sie mich an, während wir auf halber Höhe eine Kurve nehmen. »Er ist die erste Markierung.«

Der Straßenbelag wechselt von rissigem Asphalt zu festgefahrenem Schotter. Die Straße führt weiter aufwärts, vorbei an einer baufälligen Hütte, deren Dach von braunen und blauen Planen bedeckt ist. An einer weiteren, die offensichtlich ein ähnlich undichtes Dach hat. Hier im pazifischen Nordwesten regnet es häufig. Einige der Zugezogenen kommen mit der ständigen Feuchtigkeit, von leichtem Nieseln bis zu sintflutartigen Regenfällen, nicht klar.

Wir nennen sie Kalifornier.

Etwa 400 Meter weiter kommen wir an zwei Wohnwagen vorbei, die einfach aufeinandergestapelt wurden. Ich muss zweimal hinsehen. Ruth auch.

»So kommt man auch zu einem mehrstöckigen Haus«, meine ich.

Ruth, in all ihrer wintergrünen Pracht, lächelt. »Leute gibt's.«

Vor uns stakst ein junges Reh aus dem Wald. Ich trete vorsichtshalber auf die Bremse.

»Als wir noch Kinder waren, hat Ida mir mal ein Paar Hirschleder-Mokassins genäht. Inzwischen sind sie mir zu klein, aber ich habe sie immer noch. Unser Vater meinte immer, sie sei von uns zehn die beste Jägerin.«

»Zehn«, wiederhole ich. »Das ist eine Menge.«

Sie nickt. »Acht Jungs und zwei Mädchen. Momma hat es wirklich drauf angelegt. Wir Mädchen waren die Jüngsten. Sie meinte immer, sie wünschte, wir wären zuerst gekommen. Hätte ihr einiges erspart.«

Meine Mutter hat mir hundertmal gesagt, wie froh sie war, dass sie mich vor meinem Bruder Hayden bekommen hat: *Jetzt hab ich immer eine Babysitterin.*

Der Himmel wird dunkler und ein leichter Regen beginnt, auf die Windschutzscheibe zu prasseln. Ruth dirigiert mich einen weiteren Hang hinauf. Aus dem Schornstein des Hauses, an dem wir diesmal vorbeikommen, kräuselt sich Rauch.

»Wie weit noch?«, frage ich.

»Ich weiß nicht genau, wie viele Kilometer«, antwortet sie. »Noch etwa zwanzig Minuten.«

Ich werfe einen Blick auf mein Handy. Kein Netz. Kein GPS-Empfang.

»Sie hatten recht. Das Haus Ihrer Schwester hätte ich alleine wahrscheinlich nicht gefunden.«

Ruth starrt aus dem Beifahrerfenster, während uns das Grün der Tannen und Fichten einhüllt.

»So wollten Merritt und sie es. Die Welt draußen sollte sie nicht finden können. Sie wollten vor ihrem hässlichen Einfluss sicher sein.«

»Wie haben Sie sie eigentlich erreicht?«, frage ich. »Ich habe hier keinerlei Empfang, und ich schätze mal, an unserem Ziel ist es nicht besser. Im Umkreis von achtzig Kilometern gibt es nicht einen Funkturm.«

»Per Satellit«, antwortet sie. »Sie leben zwar abseits der Zivilisation, haben durch die Satellitenverbindung aber Internet und Telefon. Wir haben zu Hause eine ähnliche Ausrüstung.«

»Sie haben mich vom Parkplatz aus angerufen.«

»Ich habe mir das Handy einer Freundin ausgeliehen.«

»Oh«, mache ich. Ruth führt zwar ein Leben voller Regeln, aber sie scheint ihnen nicht immer ausnahmslos zu folgen.

»Gleich kommt die Einfahrt«, sagt sie unvermittelt.

Ich folge ihrem Blick.

Und sehe nichts als eine undurchdringliche grüne Wand.

»Welche Einfahrt?«

»Fahren Sie langsamer. Sie ist genau ... hier.«

Ich halte an. Da ist immer noch nichts, das wie eine Einfahrt aussieht.

»Dort«, sagt sie und zeigt darauf. »Sehen Sie diese beiden Douglasien?«

Das schon. Ihre tief hängenden Zweige streichen über den Schotter der Straße.

»Fahren Sie dazwischen durch.«

Zwischen was?, denke ich.

»Da ist kein Weg.«

»Doch, Detective, da ist einer. Sobald wir durch die Zweige durch sind, sehen Sie ihn.«

Ich bin froh, dass mein Auto so alt ist. Ich bin versucht, auszusteigen und sicherzugehen, dass es da wirklich durchpasst, aber es regnet, deshalb bleibe ich drinnen, wo es warm und trocken ist. Und sehr, sehr wintergrün.

Die Scheinwerfer machen kaum einen Unterschied, aber ich schalte sie trotzdem ein und fahre vorsichtig auf die beiden Bäume zu. Die Kühlerhaube kriecht langsam vorwärts und schiebt die Zweige beiseite. Ich komme mir vor, als würde ich durch eine Schwingtür fahren, die sich bereitwillig öffnet, um uns zu verschlingen. Einen Moment später sind wir durch. Die Zufahrt auf der anderen Seite ist kaum erkennbar, nicht viel mehr als ein Paar undeutliche Wagenspuren. Sie schlängeln sich an einem Bach entlang und enden auf einer Lichtung. Die überraschenderweise eingezäunt ist. Am Rand der Lichtung steht ein reizendes, geradezu malerisches Farmhaus. Es könnte direkt einem dieser Kalender mit weißgetünchten Bauernhäusern entsprungen sein. Denen mit dem fröhlichen bernsteinfarbenen Schein einer Kerosinlampe im Fenster.

Ich hatte eigentlich schon fast mit ein paar aneinandergehängten Wohnwagen gerechnet, an denen eine Rute lehnt, wie bei den Pilgervätern. Damit man die Kinder jederzeit sofort züchtigen kann, wenn sie nicht spuren. Das hier ist etwas ganz anderes. Hübsch. Richtiggehend idyllisch. Ob sie nun Weltuntergangs-Prepper sind oder nicht – die Wheatons haben es geschafft, sich hier eine eigene kleine Welt zu schaffen.

»Sie bleiben hier«, schärfe ich Ruth ein.

Sie nickt. »Sie holen mich, wenn Sie so weit sind. Sie lassen mich wissen, was Sie herausgefunden haben.«

»Ich kann Ihnen nichts versprechen. Warten Sie hier.«

Ich steige aus und höre eine Stimme.

»Mom? Dad? Seid ihr das?«

Eine junge Frau.

Dann eine zweite Stimme.

Ein junger Mann.

»Sarah, sei vorsichtig. Das sind sie nicht!«

DREI

»Ich bin Detective Carpenter«, sage ich, »vom Jefferson County Sheriff's Office. Ich bin hier, um sicherzugehen, dass es euch und euren Eltern gut geht.« Ich weise auf Ruth. »Eure Tante Ruth hat sich Sorgen um euch gemacht ... Ich will euch helfen ...«

»Sarah! Joshua! Ich bin 's!«, ruft Ruth aus dem Auto.

Sarah Wheaton ist richtig hübsch, wie die meisten jungen Leute. Ihre Haut ist blass und mit ein paar Sommersprossen gesprenkelt. Ihre blonden, nassen Haare reichen ihr in einem gedrehten Zopf bis zur Hüfte. Sie trägt Jeans und ein T-Shirt.

Joshua ist groß und schlaksig. Seine langen dunklen Haare trägt er sauber in der Mitte gescheitelt. Er hat ein kantiges Gesicht mit leichtem Bartschatten und stechendblaue Augen. Auch er trägt Jeans, dazu eine Jeansjacke über einem T-Shirt mit Miller-High-Life-Logo. Ich denke an die Zeit zurück, als ich selbst zu Hause unterrichtet wurde: Er und seine Schwester scheinen die aktuellen Modetrends ihrer Generation zu kennen. Sie wirken recht mustergültig. Aber normal. Nicht die Art mustergültig, die sie zu gruseligen Außenseitern machen würde.

»Tut mir leid«, sagt Joshua. »Ich glaube, wir sind einfach etwas eingeschüchtert. Wir wissen nicht, ob unseren Eltern etwas zugestoßen ist. Oder wer Sie sind.«

»Ich gehöre zu eurer Familie«, sagt Ruth, zögert kurz, mustert die beiden, dann eilt sie auf sie zu und umarmt sie. »Ich hab mir solche Sorgen um euch gemacht. Ihr seid so groß geworden! Ich erkenne euch kaum wieder.« Das schwache Lächeln des Wiedererkennens erstirbt auf ihren Lippen. »Ich mache mir wirklich Sorgen um eure Eltern. Es sieht eurer Mutter gar nicht ähnlich, sich nicht zu melden, wenn ich ihr eine Nachricht schicke.«

Ich trete etwas zurück und lasse die Teenager erst einmal das Wiedersehen mit ihrer Tante verarbeiten, bevor ich zu dem Grund komme, der uns hergeführt hat.

Ruth ist schneller.

»Wo sind sie?«, fragt sie, während sie sich aus der Umarmung löst, um den beiden ins Gesicht sehen zu können.

Sarah antwortet. »Sie sind vor drei Wochen zu einer Reise aufgebrochen. Die Küste runter. Wollten sich Zeit lassen. Ihr Ziel war ein Waisenhaus in Tijuana, das wir unterstützen.«

Ruth atmet erleichtert auf. »Das ist wundervoll. Als wir noch Kinder waren, hat unsere ganze Familie so was öfter gemacht. Das war eine großartige Zeit. Zusammenzuarbeiten, um den Kindern dort zu helfen. Es war ein Geschenk Gottes. Warum seid ihr zwei nicht mitgefahren?«

»Dad wollte, dass ich mich um die Tiere kümmere«, antwortet Joshua. »Sarah hat ihre Schulaufgaben.«

In dem Moment öffnet der Himmel seine Schleusen und aus dem leichten Nieseln wird ein Wolkenbruch.

»Hier draußen wird es ziemlich ungemütlich. Können wir drinnen weiterreden?«, frage ich.

Joshua geht uns dreien voran ins Haus. Innen ist es gemütlich, wenn auch eher minimalistisch eingerichtet. Viel Holz und nur ein einziges Bild der Kinder an der Wand, auf dem sie noch deutlich jünger sind. Kein Fernseher. Keine Videospiele. Nichts, was aus der Außenwelt stammt.

Außer Joshuas T-Shirt.

Ruth bittet um eine Tasse Tee. Sarah geht in die Küche und setzt den Kessel auf.

Mein Blick bleibt am massiven Esstisch hängen. Er besteht aus Kirschholz und die Tischplatte ist wunderschön gemasert. Es sieht aus, als wäre ein Tiger im Holz gefangen.

»Mein Dad hat alle Möbel hier selbst in seiner Werkstatt gebaut«, erklärt Joshua.

»Verkauft er seine Möbel?«, frage ich, während ich mit den Fingern über die glänzende Oberfläche streiche.

Ruth legt mir die Hand auf die Schulter.

»Merritt würde niemals etwas an Außenweltler verkaufen«, sagt sie und strahlt dabei förmlich.

Eine Quelle des Stolzes. Gefesselt an ihren Glauben und das Bedürfnis, sich von allen Verbindungen zur Außenwelt loszusagen, und seien sie noch so beiläufig.

Joshua bietet seiner Tante etwas Toffee an, das Sarah selbst gemacht hat, aber sie lehnt ab.

»Mom liebt die«, sagt er.

Ich lehne ebenfalls ab. Das letzte Mal, als ich Toffee gegessen habe, hat es mir eine Füllung herausgezogen und ich habe mich so geniert, dass ich erst nach einem Monat voller Schmerzen zum Zahnarzt gegangen bin. Die beiden haben hübsche Zähne, fällt mir an der Stelle auf. Ich frage mich, wie sie das anstellen, ohne zum Zahnarzt zu gehen.

»Wann wollten eure Eltern zurück sein?«, frage ich.

»Wir dachten eigentlich, sie wären inzwischen zurück«, antwortet Sarah, während sie mit einem Tablett voller Tassen und einer Zuckerdose den Raum betritt. »Keine Zitrone«, fügt sie etwas bedauernd hinzu. »Wir haben es nie geschafft, Zitrusfrüchte im Gewächshaus zu ziehen.«

Ich nicke, nicht weil ich den Rückschlag mit den Zitronen

für eine Selbstversorgerfamilie verstehe, sondern weil ich nicht zum Plaudern hier bin. Ich bin hier, weil eine Frau in meinem Büro zusammengebrochen ist und behauptet hat, etwas Schreckliches sei geschehen.

Ich reiche Joshua eine Visitenkarte mit meiner Telefonnummer.

»Ruf mich bitte an, wenn deine Eltern zurückkommen.«

»Mache ich«, er wirft einen Blick auf die Karte, »Detective Carpenter.«

Ruth ist plötzlich sehr still. Wahrscheinlich beschäftigt sie immer noch die Sorge um ihre Schwester und ihren Schwager. Im Vergleich zu dem kalten Regen hier dürfte Mexiko eigentlich ein Grund für Erleichterung sein, vielleicht sogar etwas schwesterlichen Neid. Wenn Neid keine Sünde wäre – und das ist er gemäß jeder Hotelzimmerbibel, in die ich je einen Blick geworfen habe.

Ich wende mich an sie: »Bleiben Sie hier bei Ihrer Nichte und Ihrem Neffen?«

»Nein«, antwortet sie und fährt aus ihrer Benommenheit auf. »Wie ich Ihnen vorhin schon sagte, ich muss für den Gemeindeausschuss wieder zurück nach Idaho fahren.«

»Richtig«, nicke ich, auch wenn sie bisher kein Wort davon erwähnt hat.

Ich drehe mich zu Joshua und Sarah um.

Ruth zupft an meinem Ärmel.

»Lassen Sie uns gehen, Detective.«

VIER

Ruth sagt kein Wort, bis wir wieder auf der Schotterstraße sind. Ihr Gesicht ist angespannt, sie wringt die Hände und klemmt sie sich zwischen die Knie. Ich öffne das Fenster einen Spalt. Ihr Wintergrün-Deo macht Überstunden.

»Es tut mir leid, dass Sie den ganzen Weg hier raus umsonst gekommen sind«, sage ich. »Die Kinder hätten Sie anrufen oder sonst wie Bescheid sagen sollen.«

»Irgendwas stimmt nicht«, antwortet sie. »Ich weiß es.«

Ich versuche, sie zu beruhigen. »Dass ihre Eltern sie alleine zu Hause gelassen haben, ist meiner Meinung nach nicht in Ordnung, aber Joshua ist alt genug, um sich um seine Schwester zu kümmern.«

Ich sage ihr nicht, dass meine Eltern noch viel schlimmer waren. Ich habe es auch überlebt.

»Irgendwas fehlte«, sagt sie. »Es macht einfach keinen Sinn.«

Ich werfe ihr einen kurzen Blick zu.

»Ich bin seit Jahren nicht mehr hier draußen gewesen. Seit sechs vielleicht. Meine Schwester hatte ihr Hochzeitsfoto immer im Wohnzimmer hängen. Neben den neuesten Bildern der Kinder.«

»Okay«, sage ich.

»Es war weg. Ich finde das seltsam. Sie nicht?«

»Keine Ahnung. Vielleicht.«

Ich sage ihr nicht, was ich fehl am Platz fand.

Das T-Shirt.

Vielleicht hat Joshua es versteckt und trägt es nur, wenn seine Eltern unterwegs sind. Miller High Life passt so überhaupt nicht zu Familie Wheaton.

»Ich hake beim Waisenhaus in Mexiko nach«, erkläre ich. »Wie hieß es noch?«

»La Paloma.«

»Alles klar. Wenn sie dort sind, ist alles gut. Wenn sie nicht dort sind – obwohl ich sicher bin, dass sie es sind –, dann kümmern wir uns um die Formalitäten und melden sie als vermisst.«

»Meine Schwester hat nie erwähnt, dass sie da hinfahren wollten«, meint Ruth. »Sie hätte es mir gesagt.«

»Teilen Sie sich immer alles mit?«

»Ja. Alles.«

Ich sehe ihr in die Augen.

»Weiß sie, dass Sie Mascara tragen?«

Ruth dreht sich weg.

»Nein«, antwortet sie leise. »Das mache ich nur, wenn ich reise. Ich passe mich gerne etwas an, wenn ich nicht in meiner Kirchengruppe bin.«

»Hören Sie«, erkläre ich, »wir wissen nicht, was passiert ist. Aber Sie wissen so gut wie ich, dass man jemanden nie vollständig kennen kann, egal, wie nah man ihm steht. Man sieht nur, was er einen sehen lässt.«

Sie ist aufgewühlt und fängt an, immer wieder an ihrem Sicherheitsgurt zu ziehen ... so ruckhaft, dass sie schon einen roten Streifen am Hals hat. Sie verletzt sich selbst. Ich fahre an den Straßenrand und halte an.

»Ruth, wir finden raus, was hier los ist. Sie müssen darauf vertrauen, dass wir alles tun werden, um Ihre Familie zu finden.«

Inzwischen laufen ihr Tränen über die Wangen. Stille Tränen.

»Ich weiß. Ich weiß, aber …«

»Aber was?«

Sanft nehme ich ihre Hand vom Sicherheitsgurt. Sie zieht stumm ein Taschentuch unter ihrem BH-Träger hervor und tupft sich damit heftig die Augen ab. Heftiger als nötig.

»Verraten Sie meiner Schwester und meinem Mann nichts von dem Mascara.«

Bis wir wieder im Büro sind und im La Paloma anrufen können, sind die Verwaltungsmitarbeiter schon im Feierabend. Ich frage Ruth, wo sie übernachten wird.

»Ich kann nicht bleiben«, sagt sie.

»Sie fahren nach Hause?«

»Mein Mann will, dass ich bis morgen zurück bin. Ich muss so schon die ganze Nacht durchfahren.«

Die Prioritäten dieser Frau verstehe ich nicht. Kein Stück. Ihre Schwester wird vielleicht vermisst und sie fährt wieder heim, bevor sie irgendetwas darüber in Erfahrung gebracht hat?

Trotzdem versuche ich gar nicht erst, sie zu überzeugen.

»Wie kann ich Sie erreichen?«

»Hier ist meine Adresse.«

Sie reicht mir eine Visitenkarte.

»Ein Postfach?«

Sie senkt den Blick. »Wir haben sehr schlechten Empfang.«

»Ich dachte, Sie hätten ein Satellitentelefon mit Internetverbindung?«

»Mein Mann hat einen Account; den könnte ich Ihnen wahrscheinlich geben. Sie würden nur im Notfall anrufen, nicht wahr? Er ist sehr beschäftigt und mag es gar nicht, gestört zu werden.«

Ich weiß, dass ich mit Ruth Turner nichts anfangen kann. Zumindest im Moment nicht. Ich brauche sie erst, wenn klar ist, dass ihre Schwester und ihr Schwager tatsächlich vermisst werden.

»Kein Problem«, sage ich. »Machen Sie sich keine Sorgen, ich werde den Mascara mit keiner Silbe erwähnen. Alles, was ich will, ist, Ida und Merritt zu finden.«

Wir wissen beide, was ich mit diesen Worten bezwecke.

Sie wirft mir einen kühlen Blick zu und kritzelt noch ein paar Kontaktdaten auf die Karte. »Da«, sagt sie.

Dann dreht sie sich um und geht. Ich bleibe stehen und sehe ihr nach.

Ich mag es gar nicht, wenn Leute eine Zündschnur anbrennen und sich dann aus dem Staub machen. Wenn man etwas herausfinden will, muss man dranbleiben.

Nicht nachlassen, bis man am Ziel ist. Bis man alles getan hat, was nötig ist.

Tony Gray sitzt mit geschlossenen Augen zurückgelehnt im bestimmt ältesten Bürostuhl der Welt. Der wurde so oft repariert, dass sein Polster aus silbernem Vinyl zu bestehen scheint – offensichtlich das Werk eines Mannes, der Klebeband als das A und O betrachtet. Gray ist längst über das Frührentenalter hinaus und mit einer Krankenschwester verheiratet, die er im Krankenhaus kennengelernt hat, als er wegen eines leichten Herzinfarkts dort war. Er wiegt zehn, vielleicht fünfzehn Kilo zu viel, und auch wenn er ständig übers Diäthalten jammert, habe ich ihn noch nie irgendetwas essen sehen, das auch nur im Entferntesten ärztlicher Anordnung entsprechen könnte.

Entweder er schläft oder er ist dem Inhalt der Taco-Bell-Tüte vor ihm auf dem Tisch erlegen.

»Sheriff.«

Seine Augenlider flattern.

Er schaukelt sich aufrecht. »Detective. Hab nur die Augen etwas ausgeruht. Langer Tag.«

»Wem sagst du das. Es ist nach sechs.«

Er schaut auf die Uhr. »Tatsächlich.«

Ich setze ihn über mein kleines Abenteuer mit Wintergrün-Ruth in den Bergen oberhalb von Snow Creek ins Bild.

»Ich bin mehr der Typ Pfefferminz.«

»Gut zu wissen.«

»Hab ich dir mal erzählt, wie ich da hochgefahren bin, um ein paar Freaks zu verhaften, die ihr Vieh sexuell missbraucht haben?«

»Widerlich.«

»Ja. Einen hab ich sogar mittendrin erwischt.«

Ich hebe die Hand. »Bitte keine Bilder. Aber ja, da oben laufen komische Sachen. Seltsames Völkchen. Trotzdem vielleicht mehr anständige Leute als Freaks.«

»Nicht nach meiner Erfahrung«, meint er. »Wer da oben wohnt, hat etwas zu verbergen.«

Er erhebt sich aus dem Stuhl. Sein Blick fällt auf die Taco-Bell-Tüte.

»Das erzählen wir meiner Frau lieber nicht.«

Ich nicke. Schließlich habe ich Übung darin, Geheimnisse zu bewahren.

Die Luft draußen riecht nach Sommerregen. Die Ölflecken auf dem Parkplatz glitzern in allen Regenbogenfarben. Ich schweige, denke an meine eigenen Geheimnisse.

»Bist du okay, Megan?«, fragt er.

»Mir geht's gut. Ich schau morgen bei dir vorbei, nachdem ich in dem Waisenhaus in Mexiko angerufen hab.«

»*Mañana*«, antwortet er.

FÜNF

Mir geht's nicht gut.

Nicht wirklich.

Die Wheaton-Geschwister und der Gedanke, dass ihren Eltern etwas Schlimmes passiert ist, rührt an etwas in mir. Mein Bauchgefühl sagt mir, dass etwas Schreckliches geschehen ist, mehr als nur ein verlängerter Urlaub oder etwas mehr Zeit, die sie mit mexikanischen Waisenkindern verbringen wollen.

Ich habe das Gleiche erlebt. Genau wie mein Bruder. Eines Tages, von einem Moment auf den anderen, waren unsere Eltern fort. Wir haben die ganze Bandbreite dieser Gefühle am eigenen Leib erfahren: die Angst, die Wut, die ständige Furcht – ohne jemals wirklich zu wissen, was passiert ist.

Meine Hände zittern. Ich umklammere das Lenkrad fester und biege in meine Einfahrt ein.

In mir verspüre ich einen Drang, dem ich schon sehr, sehr lange nicht mehr nachgegeben habe. Ich bin mir nicht sicher, ob es die Wheatons sind oder etwas anderes, das mich dazu bringt, die Büchse der Pandora zu öffnen, die ich seit fast einem Jahrzehnt mit mir herumtrage.

Meine Wohnung befindet sich in einem alten viktorianischen Haus in der Altstadt von Port Townsend – malerisch ist an dem jedoch leider nichts. Die Miete ist niedrig, dafür braucht es mehr Streicheleinheiten, als die Vermieterin sich derzeit leisten kann. Das Haus ist groß und in zwei Mieteinheiten aufgeteilt. Die alten Ahornholzdielen sind gefährlich uneben. Schon zweimal bin ich nachts auf dem Weg zu dem winzigen Badezimmer darüber gestolpert. Wenn man eine Murmel auf den Boden legen würde, dann würde sie von selbst anfangen herumzurollen, verzweifelt auf der Suche nach einer geraden Fläche. Derzeit bin ich die einzige Mieterin. Der Typ aus der anderen Wohnung hatte schließlich genug von der unzuverlässigen Heizung im Winter und der brütenden Hitze auf der Westseite im Sommer. Mich stört beides nicht. Ich öffne die Fenster und das Draußen strömt auf mich ein.

Meine Handtasche und die Schlüssel lasse ich auf den Beistelltisch neben der Tür mit dem Bleiglasfenster fallen, dem einzigen Teil des Hauses, der noch einen gewissen Charme vergangener Zeiten besitzt. Irgendwann wird das Haus wahrscheinlich einfach abgerissen, und die Tür landet in irgendeinem schicken Haus in Seattle. Meine Waffe schließe ich im Tresor in meinem Arbeitszimmer ein. Mein Blick fällt auf den leeren Bildschirm meines Laptops.

Ruth und ihre Geheimnisse.

Die Leute von Snow Creek haben ihre eigenen.

Genau wie ich.

Meine liegen ein halbes Leben zurück.

Ich denke an die Schachtel mit Kassetten, die stumm auf mich warten. An meine Psychologin, Karen Albright, und wie sie mich von dem Abgrund zurückgeholt hat, der seit meiner Geburt meine ganze Welt gewesen ist. Ich erinnere mich, dass Dr. Albrights blaue Augen mir zuerst Angst gemacht haben. Fast, als wäre sie aus einer anderen Welt. Wie ihr Büro nach Mikrowellenpopcorn gerochen hat.

Wie ich gelernt habe, ihr zu vertrauen.

Als ich das erste Mal zu ihr kam, war ich neunzehn. Ständig in Verteidigungshaltung. Verbarrikadiert wie hinter einer Straßensperre. Ich hatte nie irgendjemanden hineingelassen, aber ich war klug genug, um zu wissen, dass all die Dämonen in meinem Inneren – von meinen Erlebnissen bis hin zu meinem Stammbaum – irgendwie ausgetrieben werden mussten. Ich war traumatisiert, und auch wenn ich selbst es mir nicht ansah, konnten andere das schon. Albträume sind nicht nur traumatisch, sondern auch unglaublich peinlich. Man weiß nicht, ob man im Schlaf geredet hat, und wenn, dann was. Man weiß nicht, ob jemand die Schreie gehört hat.

Meine Mitbewohnerin Maria hörte sie.

»Hör mal, Megan, entweder holst du dir irgendwo Hilfe oder du musst dir eine andere Bleibe suchen. Deine Albträume werden zum Problem. Es tut mir leid, aber ich sehe keine andere Möglichkeit.« Maria nahm mich mit zu einem psychologischen Berater, der mich nach einer Sitzung an Dr. Albright, eine Psychologieprofessorin an der Uni, überwies, die nebenbei eine kleine Praxis führte.

»Sie kann Ihnen besser helfen als ich«, sagte der Berater mit der Brille. »Keine Angst. Sie schaffen das.«

Ich redete mir ein, dass ich noch nie in meinem Leben Angst gehabt hätte.

Das war natürlich eine Lüge.

Ich öffne die Fenster und gieße mir etwas von dem Eistee ein, den ich heute Morgen vor der Arbeit zubereitet habe.

Die Schachtel ist noch dort, wo ich sie verstaut hatte. Wie ich sie zurückgelassen habe. Sie liegt ganz hinten im Schrank, mit Klebeband versiegelt.

»Irgendwann wirst du die Kassetten anhören wollen«, hatte Dr. Albright gesagt.

Ich hatte mich zunächst geweigert, sie anzunehmen. »Das kann ich mir nicht vorstellen.«

Sie lächelte. »Glaub mir. Der Tag wird kommen, an dem diese Kassetten anzuhören dich stärker machen wird als je zuvor.«

Dann umarmte sie mich. Wir weinten beide und hielten uns lange in den Armen. Ich wusste, dass es kein Abschied für immer war, aber es war das Ende einer Therapie, die sich über eineinhalb Jahre erstreckt hatte. Ich hatte meinen Abschluss in Kriminologie von der Universität in der Tasche und mich an der Polizeiakademie in einem Vorort von Seattle eingeschrieben.

Jetzt hole ich die kleine schwarze Schachtel aus dem Schrank und lege sie auf den Küchentisch. Mit einem Küchenmesser – die Ironie lässt mich kurz innehalten – zerschneide ich das Klebeband.

Dann atme ich tief ein und spähe hinein.

Mehr als zwei Dutzend Minikassetten, jede mit dem Datum beschriftet, an dem sie aufgenommen wurde. Dr. Albright hat in weiser Voraussicht einen kleinen Kassettenrekorder beigelegt.

Ich wechsle zu Wein.

Meine Hand zittert erneut, als ich eine Kassette einlege. Verdammt! Mein Finger schwebt kurz über der Taste, dann drücke ich PLAY. Ich höre Dr. Albrights sanfte, freundliche Stimme. Sie spricht mich mit einem Namen an, den ich nicht länger benutze, einem Namen, den hoffentlich alle vergessen haben, die ihn je kannten.

Dr. A: Nimm mich mit dahin, Rylee. Führ mich Schritt für Schritt durch die Ereignisse, durch das, was du getan hast.

Ich: Okay. Ich bin von der Schule heimgekommen und hab den Wasserhahn im Bad laufen hören. Ich wusste, meine Mutter würde mir die Hölle heiß machen, weil er nicht richtig zugedreht war. Selbst wenn ich es nicht gewesen war. Mom hat mich immer kritisiert, während sie meinen kleinen Bruder Hayden in den Himmel lobte – auch wenn er herzlich wenig getan hat, um das zu verdienen. Wenn er nachts nach dem Pinkeln daran gedacht hat, zu spülen, hat sie am nächsten Morgen praktisch einen Handstand hingelegt. Mom war schon immer strenger mit mir.

Dr. A: Was denkst du, woran das lag?

Ich: Sie meinte immer, ich hätte so viel Potenzial. Was letztlich nur hieß, dass sie von allem, was ich tat, enttäuscht war. Wie mit dem Unterrichten zu Hause. Mom fand das ganz toll. Sie hat Hayden daheim unterrichtet.

Dr. A: Warum wolltest du das nicht?

Ich: Der Grund ist so einfach wie erbärmlich: Ich wollte einfach dazugehören. Wollte nicht der Loser im Einkaufszentrum sein, der nicht gesellschaftsfähig ist und nicht weiß, was gerade in ist und was nicht. Welche Frisur ich haben sollte, solche Sachen. Man kann einfach nicht alles aus dem Fernsehen oder dem Internet lernen, und auch wenn die Leute glauben, dass alle Kids in dem Alter den ganzen Tag online sind, stimmt das eben nicht für alle. Für mich zumindest nicht. Ich schaue zu. Beobachte. Ich mochte es, draußen in der wirklichen Welt zu sein – umso mehr, weil mein Leben daheim so künstlich war.

Dr. A: Also bist du zur Schule gegangen.

Ich: Ja. In die zehnte Klasse der South Kitsap High School in Port Orchard. Auch wenn ich mir nicht sicher war, ob ich fünfzehn oder sechzehn war (lange Pause) – es ist kompliziert –, hatte ich zum ersten Mal seit Langem das Gefühl, irgendwo wirklich dazuzugehören. Das war keine Kleinigkeit. Zu dem Zeitpunkt waren wir schon vierzehn Mal umgezogen. Glaube ich. So oft, dass ich aufgehört hatte zu zählen. Aber in Port Orchard stellte niemand unangenehme Fragen darüber, wo wir vorher gelebt hatten, weil die Leute dort ständig zu-

und wegzogen. Auf der anderen Seite der Bucht lag der Marinehafen. Moms und Dads kamen auf den Navyschiffen an oder fuhren mit ihnen raus auf den Pazifik, auf dem Weg in den nächstgelegenen Krieg. Ihre Kinder zogen später her und wohnten in schäbigen Unterkünften in der Nähe des Hafens oder der U-Boot-Basis etwas weiter nördlich. Durch das ganze Umgeziehe der anderen fühlte ich mich, als sei ich tatsächlich Teil von etwas Beständigem.

Dr. A: Ich verstehe dich, Rylee, wirklich. Lass uns zu dem Nachmittag zurückkehren ... du kamst von der Schule nach Hause.

Ich: (lange Pause) Ja. Hayden krähte irgendwo im Haus, als ich den Wasserhahn zudrehte. Das Wasser in der Kloschüssel hatte die Farbe von Sonnenschein. Ich drückte die Spülung und der Wasserstrudel saugte den Urin meines kleinen Bruders in den Abfluss. Und dann ...

Dr. A: Was dann?

Ich: Es ist bescheuert.

Dr. A: Nichts ist bescheuert. Du musst mir vertrauen, und darauf, dass Darüber-Reden hilft. Erzähl mir alles, Rylee.

Ich: Es ist bescheuert, aber bitte. Ich erinnere mich, dass ich mein Spiegelbild betrachtete. Wie durchschnittlich ich war. Manchmal wünschte ich mir sogar, dass ich eine dicke haarige Warze am Kinn hätte. Irgendwas, das mich von anderen Mädchen unterschied. So wie die, die in der Schule in den Gängen herumschlichen, mit flehendem Blick und zu viel Eyeliner, der sie so viel interessanter machte als mich. In der Schule vor Port Orchard hatte ich mir eine Art Goth-Fassade zugelegt, mit richtig viel Mascara – zwei Lagen extra vom schwärzesten, den ich finden konnte. Mein Dad fand, ich sähe damit irgendwie nuttig aus, aber ich hab ihm erklärt, dass es mir half, mich anzupassen.

Dr. A: Anzupassen?

Ich: Ja, Dr. Albright. Mein ganzes Leben hat sich immer

nur darum gedreht, mich anzupassen, unsichtbar zu sein. Mein Haar ist heute braun – nicht kastanienbraun, nicht rotbraun, einfach ein unauffälliges Braun, die gleiche Farbe wie die Rinde des toten Baums bei meinem Wohnheim. Meine echte Haarfarbe könnte blond sein, aber ich habe es inzwischen so oft gefärbt, dass ich vergessen habe, wie es in Wirklichkeit aussieht.

Dr. A: Das ist nicht bescheuert. Es war nötig, um zu überleben. Das verstehe ich vollkommen. Nachdem du den Wasserhahn zugedreht hast, was ist dann passiert?

Ich: Mein Bruder. Er rief mich aus der Küche. Ich dachte, er wollte, dass ich ihm eine Hühnerpastete oder irgend so was als Nachmittagssnack zubereite. Er war ziemlich faul. Den ganzen Tag daheim, jederzeit Zugang zu Kühlschrank und Mikrowelle. Er hätte sich jeden Snack machen können, den er wollte, wann immer er wollte – der einzige echte Vorteil, wenn man zu Hause unterrichtet wird. Ich folgte Haydens nervigem, aufgeregtem Rufen.

Dr. A: Was hast du gesehen, Rylee?

Ich: Hayden war am anderen Ende der Küche. Er saß zusammengekauert auf dem Boden. Als er aufblickte, bemerkte ich zwei Dinge. Erstens: Er weinte. Die zweite Sache war so verwirrend, dass sie einfach keinen Sinn ergab. Als würde mein Gehirn sich wie eine Suchmaschine ohne Treffer ewig im Kreis drehen. Sein weißes T-Shirt durchtränkt mit Rot. Ich warf mich auf den Boden und blickte in die ausdruckslosen Augen meines Dads, die ins Leere starrten.

Dr. A: Brauchst du einen Moment? Ich weiß, das ist sehr schwierig für dich. Du machst das toll. Wirklich.

Ich: Nein. Mir geht's nicht gut, aber ich will die Sache zu Ende bringen.

Dr. A: Nimm einen Schluck Wasser. Atme tief durch. Wir machen weiter, wenn du so weit bist.

Ich: Okay. Ich bin in Ordnung. Der Raum begann, sich

um mich zu drehen. Alles wirbelte um mich herum. Ich weiß noch, dass ich eine Sekunde lang dachte: So muss es sich anfühlen, wenn man richtig betrunken ist. Ich schob Hayden weg und legte eine Hand an Dads Wange, dann an seinen Hals. Er trug ein taubenblaues Hemd, eine graue Hose und eine rote Krawatte. Aber es war nicht wirklich eine Krawatte. Ein Schwall Blut hatte sich aus seiner Brust über sein Hemd und auf den Fußboden ergossen. Der schwarze Griff eines Messers ragte aus seiner Brust. Ich weinte nicht – das tat Hayden schon genug für uns beide. Tief im Inneren hatte ich immer gewusst, dass das eines Tages passieren konnte, dass die Dunkelheit meine Familie einholen würde. Unser Leben im Abseits, immer im Hintergrund, würde durch irgendjemanden unwiderruflich beendet werden. Davor hatte ich die ganze Zeit Angst gehabt: dass so etwas passieren würde. Diese Angst hatte uns zusammengeschweißt. Aber sie war auch eine Mauer gewesen. Sie stand zwischen uns und jedem, von dem wir taten, als würden wir ihn kennen.

Dr. A: Was war mit Hayden? Was tat er?

Ich: Er war still. Unheimlich still. Er wiegte sich vor und zurück wie eine dieser aufblasbaren Clownfiguren mit Gewichten unten. Sein hellbraunes Haar war ganz plattgedrückt, weil er die Hände gegen den Kopf presste in dem verzweifelten Versuch, das alles draußen zu halten. Das war nicht das erste Mal. Wir alle gehen mit Stress auf unsere Art um. Mein Herz sprang mir beinahe aus der Brust, aber ich versuchte trotzdem, ihn zu beruhigen. Auch wenn unser Vater ein blutiges Chaos war – wir konnten überleben. Wir mussten die richtigen Schritte einleiten, und zwar sofort. Ich erinnere mich, dass ich mich zu ihm herüberlehnte und ihn an der Schulter zog, damit er mich ansah. Mir zuhörte, verstehen Sie? Endlich riss er sich so weit zusammen, dass er mir erzählen konnte, was passiert war. Er war im Bad, als er etwas hörte, Geschrei, dann ein lautes Krachen. Ich bohrte nach, aber er schwieg. Wir drehten uns im Kreis. Ich stellte Fragen und Hayden blieb stumm, starrte auf das Messer.

Dr. A: Was hast du als Nächstes getan?

Ich: Also, ich zog das Messer aus der Brust unseres Vaters und wischte den Griff mit einem Geschirrtuch ab. Ich wollte nicht, dass meine Fingerabdrücke darauf zurückblieben. Dann legte ich es meinem Vater sanft auf die Brust. Ich wusste nicht, wo ich es sonst hintun sollte. Erst da fiel mir auf, dass unsere Mutter verschwunden war. Hayden und ich waren alleine. Und dann sah ich es.

Dr. A: Was, Rylee? Was hast du gesehen?

Ich: Auf den Travertinfliesen, von denen meine Mutter bei unserem Einzug so begeistert gewesen war, waren mit Blut fünf Buchstaben geschrieben. Mit Dads Blut. L–A–U–F–T.

Dr. A: Lauft?

Ich: Ja. Das war das Codewort in unserer Familie. Dadurch erfuhr ich alles, was Hayden und ich wissen mussten. Wir würden keinen Krankenwagen rufen. Nicht die 911 wählen und erzählen, was passiert war. Nicht durchs Haus gehen, Familienfotos und irgendwo hingepackte Sammelalben zusammensuchen. Davon hatten wir eh nicht viele. Mom hatte immer gescherzt, dass wir, wenn unser Haus in Flammen aufgehen würde, keinen Grund hätten, noch drin zu bleiben. Ich sagte Hayden, dass wir gehen mussten. Dann holte ich Handy und Portemonnaie aus der Jackentasche meines Vaters und die Autoschlüssel vom Tisch.

Dr. A: Du hattest bestimmt schreckliche Angst.

Ich: Nein. Ich meine, ja. Ich würde gerne sagen, dass es so war. Tatsächlich war ich seltsam ruhig und gleichzeitig total hektisch. Ruhig, weil ich irgendwie intuitiv wusste, was zu tun war, auch wenn mein Herz raste und ich fieberhaft versuchte, meinen nicht reagierenden Bruder in Bewegung zu setzen und gleichzeitig irgendwie an meinen Rucksack heranzukommen, den ich neben der Tür hatte fallen lassen. Ich sagte Hayden, dass wir durch die Hintertür nach draußen und durch den Wald zur Straße gehen mussten, immer am Bach entlang. Er fragte mich, was danach passieren würde, und darauf hatte ich keine Antwort. Ich bewegte mich, so schnell ich konnte, während ich hastig nachdachte. Ich nahm ein sauberes T-Shirt vom Stapel auf dem Tisch – unsere Mutter hatte wahrscheinlich gerade Wäsche zusammengelegt, als der Mörder unseres Vaters das Haus betrat.

Dr. A: Hier, ein Taschentuch.

Ich: Ich werde nicht anfangen zu weinen.

Dr. A: Natürlich nicht. Aber du weißt, dass es okay wäre, wenn du es tust.

Ich: Mir geht's gut, Doc. Ich bin wahrscheinlich einfach allergisch gegen irgendwas hier. Ich weiß noch wie heute, wie mein Bruder mich mit diesem benommenen, verängstigten Blick angesehen hat. Manchmal sehe ich diesen Blick vor meinem inneren Auge. Wie auch immer. Wir sind den Abhang hinuntergeflüchtet, wir mussten so schnell wie möglich von dort verschwinden.

Dr. A: Ich verstehe nicht ganz. Warum habt ihr nicht den Notruf gewählt? Warum die Eile?

Ich: (lange Pause) Weil ich wusste, wenn wir bleiben, dann würden wir wahrscheinlich auch mit einem Messer in der Brust enden.

Als die Kassette das Ende der Aufnahme erreicht, sitze ich bewegungslos in der plötzlichen Stille. Was mich so viel Kraft gekostet hat zu verdrängen, ist wieder da und spielt mit meinen Gefühlen. Ich will weinen, aber es kommen keine Tränen. Ich werfe einen Blick aufs Handy. Es ist schon spät. Keine Zeit für Abendessen.

Meine Augen wandern wieder zu der Schachtel mit Kassetten, die auf mich warten. Jede einzelne ist wie ein Messer, das mich aufschneiden wird, um das ans Licht zu bringen, was sich unter der Oberfläche verbirgt.

Eine Kassette reicht für heute. Ich glaube nicht, dass ich noch eine ertragen könnte.

Ich nehme das Glas Wein mit ins Schlafzimmer und hoffe aus ganzem Herzen, das mich nichts von dem, was ich heute geweckt habe, in meinen Träumen verfolgen wird.

SECHS

Der Mann, der am nächsten Morgen im La Paloma ans Telefon geht, ist ausgesprochen höflich. Und spricht perfektes Englisch. Die Verbindung zwischen meinem Festnetz und seinem ist jedoch nicht gerade gut. Ich frage, ob er mir dabei helfen kann, mit den Wheatons Kontakt aufzunehmen, die aus den Staaten zu Besuch sind, um ehrenamtlich im Waisenhaus zu arbeiten.

»Mit welcher Gruppe sind sie hier?«

»Keine Gruppe. Soweit ich weiß, sind sie alleine angereist. Vor zwei oder drei Wochen.«

»Wissen Sie, welche Fähigkeiten sie mitgebracht haben?«

Zuerst habe ich keine Ahnung, was ich darauf antworten soll, doch dann fällt mir der wunderschöne Kirschholz-Esstisch ein.

»Mr Wheaton ist ein geschickter Schreiner. Mrs Wheatons Fachgebiet kenne ich nicht. Ich bin nicht mal sicher, ob sie eins hat.«

»Ah«, sagt er. »Einen Moment.«

Es knackt in der Leitung, und ein paar Mal scheint es, als wäre die Verbindung unterbrochen worden. Aber ich habe Glück.

Kurz darauf ist er wieder dran. »Tut mir leid. Wir haben keine Aufzeichnungen über die Wheatons. Ich habe die Liste unserer Ehrenamtlichen durchgesehen. Sie haben keinen Freiwilligenausweis beantragt. Vielleicht in einer anderen Einrichtung?«

»Nein. Ihre war die einzige, die die Familie erwähnt hat.«

»Tut mir leid, dass ich Ihnen nicht helfen kann.«

Ich gebe ihm meine Kontaktdaten. Sollten sie doch noch dort auftauchen, sollen sie mich so schnell wie möglich anrufen.

»Die Familie macht sich große Sorgen.«

Auch wenn das bisher nur für Ruth Turner stimmt, wird es bald auch auf die beiden Jugendlichen zutreffen.

Denn ihre Eltern werden tatsächlich vermisst.

Ich trage die Information in die Vermisstenanzeige ein. Einen Moment spiele ich mit dem Gedanken, die Nummer von Ruths Mann anzurufen, die sie mir gegeben hat, aber ich weiß, dass sie noch nicht wieder zu Hause ist. Ich werde sie heute Abend über den Stand der Dinge informieren. Vorher muss ich noch mal raus zum Haus der Wheatons fahren und Joshua und Sarah Bescheid geben.

Ich lasse Sheriff Gray wissen, was ich bisher in Erfahrung gebracht habe.

»Vielleicht hatten sie einen Unfall?«

»Stimmt. Ich überprüfe das, bevor ich losfahre.«

»Soll ich mitkommen?«

Kurz bin ich versucht, darauf zurückzukommen. Ich habe ihn gern um mich. Aber nachdem ich mir gestern Abend die Aufnahme von Dr. Albright angehört habe, brauche ich Zeit zum Nachdenken. Und das geht am besten alleine.

»Nein, schon okay. Es sind nur zwei Jugendliche. Ich informiere sie darüber, was ich herausgefunden habe. Vielleicht kriege ich noch etwas mehr aus ihnen raus.«

Wieder in meinem Büro, aktualisiere ich die Vermisstenanzeige mit einer Anfrage an alle Polizeistationen entlang der

Westküste, von Bellingham, Washington, bis San Diego, Kalifornien. Es ist durchaus möglich, dass sie zwischen hier und Irgendwo einen Unfall hatten.

Nur: Wohin wollten sie?

Und warum haben sie ihren Kindern diese Geschichte aufgetischt?

Ich tanke den Taurus voll und hole mir eine Tasse erträglichen Kaffee im Drive-in, dann mache ich mich auf den Weg zum Haus der Wheatons. Jefferson County Detective hin oder her – Snow Creek ist kein Ort, an dem man mit leerem Tank liegen bleiben will. Aus verschiedenen Gründen. Dass man dort keinen Empfang hat, zum Beispiel. Und dass es da oben weit und breit keinen barmherzigen Samariter gibt. Nicht dass die Leute da an sich schlecht wären. Aber sie wohnen dort draußen, um in Ruhe gelassen zu werden. Wenn man im Hinterland nachts an eine Tür klopft, kann es gut sein, dass man sich am falschen Ende eines Gewehrlaufs wiederfindet.

Kurz berühre ich meine Dienstwaffe im Schulterholster.

Sie ist mein bester Freund.

Die Fahrt zieht sich, aber ohne den aufdringlichen Geruch von Wintergrün und Ruth Turners Geschichten aus der guten alten Zeit erscheint sie mir trotzdem kürzer als letztes Mal. Ich weiß, dass Ruth nicht völlig widerstandslos alles über sich ergehen lässt. Schließlich ist sie den ganzen Weg von Idaho hergefahren, um nach ihrer Schwester zu sehen. Andererseits ist sie wieder abgereist, ohne auf eine Antwort zu warten.

Und sie hat kein eigenes Telefon.

Zieht ein Postfach jeder anderen Form von Kontaktaufnahme vor.

Als wäre sie Amish, nur ohne Pferd und Kutsche.

Ich entdecke die Douglasien, deren Zweige die Zufahrt verdecken, und bugsiere meinen Taurus auf das Grundstück.

Der Himmel ist wolkenlos und die Szenerie eine ländliche Idylle. Kein Regenschleier auf der Windschutzscheibe, durch den ich versuchen muss, krampfhaft irgendetwas vor mir zu erkennen. Ein wahrhaftig bildschöner Anblick.

Joshua und Sarah kommen mir entgegen.

»Detective«, sagt Joshua. »Wir hatten Sie nicht so schnell zurück erwartet. Haben Sie etwas herausgefunden? Wo ist Tante Ruth?«

»Wieder zurück in Idaho«, antworte ich.

Sie tragen dieselbe Kleidung wie am Vortag, nur das Bier-T-Shirt ist verschwunden, Joshua trägt diesmal ein einfaches schwarzes. Sarah hat ihr Haar zu einem unordentlichen Dutt hochgesteckt, der von einer großen rosa Spange an Ort und Stelle gehalten wird.

»Wir konnten gar keine Zeit mit ihr verbringen«, sagt Sarah. »Ihr Mann brauchte sie zu Hause.«

Joshua wirft seiner Schwester einen Blick zu.

»Lassen Sie uns reingehen«, meint er.

Wir setzen uns an den Tisch. Diesmal lehne ich den Tee ab, den sie mir anbieten.

»Ich habe etwas verwirrende Neuigkeiten.« Ich überlege mir genau, was ich sagen will. Sobald ich es ausgesprochen habe, wird mir klar, dass *verwirrend* das falsche Wort war. Schließlich ist an den Tatsachen nichts wirklich verwirrend. Es ist, wie es ist. »Ich fürchte, eure Eltern sind nie im La Paloma angekommen.«

»Das ist verrückt«, protestiert Joshua.

»Es tut mir leid.«

Ich erzähle ihnen nicht, dass Ida und Merritt die Formulare für die Freiwilligenarbeit im Waisenhaus gar nicht erst eingereicht haben. Dafür könnte es eine ganze Reihe von Gründen geben, und nicht alle davon sind verwerflich.

Sarah springt auf und flüchtet in einen Raum am Ende des Flurs.

»Geh ihr nach«, sage ich zu Joshua. »Sie steht unter Schock.«

Er tut, was ich ihm geraten habe. Derweil stehe ich selbst auf und schaue mir das Wohnzimmer etwas genauer an. Mein Blick bleibt an der Wand mit dem Foto der Geschwister hängen. Daneben sind ein Loch von einem Nagel und ein blasser rechteckiger Umriss. Offensichtlich hat hier mal ein weiteres Foto gehangen. Ruth hatte bemerkt, dass das Foto von ihrer Schwester und ihrem Schwager nicht mehr im Wohnzimmer hing. Ich nehme mir vor, später danach zu fragen. Und bei der Gelegenheit auch gleich nach den Problemen, die Joshua mit seinem Vater hatte.

Er und Sarah kehren aus einem der Schlafzimmer zurück. Ihre Augen sind rot, seine Hand ruht auf ihrem Rücken.

»Wo sind sie?«, fragt sie.

»Wir haben eine Suchanzeige rausgegeben, aber bisher noch nichts gehört.«

Ich schaue erst Joshua, dann Sarah an. »Ihr müsst mit zum Büro des Sheriffs kommen – ihr beide – und eine offizielle Aussage machen, die wir der Vermisstenanzeige beifügen können.«

»Wann?«, fragt Joshua.

»Am besten sofort.«

Er nickt und nimmt die Hand vom Rücken seiner Schwester. »Kommst du eine Weile alleine klar?«

Ich lasse ihr gar keine Zeit zu antworten. »Ihr müsst beide mitkommen.«

Sarah nickt und verschwindet kurz, um sich einen Pullover zu holen. Dann folgt Joshua ihr zur Tür hinaus.

»Schließt ihr nicht ab?«

»Nee«, meint er. »Außer Ihnen und Tante Ruth ist seit Jahren niemand hier rausgekommen. Die Tür hat nicht mal ein Schloss.«

Ich beuge mich vor und untersuche den Türknauf genauer.

Er hat recht: Nicht mal ein Riegel. Das Landleben ist wirklich nichts für mich, schießt es mir durch den Kopf. Ich mag Schlösser. Ich mag Menschen um mich herum. Auch wenn ich kein Wort mit ihnen wechsle. In der Menge ist man sicher.

Sie folgen meinem Taurus mit einem weißen Chevy Cavalier, der in der Scheune stand. Ich habe normalerweise einen ziemlichen Bleifuß, deshalb werfe ich jetzt häufiger einen Blick in den Rückspiegel, um sicherzugehen, dass sie mich nicht aus den Augen verlieren. Die Sorge hätte ich mir sparen können. Joshua fährt genauso sportlich wie ich, und wir kommen in Rekordzeit beim Büro des Sheriffs an.

Ich ziehe zwei Dosen Cola aus dem Automaten und wir setzen uns in denselben Befragungsraum wie bei dem Gespräch mit Ruth. Er riecht immer noch nach ihr. Diesmal bohre ich tiefer.

»Haben eure Mom oder euer Dad irgendwelche Tattoos, auffällige Muttermale oder Narben?«

Joshua antwortet: »Tattoos sind verboten. Dad hat eine Narbe in der rechten Augenbraue. Man sieht sie nur, wenn er im Sommer braun wird von der Arbeit draußen. Meine Mom habe ich nie nackt gesehen, deshalb kann ich dazu nichts sagen.«

Sarah springt ein: »Mom hat keine Narben oder Ähnliches. Sie ist perfekt.«

Ich frage noch nach einigen weiteren Details, mit denen man das verschwundene Ehepaar identifizieren könnte, dann wende ich mich dem größten Fragezeichen in meinem grüblerischen Verstand zu.

»Mal angenommen, sie wären tatsächlich nicht auf dem Weg ins La Paloma gewesen. Angenommen, ihr Ziel wäre ein anderes gewesen. Habt ihr eine Idee, was das sein könnte?«

Joshua antwortet, den Blick fest auf mich gerichtet: »Sie

haben uns gesagt, dass sie zum La Paloma fahren. Warum sollten sie lügen?«

»Genau«, schließt sich Sarah an. »Sie würden niemals lügen. Ihnen geht die Wahrheit über alles. Sie ist die Grundlage unseres Glaubens. Wir *glauben* nicht nur an die Existenz Gottes und seinen Plan für uns, Detective. Wir *wissen,* dass er existiert. Wissen ist Wahrheit.«

Ich erkläre ihnen, was ich bisher herausgefunden habe.

»Die Leute vom La Paloma haben angegeben, dass eure Eltern sich dort gar nicht für einen Freiwilligendienst angemeldet haben. Und das ist zwingende Voraussetzung.«

Joshua fällt mir ins Wort: »Dann irren die sich. Sie haben die Reise wochenlang geplant. Mom würde so etwas Wichtiges nie vergessen.«

In seinen Augen flackert Angst auf.

»Wir haben es doppelt und dreifach überprüft, Joshua.«

Er wendet den Blick ab, starrt auf die Tischplatte. »Ich verstehe das alles nicht.«

»Das ergibt überhaupt keinen Sinn«, sagt Sarah und ergreift die Hand ihres Bruders. »Da muss irgendwo ein Fehler vorliegen.«

»Wir finden raus, was wirklich passiert ist«, versichere ich ihnen. Der Raum kommt mir zu warm vor, und die beiden sind offensichtlich aufgebracht und durcheinander. »Ich muss euch noch ein paar Fragen stellen. Ist das okay?«

Joshua nickt. Seine Schwester tut es ihm nach.

»Sie kommen euch vielleicht belanglos vor, aber eure Antworten könnten wichtige Details beinhalten.«

»Okay«, sagt Joshua.

»Haben sich eure Eltern gut verstanden?«

Sarah antwortet: »Ja. Klar, sie waren sich nicht immer einig, aber sie haben sich nie wirklich gestritten. Oder, Josh?«

»Sie haben sich vielleicht mal über eine Kleinigkeit geärgert, aber mehr auch nicht.«

»Welche Art von Kleinigkeit?«

»Keine Ahnung. Mom wollte mehr Zeit mit Dad verbringen.«

Wie das gehen soll, wenn sie nie irgendwo hinfahren, ist mir schleierhaft.

»Was hat er darauf gesagt?«

»Dass sie nach Mexiko fahren würden. Zum Waisenhaus. Es sollte eine Art zweite Hochzeitsreise sein.«

»Sie hatten nie wirklich eine«, fügt Sarah hinzu. »Was die meisten Leute unter Spaß verstehen, war nicht unbedingt Teil ihrer Kindheit und Jugend. Deshalb sind sie nach Washington gezogen. Sie wollten sich ein besseres Leben aufbauen. Ein glücklicheres.«

Ich hake nach. »Waren sie denn glücklich?«

Joshua antwortet: »Ich denke schon. Meistens zumindest. Vielleicht nicht mehr so sehr, seit ich meinen Highschool-Abschluss gemacht habe.«

»Was ist passiert?«

»Ich wollte wie die anderen Kids sein. Nicht bis einundzwanzig warten, um zu heiraten und mir ein eigenes Leben aufzubauen.«

»Wie sind dein Dad und deine Mom damit umgegangen?«

Er schweigt lange. »Für Mom war das okay. Für Dad weniger. Sie haben darüber gestritten. Dad brummte mir mehr Pflichten rund ums Haus auf. Er meinte, das würde mich davon abhalten, mir Gedanken um irgendwas anderes zu machen.«

»Hat er dich sonst noch irgendwie bestraft?«

Sarah drückt die Hand ihres Bruders. »Ja. Er wurde bestraft. Aber er hat es verdient. Stimmt 's, Joshua?«

»Stimmt«, sagt er und blickt endlich von der Tischplatte auf. »Er hat mir ziemlich den Hintern versohlt. Aber Sarah hat recht, das hatte ich verdient. Ich hab keine Probleme mit meinem Dad oder meiner Mom. Sie war nicht begeistert von der Züchtigung, aber es war nicht an ihr, etwas dagegen zu unternehmen. Ja, er hat mich verprügelt – aber das hat mich zu einem besseren Menschen gemacht. Deshalb denke ich schon gar nicht mehr daran.«

Den beiden ist gar nicht bewusst, dass sie misshandelt wurden. So wenig, wie ich damals wusste, dass die Art, wie meine Eltern ihr Leben lebten, narzisstisch und völlig daneben war. Kinder akzeptieren vieles einfach. Sie wollen gefallen. Akzeptiert werden.

Da sind wir drei uns sehr ähnlich.

Ich wechsle das Thema. »Eurer Tante ist aufgefallen, dass das Portraitfoto eurer Eltern nicht mehr im Wohnzimmer hängt. Sie konnte sich nicht erklären, warum.«

Sie wechseln einen Blick.

»Das ist meine Schuld, Detective Carpenter«, sagt Sarah. »Es ist mir beim Abstauben runtergefallen, und das Glas ist zerbrochen. Ich habe noch keine passende Scheibe gefunden, um es zu ersetzen.« Sie wendet sich an Joshua. »Wenn wir einmal in der Stadt sind, könnten wir das vielleicht gleich mit erledigen.«

»Gute Idee.«

Ich habe noch mehr schlechte Nachrichten für sie.

»Joshua, du giltst vor dem Gesetz als Erwachsener, deshalb betrifft dich das nicht.« Ich wende mich an Sarah. »Du bist erst siebzehn«, beginne ich, »und damit minderjährig. Der Staat wird wahrscheinlich einen vorübergehenden Vormund bestimmen, bis eure Eltern wieder da sind.«

Sie lehnt sich zurück.

»Ich bleibe bei Joshua. Ich bin kein Kind mehr.«

»Du bist reif für dein Alter, das stimmt. Das Gericht wird das in seine Entscheidung einbeziehen.«

Sarah zieht ihren Bruder am Arm in die Höhe. Ihre Wangen glühen. »Das können Sie nicht machen. Wir haben nichts falsch gemacht.«

Ich kann jetzt nicht nachgeben, deshalb versuche ich, sie zu beruhigen. »Darum geht es nicht, Sarah. So ist das Gesetz.«

»Unsere Eltern sind verschwunden. Wir sind alleine. Und jetzt wollen Sie uns das antun?«

»Wie gesagt, so ist das Gesetz.«

»Dann ist das Gesetz grausam. Ich dachte, Sie wollten uns helfen, nicht noch mehr verletzen!«

Ich komme mir vor, als stünde ich vor einem Erschießungskommando. In dem Moment wünschte ich, ich hätte das Thema nicht auf den Tisch gebracht, sondern es dem Jugendamt überlassen.

Joshua mischt sich ein: »Wir haben zurzeit schon mit genug zu kämpfen.«

»Ich weiß. Es tut mir leid.«

Sarah starrt mich wütend an. Ich lasse mich nicht unterkriegen.

»Wann soll das Ganze stattfinden?«

»Vielleicht gar nicht«, erinnere ich sie. »Wie gesagt: Der Richter entscheidet, was das Beste für euch ist.«

»Klar«, sagt Joshua, während er seine untröstliche Schwester anschaut. »Jemand anderes entscheidet, was für uns das Beste ist. Das ist echt toll.«

Auf dem Weg zu meinem Auto habe ich das Gefühl, auf die Größe einer Mücke zusammengedampft worden zu sein. Auch wenn ich letztlich nur die Wahrheit ausgesprochen habe, habe ich sie damit verängstigt. Das habe ich schon einmal getan – als ich weggerannt bin und meinen Bruder bei Pflegeeltern zurückließ. Damals habe ich die Konsequenzen dessen, was ich selbst für das Beste hielt, völlig unterschätzt.

Und das bereue ich seitdem jeden einzelnen Tag.

SIEBEN

Es war jetzt zwei Tage her, dass der Pick-up von der Straße gerollt und den Hang hinabgestürzt war. Auch wenn Regina Torrance alles getan hatte, um ihn zu verstecken, würde irgendwann jemand kommen und danach suchen. In der Zwischenzeit versuchte sie, Amy von diesen Sorgen abzulenken.

»Ich werde die Leiche loswerden.«

»Lass sie einfach liegen.«

»Nein. Wenn sie sie finden, dann ziehen sie direkt vor unserer Haustür eine komplette Mordermittlung auf. Kannst du dir vorstellen, wie das wäre? Die Polizei würde uns immer und immer wieder befragen; die Presse würde uns wegen Interviews belästigen. Wir würden entdeckt werden.«

Schließlich stimmte Amy zu. Widerwillig, aber trotzdem.

Regina beendete ihre morgendliche Routine und ließ Amy Eier und Schinken zum Frühstück da, hübsch angerichtet auf dem Service ihrer Mutter, das mit dem Efeumuster. Einer ihrer Umzugshelfer hatte die Kiste mit dem Geschirr fallen lassen und eine große Servierplatte war dabei zerbrochen. Amy hatte sich weinend im Schlafzimmer verkrochen. Später hatte Regina die Scherben so sorgfältig wieder zusammengeklebt, dass die Risse kaum mehr zu erkennen waren.

Das Problem mit der Leiche würde sie mit derselben Sorgfalt angehen. Es würde sich wahrscheinlich sogar leichter beheben lassen als die zerbrochene Platte. Bei der blitzten immer noch ein paar Risse durch das Efeumuster.

Heute Morgen war es deutlich weniger schwül. Der Waldboden war bereits wieder ausgetrocknet wie ein Schwamm, der tagelang vergessen auf der Arbeitsplatte gelegen hatte. Es roch nach Leben. Regina war dankbar für beides. Matsch hätte das Arbeiten unnötig erschwert. Als würde man sich durch Treibsand kämpfen. Sie folgte dem sich dahinschlängelnden Pfad und wechselte dabei die mitgebrachten Gerätschaften immer wieder von einer Hand in die andere: eine Metallsäge, ein Bolzenschneider, Müllsäcke aus Plastik, eine alte Plane und eine Atemschutzmaske.

Während sie sich dem Pick-up näherte, ermahnte sie sich in Gedanken, durch den Mund zu atmen, solange sie mit der Leiche beschäftigt war.

Die Tarnung des Pick-ups war ihr wirklich gelungen. Sie musste die Augen zusammenkneifen, um sicherzugehen, dass sie sich direkt darauf zubewegte. Im trocknenden Matsch hatte ein vorbeiziehender Hirsch kleine, wie eingemeißelt wirkende Hufabdrücke hinterlassen.

Ansonsten entdeckte sie keinerlei Spuren.

Niemand war hier gewesen.

Sie zog ihre Sachen aus und legte sie in den Plastiksack. Dann breitete sie die Plane aus. Nackt stand Regina vor ihren Werkzeugen, hielt den Atem an und lauschte angestrengt.

Außer ihr war niemand hier.

Nur die Vögel.

Ein paar Eichhörnchen.

Und der Tote.

Sie entfernte die Zweige und Farne, mit denen sie die

Leiche bedeckt hatte, und studierte diese eingehend. Dafür hatte sie das letzte Mal keine Zeit gehabt – zu überwältigend waren die möglichen Folgen ihrer Entdeckung gewesen. Die Haut war stark verbrannt, aber es handelte sich immer noch erkennbar um einen Mann. Breite Schultern und schmale Hüften. Keine Frau. Auf der Suche nach endgültiger Bestätigung wanderte ihr Blick an dem geschwärzten Körper nach unten. Da: Ein Knubbel aus verkohltem Fleisch war alles, was von seinem Penis übrig geblieben war. Für einen Mann war der hier nicht besonders groß, vielleicht ein Meter siebzig. Wo seine Kleidung nicht komplett verbrannt war, war sie mit seiner Haut verschmolzen. An ein paar Stellen hatte das Feuer etwas weniger Schaden angerichtet. Er war weiß. Hatte anscheinend eine Brille getragen: Um seine Augen herum hatten sich Spuren in die Haut gefressen, die die markante Form eines Brillengestells nachzeichneten. Regina nahm sich vor, nach ihr zu suchen, wenn sie den Rest erledigt hatte.

Sie setzte die Maske auf und beugte sich mit der Säge über die Leiche.

Ich tue das für Amy und mich. Ich habe ihn nicht getötet. Ich tue nur, was nötig ist, um uns zu beschützen. Es ist eine abstoßende Arbeit, aber das einzig Richtige, wenn so viel auf dem Spiel steht.

Regina begann mit dem Kopf, weil sie aus jahrelanger Erfahrung im Schlachten von Tieren auf der Farm wusste, dass das der schwierigste Teil war – körperlich wie emotional. Nach einigem Hin und Her schaffte sie es, den Kopf direkt über den Schultern abzutrennen. Sie wusste, dass das Blut dank des Feuers nicht herausspritzen, sondern nur langsam heraussickern würde.

Gott sei Dank.

Sie legte den Kopf mit dem Gesicht nach unten auf die Plane. Kein Grund, ihm ins Gesicht zu sehen. Auch wenn sie ihn nicht gekannt hatte, fühlte sich das wie ein Eingriff in seine Privatsphäre an. Zu persönlich.

Regina atmete durch den Mund. Die Hände ließen sich dank des Bolzenschneiders problemlos an den Handgelenken abtrennen. Sie legte sie zu dem Kopf auf die Plane. Dann holte sie tief Luft und lauschte. Nichts.

Ich schaffe das!

Die Armknochen des Mannes waren zu dick für den Bolzenschneider. Also griff sie wieder zur Säge. Vor und zurück. Vor und zurück. Das Sägeblatt war nicht scharf genug, um sauber durch den Knochen zu schneiden, aber immerhin kam sie voran. Stück für Stück zerlegte Regina die zunehmend übelriechende Leiche in handliche Einzelteile. Als sie endlich fertig war, waren ihre Hände bis zu den Ellbogen mit Blut und anderen Körperflüssigkeiten besudelt. Ein paar Spritzer hatten sich sogar auf ihr Gesicht verirrt. Aber das war okay. Das konnte sie alles problemlos in der Außendusche abwaschen. Und ihrer Kleidung würde man dank ihrer Vorkehrungen nicht ansehen, was sie hier getan hatte.

Amy musste nicht erfahren, wie weit Regina für ihre Liebe gehen würde.

Genauso wenig wie der Sheriff von Jefferson County.

Sie musste zweimal gehen, um alle Leichenteile zur Feuergrube zu bringen. Hier hatten sie sich über kurz oder lang immer eingefunden, solange Amy und sie noch Besuch bekommen hatten. S'mores, Marshmallows und Schokolade zwischen Keksen. Marihuanawölkchen. Lange, betrunkene Geschichten über Leute, die sie liebten oder hassten.

Regina verteilte etwas ausgelassenes Fett von einer Ziege, die sie neulich geschlachtet hatte, auf den Überresten des namenlosen

Toten, damit sie besser Feuer fingen. Dann schichtete sie Holz darauf und zündete den Stapel an. Sie wusste, es würde lange dauern, bis alles restlos verbrannt war, vielleicht die ganze Nacht. Als sie damals hergezogen waren, hatte einer ihrer Freunde ein Reh angefahren und irgendwer war auf die geniale Idee gekommen, das tote Tier einzuäschern. Selten dämlich. Statt eines fröhlichen Feuers war beißender Qualm in den Himmel aufgestiegen und die Flammen hatten gezischt, während sie das Hautfett des Tieres verschlangen. Eine Leiche, die bereits einmal gebrannt hatte, konnte beim zweiten Mal nicht so schlimm sein ... Oder? Am Morgen war der Tierkadaver nur noch ein Häufchen Asche gewesen. Selbst einige der Knochen waren verbrannt. *Verschwunden.* Genau das brauchte sie jetzt auch. Dem Scheiterhaufen würde hier draußen niemand Beachtung schenken. Sie hatte einmal eine Matratze in der Feuergrube verbrannt. Eine Säule aus dickem schwarzem Rauch hatte sich in den Himmel geschraubt. Niemand hatte je ein Wort darüber verloren. Oder sich über den Gestank beschwert. In Snow Creek war das Verbrennen einer Leiche eine private Nicht-stören-Angelegenheit. Wie so vieles hier oben. Sie sah zu, wie die Flammen emporschossen, dann eilte sie ins Haus, um Amy wissen zu lassen, dass sie sich endlich um den Abfall kümmern würde, der sich in der Scheune stapelte.

»Wie ist es gelaufen? Hast du die Leiche vergraben?«

»Ja, hab ich.«

»Im Wald?«

»Ja, Baby, im Wald.«

Regina fühlte Amys Lippen auf den ihren. So warm und angenehm. So perfekt.

»Ruh dich aus. Ich passe auf das Feuer auf.«

»Ich liebe dich.«

»Ich liebe dich für immer und ewig.«

Beide wussten: Ihre Liebe würde alles überdauern.

ACHT

Kein Wölkchen trübte den tiefblauen Morgenhimmel, als Dante York und seine Immer-mal-wieder-Freundin Maddie Cohen von Port Hadlock aus aufbrachen, um die Wildnis oberhalb von Snow Creek zu erforschen. Dante war besessen von Kryptozoologie. Er war überzeugt davon, als Erster ein unwiderlegbares Foto von einem Bigfoot schießen zu können. Auch Maddie fand die Idee ziemlich spannend – allerdings kam darüber nach ihrem Geschmack ihr Liebesleben immer häufiger zu kurz.

Alles, was sie in letzter Zeit unternommen hatten, hatte sich um den Bigfoot gedreht.

Ein Holzfäller hatte in den späten Achtzigern Spuren hier oben gefunden. Sam Otis war sogar mit einem Foto und einem Artikel im *Leader*, der Zeitung von Port Townsend, abgedruckt gewesen.

EINWOHNER AUS PORT TOWNSEND BEHAUPTET, BIGFOOT-SPUREN GEFUNDEN ZU HABEN

Der vergangene Freitag war für Sam Otis, 36, aus Port

Townsend ein Tag wie jeder andere – mit einer Ausnahme.
Einer ziemlich großen.
Otis hatte gerade seine Schicht im Sägewerk der Puget Logging Co. auf dem Gelände des Holzkonzerns in Snow Creek beendet. Als er auf dem Weg zu seinem Pick-up war, will er auf Spuren eines riesigen menschenähnlichen Wesens gestoßen sein.
»Ich wusste sofort, was ich da vor mir hatte«, sagte er dem Leader.
»Ich hatte schon immer das Gefühl, dass Bigfoot da draußen ist, uns beim Arbeiten beobachtet. Hier ist der Beweis.«
Otis hat zwei Fotos der Spuren geschossen. Auf einem hat er eine Dollarnote als Größenvergleich in die Spur gelegt ...

»Wir werden etwas finden«, beharrte Dante, während er eine Flasche mexikanische Coke herunterkippte.

Maddie lächelte ermutigend, während sie weiter auf ihr Handy starrte.

»Ja«, meinte sie und verteilte eine Flut von Likes unter den Instagram-Posts ihrer Freundin. »Etwas.«

Die Fahrt die alte Holzfällerstraße hinauf war ziemlich holprig gewesen. Puget Logging hatte ursprünglich vorgehabt, hier oben noch mehr Holz zu schlagen, aber der Fleckenkauz, eine bedrohte Art, hatte dem Plan abrupt ein Ende gesetzt. Ironischerweise war der kleine Vogel von einer Gruppe Krypto-Jäger während ihrer Suche nach dem Bigfoot entdeckt worden.

Sam Otis' Geschichte hatte nicht nur ihn, sondern allen seinen Kollegen den Job gekostet.

Maddie warf einen Blick auf ihr Handy.

»Kein Empfang«, verkündete sie.

Dante sah zu ihr herüber. »Du musst nicht ständig online sein. Lass uns den Moment genießen.«

Das hörte sie öfter von ihm. Sie hing wirklich oft am Handy. Erst recht, seit Dantes neue Leidenschaft zu seinem Lebensmittelpunkt geworden war.

Vielleicht passten sie einfach nicht zusammen.

Während ihr Blick von ihrem funktionsunfähigen Samsung zu ihm huschte, dachte sie darüber nach. Dante sah gut aus. War nett. Hatte einen guten Job.

Was könnte ich mir mehr wünschen?

Die Straße wurde unebener, steiler und immer enger.

»Ich fühl mich wie in einem Mixer«, meinte sie schließlich.

»Ja. Die Schlaglöcher sind die Hölle für das arme Auto.«

Das stimmt, dachte sie. *Sein Auto ist wirklich armselig. Das ist ein klarer Minuspunkt.*

»Lass uns anhalten.«

»Nee. Hier geht's nicht, aber da vorne wird die Straße etwas breiter.«

Kurz darauf hielten sie neben einem Stapel Baumschnitt, Baumstümpfen und anderen Holzabfällen, die schon so lange hier herumlagen, dass eine kleine Douglasie wie die Spitze eines Weihnachtsbaums aus dem Gewirr emporragte.

»Ich muss mal pinkeln«, erklärte Dante, während er bereits die Straße überquerte.

Ich muss mir darüber klar werden, wo diese Beziehung hinführt, dachte Maddie, während sie sich auf einen von der Sonne ausgebleichten Stamm hockte.

Dante stand in der typischen Pose da, die Beine gespreizt, und wusch den Straßenstaub von einigen Himalaya-Brombeer-Büschen, die eine natürliche Hecke formten. Die Sträucher mit den rasiermesserscharfen Dornen hingen voller reifer Beeren. Der Duft sonnenwarmer Brombeeren war für viele derer, die im pazifischen Nordwesten leben, der Inbegriff des Sommers.

»Hey, wir sollten ein paar Beeren pflücken.«

»Nicht bei dir drüben«, schoss Maddie mit angewidertem Gesicht zurück.

»Du bist eklig, Dante.«

Er verdrehte die Augen. »Ich meinte auch nicht genau hier.« Als er die Knie ein wenig beugte, um den Reißverschluss zu schließen, fiel sein Blick auf ein silbernes Schimmern hinter den Büschen, weiter unten am Hang. Er reckte den Hals, um besser sehen zu können.

»Maddie«, sagte er und drehte sich zu ihr um, »da unten steht ein Pick-up. Komm, den schauen wir uns genauer an.«

Es war kein Bigfoot, aber immerhin interessanter, als hier herumzustehen und darauf zu warten, dass etwas passierte, also stimmte Maddie zu.

»Vielleicht hat ihn hier jemand zurückgelassen, als die Baumfällarbeiten gestoppt wurden?«, überlegte sie.

»Könnte sein.« Gemeinsam rutschten sie den Hang hinab.

Als sie sich dem Pick-up näherten, erkannte Dante das Symbol auf der Heckklappe.

»Es ist ein GMC. Der ist erst ein paar Jahre alt.«

Er begann, Zweige von der Karosserie herunterzunehmen.

»Irgendwer hat ihn hier entsorgt«, sagte sie.

»Ich frag mich, warum? Besser als mein Scheißauto.«

»Ganz deiner Meinung, Dante.«

Sie gingen einmal um das Fahrzeug herum. Es war von einem Feuer geschwärzt, die Scheiben geplatzt. Die Fahrertür hing offen. Im Fußraum lagen Teppichstücke und Farbeimer herum.

»Handwerker?«, schlug Maddie vor und schnippte eine gelbe Schutzweste beiseite.

Dante überflog die Sachen im Inneren und nickte knapp.

»Gestohlen«, sagte sie.

»Ja. Irgendwer hat damit eine Spritztour gemacht und ihn nachher hier entsorgt.«

Maddie stocherte mit einem Stock im Fußraum herum.

»Nichts Brauchbares dabei.«

Dann blieb ihr Blick plötzlich an etwas hängen. Einen Moment stand sie wie erstarrt da. Konnte die Augen nicht abwenden. Dann begann sie zu schreien. Es war ein Schrei wie aus einem Horrorfilm. Er stieg und fiel wie eine Sirene, schien schier kein Ende zu nehmen.

Dante, der auf der Suche nach den Zulassungspapieren gewesen war, um herauszufinden, wem der Pick-up gehörte, eilte zu ihr.

»Bist du okay? Hat dich was gestochen?« Er schlang die Arme um Maddie und versuchte, sie zu beruhigen.

Maddie machte einen Schritt rückwärts. Ihr Mund bewegte sich, aber kein Ton kam heraus. Stumm deutete sie mit dem Stock auf etwas im hinteren Teil des Pick-ups.

Dante trat näher heran.

»Was ist?«

»Da«, sagte sie und tippte mit dem Stock gegen etwas, damit er es auch sah.

Eine vertrocknete menschliche Hand ragte zwischen den Teppichresten empor. Sie war klein, gehörte einem Kind oder einer Frau. Die Finger waren gebogen wie die Beine einer Krabbe.

»Heilige Scheiße«, sagte Dante, während seine Freundin sich über einem Schwertfarn erbrach.

NEUN

Ein junger Polizist der State Patrol sieht mich heranfahren. Als ich aus dem Auto steige, setzt er sich in meine Richtung in Bewegung. Hinter ihm stehen drei weitere Fahrzeuge, zwei davon gehören Deputys des Sheriffbüros von Jefferson County. Das dritte stammt offensichtlich von dem Pärchen, das den Fund gemeldet hat. Es ist ein zehn Jahre alter ziegelroter Buick Skylark. Bestimmt von den Großeltern geerbt oder so. Die zwei, die daneben stehen, sind noch recht jung.

Die Frau ist zierlich, hat hellbraune Haare und helle Haut. Die Haare des Mannes dagegen sind schwarz, seine Haut dunkler. Sie starrt den Hang hinab. Sein Blick verfolgt mich, während ich auf sie zugehe.

»Ich bin Detective Carpenter«, sage ich. »Ich weiß, der heutige Tag war sehr traumatisch für Sie beide ...« Ich betrachte sie kurz. »... aber ich bitte Sie, mir genau zu berichten, wie Sie das Opfer aufgefunden haben.«

Und so erzählen mir die zwei ihre Geschichte. Ich komme mir vor wie bei einem Tennismatch in Wimbledon, so schnell wechseln Maddie und Dante sich dabei ab.

»Bigfoot.«

»Beweis.«

»Schreckliche Straße.«

»Wollten wieder heim.«

»Musste pinkeln.«

»Er rief mich rüber.«

»Pick-up.«

»Als hätte ihn jemand versteckt.«

Maddie hält kurz inne. Ihre Augen kleben an der staubigen Schotterpiste zu ihren Füßen, während sie sich erinnert. Dante legt ihr den Arm um die Schulter.

»Hand wie eine Klaue.«

»Hab sie schreien gehört.«

Und das war's.

Als der schlichte weiße Van des Leichenbeschauers ankommt, sind wir gerade fertig, deshalb nehme ich nur noch schnell Maddies und Dantes Kontaktdaten auf, dann schicke ich sie nach Hause.

»Das ist ein Mordfall, stimmt's?«, fragt Dante, während er sich zum Gehen wendet.

»Das können wir noch nicht mit Sicherheit sagen«, antworte ich.

Aber natürlich *bin* ich mir sicher. Mir fällt kein Szenario ein, in dem das hier das Ergebnis irgendeines unglücklichen Unfalls sein könnte. Als hätte sich jemand im Baumarkt aus Versehen in einem Teppich verheddert, einer der Mitarbeiter hätte die Leiche gefunden und Angst gehabt, dass man ihm die Schuld dafür geben und ihn rausschmeißen würde. Das ist bescheuert. Mal ehrlich: Warum sonst sollte jemand eine Leiche in einen Teppich einrollen, das Ganze mitsamt dem Transportmittel in Brand stecken und es den Hang hinunterschicken? Mord ist mit Abstand die wahrscheinlichste Erklärung.

Jerry Larsen kommt herüber. Er ist Anfang sechzig und schon mehr als sein halbes Leben lang unser Leichenbeschauer hier. Da er so selten etwas zu tun bekommt, führen seine Frau und er eine Apotheke in der Innenstadt. Jedes Mal, wenn ich ihn sehe, erinnert er mich an Santa Claus. Seine Haare sind weiß und er trägt einen weichen, fünfzehn Zentimeter langen Bart. Jerry ist zwar nicht mal ansatzweise dick, aber wegen seiner schelmisch glitzernden Augen, der weißen Haare und rosigen Wangen nenne ich ihn insgeheim Merry Larsen. Das würde ich allerdings nie laut sagen.

»Detective, was haben wir hier?«

Ich führe ihn zu der Stelle, die von den Männern der State Patrol abgesichert wurde. Das ist unser Fall, unser Zuständigkeitsbereich. Gleichzeitig sind wir hier aber mehr oder weniger im Niemandsland. Dank unseres kleinen Budgets müssen wir auf die State Patrol, das Kriminallabor in Olympia und die Hilfe der Countys Kitsap und Clallam zurückgreifen, die beide mehr Ressourcen zur Verfügung haben. Jerry Larsen ist Leichenbeschauer, kein Rechtsmediziner. Er wird die Leiche in die Obhut einer der beiden Countys oder in die des Staates geben und sie später wieder übernehmen, wenn die Todesursache feststeht.

Der Abhang, an dessen Fuß die Leiche im Pick-up liegt, ist ziemlich steil, und ich mache mir Sorgen, dass Jerry ausrutschen könnte. Ihm meine Hand als Stütze anzubieten traue ich mich aber nicht. Er ist zwar einfach goldig, aber von der alten Schule. Leute von der alten Schule fühlen sich schnell auf den Schlips getreten. Goldig ist prima. Jerry ist wie eine kandierte Pflaume.

Als wir unten ankommen, treten die Männer von der State Patrol zurück, um uns durchzulassen.

»Wir haben die Umgebung im Umkreis von rund fünfzig Metern um den Pick-up abgesucht«, meint einer.

»Vergrößern wir den Umkreis auf hundert«, antworte ich.

»Die Fahrzeugidentifikationsnummer wurde entfernt«, erklärt ein anderer. »Die Kennzeichen auch.«

Ich ziehe Latexhandschuhe aus der Tasche und gehe um den Wagen herum zum Heck. Gut, denke ich. Nur die Hand schaut aus dem Teppich heraus. Genau wie Maddie sie vorgefunden hat. Niemand hier hat versucht, mir meine Arbeit abzunehmen. Ich klettere auf die Ladefläche und achte darauf, nichts dort unnötig zu berühren.

Jerry macht inzwischen Fotos.

»Hat sie etwas in der Hand?«, fragt er.

Ich beuge mich näher heran. Der Verwesungsgestank der Leiche ist überwältigend stark, aber ich lasse mir nichts anmerken. Das ist der schlimmste Geruch, den es gibt. Er bleibt einem nach dem Kontakt noch eine ganze Woche in der Nase hängen, und Partikel des Toten setzen sich an den Wimpern fest wie kleine Parasiten, die einen immer und immer wieder daran erinnern.

An die Tote.

Oder den Toten.

Oder die Toten.

Die Verstorbenen, die verlangen, dass man ihren Mörder fasst.

»Sieht nicht so aus«, sage ich an Jerry gewandt.

Dann löse ich ganz vorsichtig den Teppich von der Leiche. Auf der Unterseite klebt ein Teil der Haut des Opfers hartnäckig daran. Es dauert ein bisschen, bis ich sie abgelöst kriege.

Die Frau, nicht länger in ihrer Teppichverpuppung eingerollt, ist nackt, die Haut teilweise verbrannt. Ihre Augen sind von der Hitze zugeschweißt worden, ihr Mund in einem stummen Schrei aufgerissen. Jerry wendet sich kurz ab, bevor er sich daran macht, auch diesen Teil mit der Kamera festzuhalten.

Sie ist dünn und hat Hängebrüste, der Bauch überzogen von Dehnungsstreifen. Jemandes Mutter. Ihre Hände sind zu Klauen verformt, aber die Fingerspitzen sind schwielig von harter Arbeit. Sie trägt keinen Schmuck. Ihre Haare sind lang und blond. Ich erstarre, und für einen Moment erstirbt jeder Laut um mich herum.

Ich werfe Jerry einen Blick zu. Er ist blass geworden.

Insgeheim weiß ich, wer diese Frau ist.

Was hat er dir angetan? Und wo ist er jetzt?

Ich wende mich an die Männer, die um uns herumstehen.

»Alles hier sind Beweismittel. Ich bin mir sicher, dass Sie sich dessen bewusst sind.«

Ich sage das, weil sie es manchmal eben nicht wissen.

»All das muss fürs Labor sorgfältig eingepackt werden. Noch das kleinste Stück Teppich. Jeder Fetzen Papier. Kaugummi, wenn Sie im Fahrerhaus welches finden. Kaffeebecher. Egal, in welchem Zustand. Wenn Sie irgendetwas davon für Müll halten, dann sollten Sie sich einen anderen Job suchen. Wir müssen sichergehen, dass uns hier nichts durchrutscht. Dazu gehört auch der Pick-up.«

Ich bin mir ziemlich sicher, von irgendwo ein gemurmeltes »Schlampe« zu hören. Aber das ist okay. Es heißt, dass ich bei ihnen einen Eindruck hinterlassen habe. Ich bin hier schließlich nicht auf der Suche nach einem Date. Ich will Gerechtigkeit für diese tote Frau.

»Haben Sie bei der Umkreissuche irgendetwas gefunden?«

Der Trooper, der mir bei meiner Ankunft entgegengekommen ist, meldet sich.

»Ich«, sagt er. »Ich habe einen Schuh aus Plastik gefunden.«

Er hält eine durchsichtige Plastiktüte hoch.

»Trooper, das ist ein Croc.«

»Tschuldigung. Ich dachte, er könnte hilfreich sein.«

Die Männer lachen. Er läuft knallrot an.

»Gut möglich«, sage ich und nicke ihm zu. »Croc ist die Schuhmarke.«

ZEHN

Der Wald ist voller Augen. Kleiner Augen. Und größerer. Wenn ein Fremder oder eine Gruppe von ihnen sich in seine dunkle, grüne Welt mit ihrem süßlich-herben Duft verirrt, wird jeder ihrer Schritte beobachtet. Jeder Eindringling ist eine Bedrohung. Für das einsame Augenpaar, das jede Bewegung der Polizisten verfolgte, war nichts so gefährlich wie die Ereignisse da drüben bei dem Pick-up, den sie so sorgfältig versteckt gehabt hatte. Sie beobachtete, ohne zu blinzeln, wie der Leichenbeschauer und ein Deputy etwas auf einer Trage davontrugen.

Noch eine Leiche?

Regina konnte nicht glauben, was sie da sah. Wie hatte sie die übersehen können? Warum gab es zwei von ihnen? Ihr Vertuschungsversuch war ein verheerender Fehlschlag, der ihr Leben mit Amy zerstören könnte.

Verdammt!

Scheiße!

Was soll ich tun? Was soll ich ihnen sagen, wenn sie mit ihren Fragen zu uns kommen?

In dieser Nacht trug sie Amy in die Scheune. Der schlafende Körper lag schwer in Reginas Armen. Amy gab leise schnaufende Geräusche von sich, und das klang in Reginas Ohren so lieblich wie eine Arie.

Dann öffnete sie die Augen.

»Ich liebe dich, Baby.«

»Ich liebe dich mehr.«

Sie spürte Amys sanfte, fast schüchterne Umarmung und sehnte den Tag herbei, an dem es ihr besser gehen würde, von dem an sie sorgenfrei leben konnten. So wie vor diesem schrecklichen Tag vor zwei Jahren.

»Ich hänge einen Zettel an die Tür, dass wir den Rest des Sommers nicht da sind.«

»Gute Idee, Regina.«

»Ich geb mein Bestes. Und wir haben immer gerne hier oben übernachtet.«

Amy lächelte, während Regina sie auf das improvisierte Bett hob, das sie aus reichlich Stroh im Speicher der kleinen Scheune hergerichtet hatte, die sie vor so vielen Jahren gebaut hatten. Es fühlte sich ein bisschen wie Heimkommen an. Die Erinnerungen an die erste Zeit hier oben waren magisch. Die besten Jahre ihres Lebens.

Sie deckte Amy zu, dann kehrte sie in die Küche im Haupthaus zurück und entwarf die Nachricht.

Zur Erinnerung: Amy und ich sind mit unseren Freunden in ihrem Wohnwagen auf Reisen. Keine Sorge, Jared kümmert sich um die Tiere. Wir sind wahrscheinlich im September zurück.

Alles Liebe, Reggie und Amy

Das würde dem Sheriff genug Zeit lassen herauszufinden, was es mit dem Pick-up auf sich hatte, ohne sich dabei in ihr Leben einzumischen, dachte Regina, während sie den Zettel an der Haustür befestigte. Sie hatten sich hier ihre eigene kleine Welt geschaffen, Außenweltler waren nicht erwünscht.

Vor allem Gesetzeshüter nicht.

Regina erinnerte sich noch genau an das letzte Mal, als sie die Farm im Wald verlassen hatte, um in die Stadt zu fahren. Vor zwei Jahren. Wie sie sich gefühlt hatte. Einsam. Fremd. Anders. Sie war die Straßen von Port Townsend wie in einer Art Trance entlanggewandert. Als wäre sie noch nie dort gewesen. Ein Alien. Alles da war so laut. Belästigte sie von allen Seiten. Als ein junger Mann an ihr vorbeiging und etwas davon faselte, wie er irgendeine Frau letzte Nacht »gevögelt« habe, und damit angab, die »Schlampe« bereits zu ghosten, fragte sie sich, warum sie Teil des Telefongesprächs eines völlig Fremden sein musste. Sie verzog das Gesicht. Eine Mutter flüster-brüllte in ihr Handy und erzählte vom letzten Tobsuchtsanfall ihres Kindes, davon, dass sie nicht mehr weiter wisse und sich wünsche, sie hätte ein koreanisches Baby adoptiert statt eines russischen. Ein Mann Mitte siebzig hielt vor einer jungen Frau an, nicht älter als zwanzig, die Bilder von Küstenlandschaften verkaufte, und begann ihr zu erklären, dass sich die Farben in ihren Bildern bissen.

»Ich weiß nicht, ob das Realismus sein soll oder Kitsch, aber in jedem Fall ist es völlig daneben«, sagte er.

Das ging am Ziel vorbei. War unnötig. Jeder hier schien auf der Privatsphäre jedes anderen herumzutrampeln, als hätte er ein Recht dazu. Amy würde es da draußen hassen. Absolut. Während sie Vorräte zusammensuchte, dachte Regina bei sich, dass sie zumindest das mit absoluter Gewissheit sagen konnte, und hoffte, dass es noch mal zwei Jahre dauern würde, bis sie wieder nach PT runterfahren musste.

In einem Feinkostladen in der Innenstadt bestellte sie einen Mokka mit Sahne und ein Avocado-Frischkäse-Sandwich. Bei jedem Schluck Mokka, jedem Bissen, den sie von dem Sandwich nahm, schwor sie sich, dass es das Letzte sein würde, was sie von jemand anderem annahm. Sie und Amy konnten sich selbst versorgen. Jeden Tag mehr. Sie hatten einen gut gefüllten Gemüsegarten. Eine Schar Hühner, die Eier und Fleisch lieferten. Von den Ziegen bekamen sie Milch, Käse und Fleisch. Auf einem Feld hinter der Scheune bauten sie sogar ihren eigenen Weizen an. Bevor sie den Kofferraum schloss, überflog sie das Ergebnis ihres Shoppingtrips, die Dinge, die sie und ihre Frau nicht züchten oder anpflanzen konnten, aber dennoch brauchten.

Die Liste war ziemlich kurz, die Punkte darauf in gewisser Weise jedoch lebensnotwendig: Olivenöl, Maismehl, Taschentücher, ein paar Plastikschläuche und eine Packung Aktivkohle.

Zufrieden mit ihrer Ausbeute warf sie den Kofferraum zu.

Sie startete den Motor und schaltete das Radio ein. Nachrichten aus Seattle brüllten ihr entgegen, und die dröhnende Stimme des Nachrichtensprechers verstärkte ihren Entschluss nur noch, die Welt da draußen hinter sich zu lassen. Sie trat aufs Gaspedal und beobachtete, wie die hübschen viktorianischen Häuser von Port Townsend – in jedem möglichen Farbton angepinselte Damen – und die Fassaden seiner idyllischen Backsteinhäuser in der Innenstadt im Rückspiegel verschwanden.

Dann sah Regina sich selbst im Rückspiegel an. Neigte den Kopf ein wenig. Sie sah gut aus. Braungebrannt, fit. Ihre Augenbrauen könnten etwas Formung vertragen, aber Amy störte das nicht, also warum sich darüber Gedanken machen? Selbst ihr totes Auge tat ihrer vergänglichen Eitelkeit keinen Abbruch. Es hatte keinerlei Ausdruck – na und? Dafür strahlte ihr anderes Auge voller Leben. Voller Hoffnung. Sogar vor Staunen.

Um die Welt deutlich zu sehen, brauchte man nur ein Auge. Um zu sehen, was wirklich zählte, reichte eines vollkommen.

Regina Torrance hatte sich noch nie in ihrem Leben besser gefühlt.

Sie kurbelte das Fenster herunter und ließ die sanfte, nach Meer duftende Brise über ihr Gesicht streichen.

Das Leben war so schön.

Kein Theater mehr.

Sie kroch unter die Decke. Amy schlief bereits. Der Gedanke, dass etwas mit Amy physisch nicht stimmen könnte, schoss ihr durch den Kopf, aber sie ließ ihm keine Chance, sich einzunisten. Das war einfach zu viel für sie. Sie hatte alles getan, um Amy dabei zu helfen, sich von dem zu erholen – was auch immer es war –, das sie krank gemacht hatte. Eine Zeit lang hatte sie geglaubt, dass es besser wurde. Hatte dafür gebetet. Jetzt flüsterte sie Amy ins Ohr, dass es nichts gab, was sie voneinander trennen konnte. Keine Krankheit. Auch nichts Schlimmeres.

Wir gehören zusammen.

Amy murmelte etwas und rührte sich.

Regina flüsterte weiter.

»Ich möchte mit dir schlafen. Meine Zunge vermisst dich. Will dich schmecken. Dich dazu bringen, dass du erbebst, als wäre es das erste Mal, dass wir miteinander schlafen.«

Lange erhielt sie keine Antwort. Schließlich schüttelte Amy den Kopf.

»Es tut mir leid. Ich liebe dich. Aber ich fühle mich im Moment einfach nicht danach. Küss mich. Halt mich fest. Berühr mich. Für mehr bin ich noch nicht bereit.«

Regina beugte sich zu ihr hinüber und küsste sie auf die Wange. So ging es jede Nacht, schon sehr, sehr lange. Regina redete sich ein, dass es ihr nichts ausmachte. Dass es ihr reiche, Amy auf die Art zu lieben, die sie vorzog. Dass sie das Hindernis, das ihnen im Moment entgegenstand, mit der Zeit überwinden würden. Wahre Liebe überwand alles. Die Welt selbst existierte schließlich nur aufgrund dieser einen Wahrheit.

Am Morgen nach der Nacht in der Scheune ging Regina ihrer straff organisierten Routine nach. Die einzige Abweichung davon fand in ihrem Kopf statt. Sie fragte sich, ob sie das Richtige getan hatte. Ob sie für ihre Taten würde büßen müssen, ob sie auf Amy zurückfallen würden. Sie streichelte ihre Lieblingsziege.

»Wir sind sicher, nicht wahr?«

Die Ziege sah sie mit ihren teufelsgleichen Augen an.

»Halt den Mund.«

Sie beendete die Arbeiten in der Scheune, sammelte die Eier im Hühnerstall ein und ging dann zur Feuergrube hinüber, um zum hundertsten Mal die Asche darin zu prüfen.

Es war nichts übrig geblieben.

Wir sind sicher. Wir sind alle sicher.

ELF

Ich bin nicht wirklich überrascht, als Jerry, der Leichenbeschauer, anruft. Er hat den vorläufigen Bericht des Rechtsmediziners erhalten.

»Es handelt sich um Mord.«

Was sonst?

»Todesursache?«

»Stumpfe Gewalteinwirkung am Hinterkopf. Dr. Andrade vermutet die Klaue eines Tischlerhammers. Der Schädel wies Werkzeugspuren von dem Schlag auf. Abgesehen vom Bruch selbst, versteht sich.«

»Das ist brutal. Haben wir den Tox-Bericht schon?«

»Noch zu früh.«

»Wie sieht's mit Fingerabdrücken aus?«

»Sie haben Handabdrücke genommen, aber die Fingerspitzen waren ziemlich verbrannt. Nichts zu holen.«

»Nur die Finger?«

»Ja. Ein paar Verbrennungen im Gesicht noch. Andrade meint, dass wohl ein Schweißbrenner verwendet wurde.«

»Folter?«

»Wahrscheinlich post mortem.«

Das ist immerhin etwas. Die Vorstellung, mit einem Hammer erschlagen zu werden, ist schlimm genug. Eine Frau bei lebendigem Leib mit einer Acetylenflamme zu verbrennen wäre eine Szene direkt aus einem Horrorfilm.

»Der Pick-up wird immer noch untersucht«, fügt er hinzu. »Darüber wissen wir in ein, zwei Tagen mehr. Sind ganz schön beschäftigt da drüben. Wir hatten Glück, dass sie die Frau so schnell abgearbeitet haben. Zwei unserer gynäkologischen Abstriche liegen dort schon seit fast sechs Monaten auf Eis. Der Staatsanwalt macht Druck, aber sie haben eine ellenlange Warteliste und nicht genug Personal.«

»Das ist eine Ausrede«, sage ich. »Sie geben ihr Geld da aus, wo es ihnen passt. Ich schätze, Vergewaltigungen sind nicht so wichtig wie neue Autobahnprojekte.«

»Und Mord«, fügt er hinzu. »Der quetscht sich da drüben immer noch durch.«

Ich ahne, worauf das hinausläuft, und ich bin selbst schuld. Ich habe die Tür geöffnet. Jerry steht kurz vor einer Schimpftirade über die Verschwendung staatlicher Ressourcen. Ich lenke das Gespräch schnell wieder auf unser Mordopfer.

»Schicken Sie mir alles, was Sie haben.«

»Längst erledigt. Ich bin Ihnen einen Schritt voraus, Detective.«

Ich wechsle auf den Bezirksserver und logge mich mit meiner Markennummer und meinem Passwort ein. In meinem Ordner liegt eine PDF-Datei des Berichts aus Olympia. Während der Drucker summend anspringt, steuere ich die Kaffeeküche am anderen Ende des Flurs an. Als ich reinkomme, drückt der Sheriff gerade auf das Knöpfchen am Süßigkeitenautomaten.

»Das verdammte Ding funktioniert nie«, beschwert er sich.

»Vielleicht ist das gar nicht so schlecht.«

Er ignoriert die Bemerkung.

»Wie geht's mit Snow Creek voran?«, fragt er.

»Ich drucke gerade den Bericht des Rechtsmediziners aus. Gib mir ein paar Minuten, um ihn zu überfliegen. Dann komm ich vorbei.«

Er nickt. Ich nehme meinen Kaffee und kehre an den Schreibtisch zurück, während er weiter auf den Automaten einflucht.

Ich lese mir den Bericht Seite für Seite durch. Dr. Andrades Notizen erzählen bereits eine vollständige Geschichte, trotzdem sind es die Fotos, die meine Aufmerksamkeit auf sich ziehen. Die Verbrennungen des Opfers müssen einfach post mortem sein. Sie sind so klar und präzise ausgeführt. Ich gehe die Fotos Stück für Stück durch. Das Gesicht. Die Arme. Der Hinterkopf. Als ich bei ihren Füßen ankomme, stocke ich. Schaue genauer hin. Ich kann es nicht mit Sicherheit sagen, aber es sieht so aus, als ob das Opfer einen Zeh zu wenig hat.

Im Bericht steht davon nichts.

Ich kippe einen großen Schluck Kaffee hinunter und rufe Dr. Andrade an.

Er geht sofort ran.

»Doktor, es gibt eine Unstimmigkeit in Ihrem Bericht. Es gibt – soweit ich sehen kann – keinen Vermerk, dass der Frau ein Zeh fehlt.«

Ich höre ihn etwas auf der Tastatur tippen. Kurzes Schweigen. War das ein Seufzer? Schwierig zu sagen übers Telefon.

»Am rechten Fuß fehlt der kleine Zeh, jaja«, sagt er.

»Das steht nicht im Bericht, Doktor.«

»Mein Fehler«, gesteht er mit offensichtlichem Bedauern, dann lässt er einen seiner Angestellten über die Klinge springen: »Ich habe einen neuen Transkribierer, und dem sind ein paar Sachen durchgerutscht. Nicht schlimm, aber auch nicht gerade schön.«

Ich frage mich, warum die Leute es nicht einfach zugeben können, wenn sie einen Fehler gemacht haben.

Leute wie ich.

»Post mortem?«, frage ich.

»Nein. Im Gegenteil. An der Stelle, an der der Zeh fehlt, fand sich Narbengewebe. Die Unbekannte hat ihren Zeh vermutlich als Kind verloren.«

»Was ist ihm noch durchgerutscht?«

»An den Fersen habe ich Erdreste gefunden. Sie sind auf den Fotos, aber nicht im Bericht.«

»Sie wurde über den Boden geschleift?«

»Wahrscheinlich.«

»Sie hat nur 55 Kilo gewogen. Nicht sonderlich schwer.«

»Der Tod hat sein Gewicht. Das ist nicht so einfach.«

Ich bin gereizt, aber gleichzeitig neugierig.

»Werden Sie den Bericht korrigieren?«, frage ich.

Ein langes Schweigen folgt. Jeder in den drei Countys weiß, dass er es hasst, irgendetwas nachträglich zu korrigieren. Er hat recht. Immer. Macht niemals irgendetwas falsch.

»Na gut, Detective. Ich kümmere mich darum. Weil Sie es sind.« In seinem Tonfall schwingt ein Hauch Sarkasmus mit.

Tu es für das Opfer, liegt mir auf der Zunge. Aber das behalte ich für mich. Stattdessen danke ich ihm und lege auf.

Bevor ich später nach Hause fahre, schaue ich beim Sheriff vorbei, um ihn auf den neuesten Stand zu bringen.

Er steckt bis zum Hals in Papierkram. Mit seinen freundlichen Augen wirft er mir einen Blick zu und nickt.

»Wie geht's mit dem Teppichfall voran?«

»Gibt noch nicht viel zu berichten. Mrs Wheaton hat nie den Führerschein gemacht. Deshalb können wir keine Informationen von der Kfz-Behörde zum Abgleich verwenden, ob es sich bei dem Opfer um sie handelt. Eine Sache vielleicht: Der Leiche fehlt am rechten Fuß ein Zeh. Ihre Kinder haben davon nichts erwähnt. Ich frag sie morgen danach.«

»Klingt gut«, sagt er und nimmt seine Drahtbrille von der Nase. »Wie geht es dir, Megan? Gestresst?«

Tony Gray kennt mich wirklich gut. Zumindest den Teil,

den ich ihn sehen *lasse*. Er hat in meinem Gesicht etwas gesehen, dass ich nicht vor ihm versteckt habe. Vielleicht nicht verstecken konnte. Es stimmt: Ich bin gestresst. Ich schätze, mit dem Wheaton-Fall kommen Sachen wieder hoch, die ich vergessen hatte. Verdrängt. Jetzt stürzen sie auf mich ein.

»Mir geht's gut«, behaupte ich. »Ich will einfach rausfinden, ob sie wirklich unser Opfer ist, und ihren Mann suchen.«

ZWÖLF

Zurück in meiner Wohnung krame ich in meinen mageren Vorräten nach etwas zu essen, auch wenn ich nicht sonderlich hungrig bin. Die Fotos der Unbekannten haben mir den Appetit verdorben – was praktisch wäre, wenn ich abnehmen wollte. Will ich aber nicht. Die Würdelosigkeit eines Mordes endet nicht an dem Punkt, an dem ein Leben erlischt. Sie besteht ununterbrochen weiter. Das Opfer von Snow Creek wurde wie Müll behandelt. Entsorgt. Als wäre sie nichts wert. Mörder wie der ihre laden andere dazu ein, die Auswirkungen ihrer Tat zu genießen. Die jungen Leute, die sie gefunden haben. Das Team, das den Mord untersucht und jeden Abend mit dem Bild dessen im Kopf, was mit der Unbekannten passiert ist, zu ihren Frauen oder Schwestern heimkehren.

Der Kreis schließt sich, wenn die Angehörigen erfahren, was passiert ist.

Das alles weiß ich nur zu genau.

Ich habe es selbst erlebt.

Deshalb frage ich mich, ob der kleine Kassettenrekorder und die Schachtel mit den Kassetten so eine gute Idee waren. Sie haben mich in eine Zeit und an einen Ort zurückversetzt, die ich vergessen will, aber nicht vergessen kann. Ich schaue nach, ob sich irgendwo etwas Stärkeres als Wein findet, aber letztlich bin ich keine große Trinkerin. Obwohl ich eigentlich eine sein sollte. Grund genug hätte ich allemal. Ich sollte längst eine Vollblut-Alkoholikerin sein. Niemand würde es mir vorwerfen. Klar, sie würden mich bemitleiden.

Wenn sie Bescheid wüssten.

Nur drei Menschen wissen genau, was ich getan habe. Hayden, Dr. Albright und ich.

Ein paar wenige, wie der Sheriff, kennen das Ende der Geschichte, nicht jedoch den Anfang. Während ich einen Schluck Wein nehme und die Schachtel anstarre, hoffe ich inbrünstig, dass niemand den Mittelteil kennt. Den Teil meiner Geschichte, dank dessen ich mich frage, ob ich wirklich der Mensch bin, der ich zu sein glaube.

Und warum ich getan habe, was ich getan habe.

Meine Hand streicht sacht über die Kassetten. Sie sind nach Datum nummeriert. Ich hole tief Luft und ziehe die Aufnahme meiner zweiten Sitzung mit Dr. Albright aus dem Stapel. Damals machte sie auf mich den Eindruck, als wolle sie wirklich Gutes tun und täte nicht nur so, während sie sich an den Sorgen und Nöten anderer erfreute, als wäre das, was sie während ihrer Sitzungen aufdeckte, zu ihrer persönlichen Unterhaltung da.

Ich atme tief durch und drücke die Start-Taste.

Ihre beruhigende Stimme weist mich noch einmal darauf hin:

Dr. A: Rylee, du weißt, dass ich das hier aufnehme, nicht wahr?

Ich: Ja. Ich weiß. Was werden Sie mit den Kassetten anfangen? Das ging mir nach unserer ersten ... ähm ... Sitzung durch den Kopf.

Dr. A: Sie bleiben bei mir. Niemand sonst wird sie anhö-

ren. Eines Tages, wenn du so weit bist oder wenn ich tot bin, bekommst du sie.

Ich: Okay. Denke ich.

Dr. A: Letztes Mal haben wir darüber gesprochen, wie du deinen Vater – Stiefvater – gefunden hast und wie Hayden und du sich zum Hafen von Port Orchard durchgeschlagen haben. Bring mich dahin, Rylee. Erzähl mir, woran du dich erinnerst.

Ich: (kurze Pause) Okay. Es ist albern, aber ich erinnere mich immer noch an diese Möwe, die mit einem anderen, kleineren Küstenvogel auf der Bank neben Hayden und mir um eine Pommes gestritten hat. Der Kampf hat Hayden abgelenkt, was gut war. Ich weiß noch, ich habe ihn umarmt. Ihm gesagt, dass alles gut werden würde. Ich habe ihm den Arm um die Schulter gelegt, die Knochen unter dem dunkelblauen Hoodie und dem sauberen T-Shirt gespürt, die wir gegen die blutigen Klamotten getauscht hatten, die ich im Wald vergraben hatte.

Dr. A: Dein Bruder bedeutet dir sehr viel.

Ich: (weint) Er ist mein Ein und Alles. Er ist so klein. Seit dem Tag, an dem Mom mit ihm nach Hause kam, kümmere ich mich um ihn. Er hat mir vertraut. Für ihn hätte ich alles getan. Ich hab ihn nicht gestreichelt oder ihn festgehalten. Obwohl ich wollte. Aber wir sind keine gefühlsduseligen Geschwister.

Dr. A: Bring mich dahin. Was hast du gesehen? Wie hast du dich gefühlt?

Ich: Wir haben eine grünweiße Washington-State-Fähre beobachtet, die sich durch den Wellengang zum Steg in Bremerton durchgekämpft hat. Schweigend haben wir zugesehen, wie die Autos eins nach dem anderen an Land gerollt sind. Gefühlt? Ich hatte Angst und fühlte mich leer, aber das habe ich ihm nicht gezeigt.

Dr. A: Du wolltest deinen Bruder beschützen.

Ich: Ja und nein. Ich bin einfach so gestrickt. Ich hab mal gesehen, wie ein Mädchen von einem Auto angefahren wurde, und hab nicht mal aufgeschrien. Damals war ich zehn und hieß Jessica. Ich weiß, es ist bescheuert, aber ich liebte den Namen. Als der grüne Honda Civic in dieses kleine Mädchen in Jeans und einem hübschen rosa Oberteil gekracht ist, habe ich nicht mal gezuckt. Ich bin nicht zu ihr gegangen. Die Frau, die neben mir am Straßenrand stand, hat bestimmt gedacht, das sei der Schock, aber damit hatte es nichts zu tun.

Dr. A: Womit dann?

Ich: Wenn du die ganze Zeit so tun musst, als wärst du jemand anderes, dann lernst du ziemlich schnell, deine Gefühle zu verstecken. Eine Reaktion zu zeigen, hat mein Dad immer gesagt, ist was für Amateure.

Dr. A: Versteckst du deine Gefühle jetzt auch?

Ich: Seh ich so aus, Doktor?

Dr. A: Tut mir leid. Bitte erzähl weiter, Rylee.

Ich: Vielleicht sollten wir das hier lassen. Vielleicht hilft es mir doch nicht.

Dr. A: Ich kann dir nichts versprechen. Aber ich glaube, dass es helfen wird. Ich glaube daran, dass es dir hilft, dich weiterzuentwickeln. Deine Vergangenheit hält dich auf eine Art gefangen, die dir wahrscheinlich noch gar nicht bewusst ist. Bitte, erzähl weiter.

Ich: Hayden sagte immer wieder, dass unser Dad vielleicht gar nicht tot sei. Er hatte die Hoffnung noch nicht aufgegeben. Und ich ließ ihn in dem Glauben. Zumindest für eine Weile. Ich wusste, wir mussten von dort verschwinden. Wir hatten Dads Kreditkarten, etwas Bargeld und sogar Moms Führerschein.

Dr. A: Ihren Führerschein?

Ich: Ja, ein Duplikat. Das hatte sie gemacht. Einen Moment lang war ich verwirrt, dann hab ich's kapiert. Ich wusste, dass die Kreditkarten uns nichts nützen würden. Sie konnten – und würden – zurückverfolgt werden. Die achtzig

Dollar, die wir hatten, würden nicht lange reichen. Und wir konnten niemandem trauen, Doktor. (Pause) Vertrauen war in unserer Familie gegen die Regeln.

Dr. A: Ich verstehe. Vertrauen muss verdient werden.

Ich weiß noch, dass ich mir damals nicht sicher war, was Karen Albright angeht. Das bin ich heute noch nicht.

Ich starte das Band wieder. Gerade erzählt mein früheres Ich ihr davon, wie ich im Drogeriemarkt Haarfärbemittel und eine Schere gekauft habe. Kaugummi für Hayden. Während mir die ganze Zeit im Kopf herumging, dass wir einen Ort brauchten, an dem wir uns verstecken konnten.

Dr. A: Erzähl mir von deiner Familie, von den Regeln, die du erwähnt hast.

Ich: Es klingt lächerlich. Wir waren in keiner Sekte oder so. Ich meine, dafür hätten außer uns ja noch andere drin sein müssen, oder? Wir waren völlig isoliert. Wenn ich nicht auf eine staatliche Schule gegangen wäre, hätte ich keine Vorstellung davon gehabt, wie die Welt da draußen aussieht.

Dr. A: Das muss sehr hart für dich gewesen sein.

Ich: Wenn man es nicht anders kennt, dann ist all das Schräge, dass deine Eltern in dein Leben bringen, für dich normal. Alltag. Wissen Sie, was ich meine?

Dr. A: Ja. Schien es denn für deine Eltern normal zu sein? Die Regeln?

Ich: Wenn ich so darüber nachdenke ... schwer zu sagen. Selbst jetzt noch. Ich sehe förmlich noch den Ausdruck auf Dads Gesicht, wann immer wir auf der Flucht waren. Wenn es Zeit war zu gehen. Die Angst. Die Art, wie er die Augen zusammenkniff, sich Schweißperlen an seinen Schläfen bildeten und er sich zurückzog. Er machte sich Sorgen, dass man uns finden könnte.

Dr. A: Wie habt ihr entschieden, wo ihr als Nächstes hingeht?

Ich: Es klingt total bescheuert. Aber irgendwie war es auch ziemlich clever. Wir nannten die Nacht vor dem nächsten Umzug »den Tausch«. Wir hatten ein Goldfischglas voll mit kleinen Zettelchen, auf denen Mom die Namen von Städten geschrieben hatte. Ich hab meine Mom mal gefragt, warum wir das alles machen. Ihre Antwort werde ich nie vergessen: Sie sagte, die zufällige Auswahl bringe Sicherheit.

Ich drücke die Stopp-Taste. Es ist spät geworden. Ich bin müde. Mein Verstand braucht eine Pause. Trotzdem kann ich nicht aufhören, an meine Mutter zu denken. Wie sie mich dazu gebracht hat, an so vieles zu glauben.

Wenn wir an einen bestimmten Ort denken, Pläne dafür machen, dann kann er von anderen gefunden werden, hatte sie gesagt. *Wenn wir die Wahl dem Zufall überlassen, kann niemand erraten, wo wir hinziehen werden. Verstehst du, Liebling? Weil wir es selbst nicht wissen, bis wir den Tausch machen.*

Damals leuchtete mir das alles ein, so wie Eltern manchmal die lächerlichsten Sachen völlig normal erscheinen lassen können. Wie den Osterhasen. Die Tatsache, dass nur alte Menschen sterben. Dass alle Hunde in den Himmel kommen.

Dinge mit überzeugender Autorität zu sagen war die Stärke meiner Mutter.

Mir ist schwindlig vom Wein, oder von den Erinnerungen, die auf mich eingeströmt sind. Schwer zu sagen, was davon. Ich hoffe, es ist der Wein. Ich sehe mich selbst gerne als starken Menschen. Deshalb bin ich gut in meinem Job. Mein Blick fällt auf meine Hände. Sie zittern. Ich weiß, warum. Die Aufnahme hat so viele Erinnerungen an Hayden geweckt. Ich erinnere mich an den kleinen Jungen in Port Orchard und vermisse meinen

Bruder geradezu schmerzhaft. Alles, was passiert ist, nachdem er unseren Vater gefunden hat, ist meine Schuld. Er war noch ein Kind. Und ich habe ihn auf meiner Odyssee einfach mitgeschleppt – und bei der ersten Gelegenheit fallen lassen.

Das hatte er nicht verdient.

Ich trotte den Flur hinunter in das Zimmer, das ich als Büro nutze. Chaos empfängt mich. Ich habe den ganzen Raum zur Kramschublade gemacht. Kleines und Großes. Nichts da, wo es hingehört. Das Meiste ist Gerümpel, aber weil so wenig aus den ersten Jahren meines Lebens übriggeblieben ist, habe ich alles behalten – die Halskette, die ich an dem Tag getragen habe, als wir aus dem Haus geflohen sind, eine altmodische Foster-Grant-Sonnenbrille, meinen Schülerausweis von der South Kitsap.

Und einen Zeitungsartikel, den ich im Archiv der Portland State University aus einer alten gebundenen Ausgabe des *Oregonian* herausgerissen habe.

Mein Laptop auf dem Schreibtisch lockt mich zu sich.

Ich lasse mich auf den Stuhl fallen und rufe meinen E-Mail-Account auf. Nur die übliche Werbung von Läden, denen ich dummerweise meine Mailadresse gegeben habe. Wenn ich dafür jeden Tag aufs Neue mit Spam überschüttet werde, dann kann ich auf die zehn Prozent Rabatt gerne verzichten.

Jede Art von Technologie kann riskant sein. Das gilt besonders für E-Mails. Trotzdem beginne ich zu tippen, halte mich bewusst vage, gebe keine Details preis, die einem von uns beiden wehtun könnten. Es ist meine einzige Chance, ihn zu erreichen.

Hayden,

du musst nicht antworten. Aber bitte lies bis zum Ende. Ich hoffe, dass die Mail nicht einfach zurückkommt, weil du mich gesperrt oder meine Adresse zu Spam erklärt hast. Ich vermisse dich gerade unheimlich. Ich wollte nur, dass du weißt, dass es mir gut geht. Port Townsend würde dir wirklich gefallen. Es hat ein paar coole alte Häuser. Dazu etliche Restaurants und Bars. Ich habe ein Gästezimmer. Vielleicht kannst du herkommen und eine Weile bleiben, wenn dein Einsatz zu Ende ist. Wie gesagt, du musst nicht antworten.

Ich liebe dich,

Rylee

Ich lese mir das Geschriebene noch mal durch. Dabei fällt mir auf, dass ich ihm gleich zweimal versichere, nicht mit einer Antwort zu rechnen. Das habe ich nicht für ihn, sondern für mich geschrieben. Ich glaube nicht, dass er antworten wird. Ich habe es geschrieben, damit ich nicht ständig zwanghaft meine Mails checke. Was ich natürlich trotzdem tun werde.

Ich drücke auf »Senden« und gehe ins Bett – in dem Wissen, dass ich morgen früh als Allererstes meine Mails checken werde.

DREIZEHN

Das Gesicht der Unbekannten ist so übel zugerichtet, dass kein forensischer Künstler damit arbeiten könnte. Es gibt keine Fotos von Ms Wheaton online. Wie kann jemand heutzutage den sozialen Medien noch entkommen? Selbst wenn man anonym bleiben will, gibt es garantiert irgendjemanden, der irgendwo ein Foto von einem schießt und es postet. Nur bei den Wheatons nicht. Keiner von ihnen hat auch nur den kleinsten digitalen Fußabdruck.

Während ich zu ihrem Haus in Snow Creek zurückfahre, kommen die Nachrichten im Radio. Aus Seattle natürlich. Als hätten die Nachrichtensender eine Mauer um die Stadt errichtet und festgelegt, dass es außerhalb davon schlicht nichts Berichtenswertes geben kann. Zumindest der Reporter der Port Townsender Lokalzeitung *The Leader* wird eine Story über die Leiche schreiben, die abseits der Holzfällerstraße gefunden wurde. Sobald er nüchtern genug ist, um die Fallliste des Sheriffbüros durchzusehen. Wahrscheinlich irgendwann morgen. Immer direkt am Puls der Stadt.

Als ich ankomme, schiebt Sarah gerade einen altmodischen Kreiselmäher über den Hof. Sie trägt Jeans und das Miller-

Highlife-T-Shirt, das ihr Bruder gestern anhatte. Ihr langes Haar ist zurückgebunden und Schweißperlen glitzern auf ihrer Stirn.

Sie rennt zu mir herüber.

»Haben Sie sie gefunden?«

Joshua erscheint in der Haustür und gesellt sich zu Sarah.

»Detective, haben Sie Neuigkeiten?«, fragt er.

»Sie können es uns sagen«, beteuert Sarah. »Wir sind keine Kinder mehr. Hatten sie einen Unfall? Liegen sie im Krankenhaus? Wo sind sie?«

»Setzen wir uns erst mal«, antworte ich, während wir zur Veranda hinübergehen, und deute auf eine Bank neben der Tür.

»Als wir uns im Büro des Sheriffs unterhalten haben«, fahre ich fort, »habt ihr gesagt, eure Mutter habe keine besonderen körperlichen Merkmale.«

»Stimmt«, antwortet Joshua. »Keine Tattoos, nichts dergleichen.«

»Okay. Gab es sonst irgendetwas, das bei den meisten Menschen anders ist? Irgendeine körperliche Eigenheit?«

Sarah wirft ihrem Bruder einen Blick zu, dann schaut sie wieder zu mir.

»Mom hat totale Hemmungen wegen ihres Fußes«, erklärt Joshua. »Sie erwähnt ihn nie. Es ist ihr so peinlich.«

Mir dreht sich der Magen um. Ich sehe sie an. Gleich werden sie schreckliche Nachrichten erhalten. Ich habe schon ein paar Mal den Familien von Unfallopfern erklären müssen, was passiert ist. Müttern und Vätern, deren Kinder in der Schultoilette oder in einem öffentlichen Park gefunden wurden, an einer Überdosis gestorben.

Aber noch nie musste ich zwei Kindern beibringen, dass ihre Mutter ermordet wurde.

»Was ist mit ihrem Fuß?«, frage ich, auch wenn ich die

Antwort schon kenne. Längst weiß, dass wir Ida Wheaton gefunden haben.

»Ihr kleiner Zeh. Mit fünf hat sie ihn bei einem Unfall mit einem Rasenmäher verloren.« Joshua wirft einen Blick auf den Rasenmäher, den Sarah bis eben noch benutzt hat. »Deshalb trägt sie die hier.«

Sarah zeigt auf die schweren Schnürstiefel an ihren Füßen.

Er liest die Wahrheit von meinem Gesicht ab.

»Sie haben sie gefunden, nicht wahr?«

»Das glauben wir, ja. Noch können wir aber nicht hundertprozentig sicher sein.«

»Wo ist sie?«, fragt Sarah und ballt die Fäuste. »Liegt sie im Krankenhaus? Wird sie wieder gesund? Wo ist Dad?«

»Wir wissen nicht, wo euer Vater ist«, antworte ich. »Und eure Mom ist nicht im Krankenhaus. Es tut mir wirklich leid, aber wir glauben, dass die Tote, die wir auf dem alten Gelände von Puget Logging nicht weit von hier gefunden haben, eure Mom sein könnte.«

Sarah schreit auf, und Joshua nimmt sie tröstend in den Arm. Ihre Schultern sinken nach vorn, sie scheint vor meinen Augen auf der Bank zu schrumpfen.

Ich lasse ihnen einen Moment Zeit, das Ganze zu verarbeiten.

»Es tut mir sehr leid«, sage ich.

Joshua nickt. »Das ist ein ziemlicher Schock. Ist unser Dad im Krankenhaus?«

»Nein.«

»Er hat Mom getötet, stimmt's?«, sagt Sarah.

»Das wissen wir nicht.« Ich wechsle das Thema – zugegeben ziemlich ungeschickt: »Was für ein Auto hat er gefahren?«

»Einen GMC-Pick-up«, antwortet Joshua. »Suchen Sie danach?«

Ich schüttle den Kopf. »Nein, wir haben ihn gefunden. Er wurde neben der Holzfällerstraße entsorgt.«

Joshua starrt mich an. In seinen Augen glitzern Tränen, aber noch vergießt er sie nicht. Für seine Schwester bleibt er stark.

So wie ich für meinen Bruder.

»Sie haben Mom gefunden, aber Dad nicht?«, fragt er.

»Ja. Und wie gesagt, wir sind noch nicht sicher, dass es sich um eure Mom handelt. Das müssen wir erst noch bestätigen.«

»Sollen wir mit Ihnen in die Stadt fahren und sie identifizieren? Ich glaube nicht, dass ich das kann«, meint Sarah, während ihr Tränen über die Wangen rinnen.

»Nein«, sage ich besänftigend. »Das würde ich nicht empfehlen. Ihr solltet die Leiche so nicht sehen.«

»Ich verstehe nicht.«

»Dort, wo der Pick-up gefunden wurde, hat es gebrannt.«

Sarah stößt einen Klagelaut aus und Joshua legt seinen Arm fester um ihre Schultern. Er flüstert ihr ins Ohr, dass alles gut werden wird.

»Vielleicht ist sie es gar nicht«, sagt er.

Ich lasse ihnen etwas Zeit, dann fahre ich fort.

»Ich brauche eine DNA-Probe eurer Mutter. Eine Haarbürste wäre gut. Oder eine Zahnbürste.«

Joshua steht auf und verschwindet im Haus. Kurz darauf kommt er mit einer Haarbürste mit Schildpattmuster in der Hand zurück. Einige blonde Haarsträhnen blitzen auf, als die Sonne darauf fällt.

Ich packe sie in eine Plastiktüte und verschließe diese sorgfältig.

»Noch etwas«, sage ich. »Ich brauche eine DNA-Probe von einem von euch beiden. Wir werden sie mit der eurer Mutter vergleichen, um sicherzugehen. Okay?«

Ich ziehe das Wattestäbchen und die Phiole aus der Tasche.

Sarah sitzt näher bei mir, aber sie ist plötzlich untröstlich.

»Ich kann einfach nicht glauben, dass das alles passiert!«

Sie springt auf und flüchtet ins Haus.

»Ich mach es«, sagt Joshua.

Ich halte ihm das Stäbchen entgegen und er öffnet den Mund wie ein Vogelküken. Ein schwer verletztes Küken. Meine Hand zittert ein wenig, während Momente meines eigenen Lebens vor meinem inneren Auge aufblitzen. Ich weiß, was ihnen als Nächstes bevorsteht. Es wird nicht einfach werden. Sie werden ihr Leben lang gezeichnet sein.

»Es tut nicht weh«, versichere ich. »Ich reibe mit der Spitze einfach ein wenig an der Innenseite deiner Wange.«

Dann schiebe ich das Wattestäbchen mit der Probe in die dafür vorgesehene Hülle und versiegle sie ebenfalls.

»Unser Dad hatte seine Probleme mit ihr, aber er würde unserer Mom nie wehtun. Nicht so. Wenn er sie bestrafen wollte, dann hat er tagelang nicht mit ihr geredet. Er hat sie nicht mal angeschrien.«

Was ich darüber denke, sage ich ihm lieber nicht. Der starke, schweigsame Typ sagt meistens nichts, weil das, was ihm im Stillen durch den Kopf geht, die Menschen um ihn herum schockieren würde. Ted Bundy hat gegenüber seiner Freundin nie ein böses Wort verloren, aber im Geiste spielte er noch einmal durch, was er dem Mädchen angetan hatte, das er gerade mit zerschmettertem Schädel und abgeschnittenem Kopf im Wald zurückgelassen hatte. Gary Ridgway hatte seinen Sohn im Auto dabei, während er Frauen mitnahm, um sie zu ermorden und die Leichen am Green River zu entsorgen. *Warte hier*, sagte er zu ihm. *Meine Freundin und ich gehen ein wenig spazieren.* Nachdem er sie vergewaltigt und erwürgt hatte, spendierte er seinem Jungen ein Eis. Und während der Junge an seinem Eis leckte, ließ er den Mord wie einen Stummfilm vor seinem inneren Auge ablaufen.

»Ich rufe eure Tante Ruth an«, sage ich, »aber sie wird mindestens einen Tag brauchen, um herzukommen.«

Joshua nickt. »Okay. Vielen Dank.«

»Könnt ihr so lange bei einem der Nachbarn unterkommen?«

Er schüttelt den Kopf.

»Es wohnen zwar ein paar Leute in der Gegend, aber wir kennen sie kaum. Nicht mal ihre Namen.«

»Kommt ihr zurecht? Soll ich euch für heute Nacht jemanden vorbeischicken? In jedem Fall melde ich mich, wenn ich Neuigkeiten habe. Wenn irgendetwas ist, rufst du mich an, Joshua, okay?«

»Wir kommen schon klar«, sagt er und schiebt sich eine Strähne seines schulterlangen Haars hinters Ohr. Er spielt den Starken für mich, zeigt mir, dass er mit der Tragödie umgehen kann. In seinen Augen sehe ich aber auch Hoffnung. »Unser Dad muss irgendwo da draußen sein. Bestimmt hat ihn jemand entführt. Vielleicht ist er ja entkommen?«

Das bezweifle ich, behalte meine Meinung aber für mich.

»Wir tun alles, um ihn zu finden.«

VIERZEHN

Zurück im Büro fülle ich den Papierkram für die DNA-Proben aus. Der Kurier ist noch nicht weg, also werden Joshuas Wangenabstrich und die Haarprobe seiner Mutter noch heute Abend in Olympia ankommen.

Ich schreibe eine Mail ans Kriminallabor:

EILAUFTRAG.

Die DNA-Proben, die auf dem Weg zu Ihnen sind, müssen schnellstmöglich bearbeitet werden. Fokus auf Nachweis eines Verwandtschaftsverhältnisses. Bitte sofort erledigen. Wir haben hier eine tote Frau und einen vermissten Mann und brauchen die Bestätigung von Ihnen.

Dann versuche ich dreimal, Ruth Turner zu erreichen, aber niemand geht ran. Vielleicht ist sie auf einer Sitzung des Gemeindeausschusses, was auch immer der so tut. Oder ihr Mann verbietet ihr, meinen Anruf anzunehmen. Auch auf ihrem angeblich geliehenen Handy erreiche ich niemanden. Ich frage mich zwar, wie eng die Beziehung der beiden Schwestern tatsächlich war – schließlich hat sie sie seit einem halben Jahrzehnt nicht mehr besucht –, aber ich bin mir sicher, dass meine Neuigkeit sie treffen wird.

Auf dem Heimweg nehme ich eine Pizza vom Italiener gegenüber vom Gerichtsgebäude mit. Ich habe Lust auf Peperonipizza mit knusprigem Rand, gefüllt mit reichlich Käse. Wahrscheinlich werde ich mir an dem Öl, das sich auf jedem kleinen Peperoniring sammelt, kräftig die Zunge verbrennen, aber das ist mir egal. Die Pizza ist einfach grandios. Und vielleicht lenkt mich der Schmerz von dem Wissen ab, was ich tun werde, wenn ich zu Hause bin.

Ich angle ein himmlisches Käsedreieck aus der Schachtel und esse es beim Fahren. Oh, perfekt ... jetzt habe ich mich tatsächlich verbrannt.

Drinnen ist es erstaunlich kühl. Ich lege den Pizzakarton neben der Schachtel mit den Kassetten ab. Analoge Tonaufnahmen. Plötzlich komme ich mir reichlich alt vor. Die Welt von heute ist Schall und Rauch. Nichts, nicht einmal Fotos, existiert noch in greifbarer Form. Alles treibt auf dem Handy oder dem Computer im Äther herum. Ich hole mir ein kaltes Bier, öffne das Fenster und atme die leichte Brise vom Meer tief ein.

Meine Fingerspitzen streichen über die kleinen Rechtecke, ein jedes sieht aus wie zwei zusammengerollte Schlangen, verpackt in einem durchsichtigen Plastikgehäuse.

Ich lege die nächste Kassette ins Abspielgerät ein.

Dr. Albright bittet mich, die Schuhe auszuziehen. Einen Moment lang bin ich verwirrt. Was für eine Therapie war das damals eigentlich? Was davon habe ich noch alles vergessen? Dann fällt mir ein, dass ich an dem Nachmittag auf dem Weg zur Sitzung in einen Platzregen geraten war. Meine Haare, meine Füße und dank der offenen Jacke auch die Vorderseite meines T-Shirts waren völlig durchnässt.

»*Besser?*«, fragt sie.

»*Danke*«, antworte ich. »*Es war eine blöde Idee, Sandalen anzuziehen.*«

Sie murmelt etwas, das ich nicht verstehe.

»*Lass uns da weitermachen, wo wir das letzte Mal aufgehört haben. Schließ die Augen und erzähl mir alles; erzähl mir die Geschichte, die du all die Jahre für dich behalten hast, Rylee. Ich will sehen, was du gesehen hast, hören, was du gefühlt hast. Bring mich dort hin zurück.*«

»*Okay*«, antwortet mein jüngeres Ich.

Ich nehme einen weiteren Schluck Bier. Es wird heute nicht das letzte bleiben. Genauso wie die Pizza, von der ich mir eingeredet habe, das sie morgen zum Mittag bestimmt noch genauso lecker ist, später am Abend praktisch weg sein wird.

Ich erzähle ihr, wie Hayden und ich in der Toilette der *Walla Walla*, der Fähre von Bremerton nach Seattle, geschlafen haben. Wie das sepiafarbene Foto von Prinzessin Angeline mich die ganze Zeit beobachtet hat.

Dr. A: Erzähl mir mehr davon.

Ich: Prinzessin Angeline, die Tochter von Häuptling Seattle, wurde 1820 geboren und starb 1896. Ich weiß noch, wie ich ihr Foto angestarrt habe. Ihre Haut war verwittert wie altes Treibholz, ihre Augen groß und hell – wie bernsteinfarbenes Strandglas, glaube ich. Ich hatte das Gefühl, von ihr beobachtet zu werden, während ich mich Schritt für Schritt durch die Nacht plante.

Dr. A: Aber das hast du nicht wirklich geglaubt, oder?

Ich: Ich bin verkorkst, Doktor. Ich hab verrückte Sachen gemacht – aber verrückt bin ich nicht.

Dr. Albright entschuldigt sich, und ich erzähle weiter. Wie ich den Tagesablauf des Reinigungsteams studierte, das alle fünfzehn Minuten mit Mopp und Eimer in die Toiletten kam.

Ich wusste, dass neben der Tür ein Zettel mit der Info hing, wann die Toiletten das letzte Mal gereinigt worden waren. Das Ganze war eine reine Farce. Sie waren gerade lange genug drinnen, um ihren Namen auf die Karte an der Tür zu schreiben, die behauptete, dass sie ihren Job gemacht hätten.

Ich: Also hab ich Hayden gesagt, er solle eine Toilette mit Toilettenpapier verstopfen, spülen und sich dann im Materialschrank verstecken. Er wurde sauer, weil ich ihn gezwungen hab, sich im Mädchenklo zu verstecken. Ich hab ihm erklärt, dass es die einzige Möglichkeit ist, wie wir sicher sein können. Ein Mann würde kommen und die Wasserzufuhr zu der Toilette abdrehen. Und da es die letzte Überfahrt für die Nacht war, würde er die Schweinerei der Morgenschicht überlassen.

Meine Stimme bricht und ich verstumme.

Dr. A: Brauchst du eine Pause, Rylee?

Ich: Ich hab nur an meinen Bruder gedacht. Daran, wie sehr er mir vertraut hat. Hayden hatte solche Angst. Und ich hab die Starke gespielt, weil ich selbst kurz davor war, zusammenzubrechen. Ich hab alles versucht, um meine Gefühle wegzusperren. Nur so schafft man es durch die richtig harten Zeiten. Das hat unsere Mutter mir beigebracht. Mom hat mir erzählt, dass sie gelernt hat, ihre Gefühle richtig zu kontrollieren. Dass Gefühle die Strafe nur noch schlimmer machen. Dr. Albright, können wir aufhören? Mir ist schlecht.

Ich höre, wie Dr. Albright ihr Gewicht im Stuhl verlagert. Sie sagt, dass das passieren kann, wenn verdrängte Erinnerungen wieder hochkommen, und verspricht, dass es mit der Zeit besser wird. Dann zieht sie ein Taschentuch aus der Schachtel neben ihr und versichert mir, dass ich sie anrufen kann, wenn ich vor unserem Termin nächste Woche das Bedürfnis habe, zu reden.

Ich: Ich habe Ihre Nummer immer bei mir, Doktor. Bis jetzt habe ich sie nicht gebraucht.

Dr. A: Aber du darfst mich jederzeit anrufen. Das musst du mir glauben, Rylee.

Ich checke meine E-Mails. Nach wie vor keine Nachricht von meinem Bruder Hayden.

Mit dem fast leeren Glas schlurfe ich rüber ins Schlafzimmer und lasse mich aufs Bett fallen. Meine Augenlider werden schwer, teils aus Müdigkeit, teils vom Alkohol. Ich fahre mir durch die Haare. Und dann bin ich zurück auf der *Walla Walla*. Die Bilder sind unscharf, als würde ich ein altes Video schauen.

Hayden schläft und ich trage ihn sanft zu einem Nest aus Papierhandtüchern hinüber. Dann nehme ich im trüben Licht der Fährentoilette die erste Haarsträhne in die Hand und beginne zu schneiden. Sie fallen wie Herbstblätter auf den schmuddeligen Waschtisch und ins schartige weiße Becken. Ich schneide und schneide. Tränen rinnen mir die Wangen hinab, aber ich gebe keinen Laut von mir.

Dann öffne ich die Schachtel mit dem Färbemittel, streife die dünnen Plastikhandschuhe über und beginne, es aufzutragen. Während mein braunes Haar sich blond verfärbt, steigt mir der Geruch der Chemikalien in die Nase. Ich spüle sie im Waschbecken aus und der beißende Geruch breitet sich in der stehenden Luft der Toilette aus. Mit einer Handvoll Papierhandtücher wringe ich das Wasser aus den nassen Haaren, und dann folge ich einem genialen Gedanken: Ich schalte den Händetrockner ein und drehe den Kopf unter dem heißen Luftstrom hierhin und dorthin. Ich bin auf Maui. Auf Tahiti. Ich liege braungebrannt am Strand. Ein niedlicher Typ schaut zu mir herüber und ich lächle ihn an.

Der Trockner schaltet sich aus. Mein Blick fällt in den Spiegel, und ich sehe sie. *Mom.* Ich sehe meiner Mutter zum Verwechseln ähnlich. Ein unabsichtlicher Geniestreich.

Hayden ist aufgewacht und scheint mir zuzustimmen.

»Ich vermisse Mom. Meinst du, sie haben Dad gefunden?«

Ich zeige auf die zweite Schachtel mit Haarfärbemittel. »Du bist dran, Hayden.«

Er klettert auf den Waschtisch und beugt den Kopf übers Becken. Während ich lauwarmes Wasser über seine Haare laufen lasse, denke ich an die Zeit zurück, als er noch ein Baby war. Mom hat ihn oft im Waschbecken gebadet statt in der Badewanne. Ich trage das Haarfärbemittel auf und er kneift die Augen zusammen. Wenn ich fertig bin, wird er ein neuer Mensch sein. Kein kleiner Junge mehr mit blonden Haaren, der direkt aus einer Kinderklamottenwerbung stammen könnte.

Ich starre den Namen auf der Verpackung an.

Düster und gefährlich.

FÜNFZEHN

Der Sheriff und ich kommen am nächsten Morgen zeitgleich im Büro an – ungewöhnlich. Port Townsends einziger ganzjähriger Bettler richtet sich gerade an einem Brunnen ein, aus dem nur noch eine grüne Algenbrühe heraussprudelt.

»Morgen, Chad«, sagt Sheriff Gray.

»Wird heut' regnen«, antwortet Chad mit einem Blick zum Himmel, dann entfaltet er das Pappschild, das alle Register seines Jobs zieht:

ARMEEVETERAN. BITTE HELFEN SIE. FAMILIE BRAUCHT ESSEN.

Ich werfe ihm einen schrägen Blick zu. Er fährt ein besseres Auto als ich. Sein Apartment ist auch hübscher.

Nan schaut von ihrer Tastatur auf, während Modern Jazz, den sie so sehr mag, aus ihren Kopfhörern herübersickert.

»Das Labor hat versucht, Sie zu erreichen, Sheriff. Sie auch, Detective«, sagt sie und rückt den Eulenanhänger um ihren Hals zurecht. »Ich hab ihnen gesagt, dass Sie in einem abgelegenen Teil des Bezirks auf einem Einsatz sind.«

Der Sheriff nickt ihr zu. »Was wollten sie?«

»Schießerei in einem der Einkaufszentren in Tacoma. Das Kriminallabor musste dem Fall Priorität geben. Viel zu tun.« Sie schaut auf ihre Notizen. »Morgen Nachmittag. Vielleicht übermorgen. Morgen früh können Sie noch mal nachfragen, dann wissen die's genauer.«

Die DNA-Test-Ergebnisse werden sowieso nur bestätigen, was ich längst weiß: Die Vermisstenanzeigen und die Fahndung nach den Wheatons werden zum Mordfall – mit einem Hauptverdächtigen.

Snow Creek ist vor über fünfzig Jahren von Holzfällerunternehmen in die umliegenden Berge gegraben worden. Nachdem der Fleckenkauz der Abholzung ein jähes Ende gesetzt hatte, verkauften Olympic, Weyerhaeuser und Puget Logging ihre Grundstücke zu Spottpreisen – schon deshalb, weil es dort kein fließend Wasser, keinen Strom und keine Kanalisation gab. Für die Leute, die die Grundstücke kauften, war das in Ordnung – sie lebten lieber in einer einsamen Welt, die sie sich selbst geschaffen hatten, als in den seelenlosen Nullachtfünfzehn-Wohngebieten, aus denen sie kamen. Manche waren Hippies – oder sahen zumindest so aus. Perlen, Flanellhemden und so dreckstarrende Jeans, dass sie förmlich von selbst durch die Stadt spazierten. Andere zogen her, um sich Dingen zu widmen, die in der Außenwelt verboten waren. Die meisten bauten Gras an. Manche glaubten an das Okkulte – oder taten zumindest so. Ein sich im Mondlicht räkelndes Knäuel aus nackten Menschen war etwas, das man in den braven Vororten nicht sah, in denen die neugierigen Nachbarn den Notruf im Kurzwahlspeicher hatten.

Alle, die hierherkamen, suchten die Abgeschiedenheit.

Anstatt in Richtung der Wheatons fahre ich heute jedoch

weiter den Hang hinauf und halte Ausschau nach den nächsten Nachbarn. Der Wald wird kurz unterbrochen von einer Lichtung, gespickt mit riesigen Baumstümpfen, dann schließen sich die Reihen aus altem Baumbestand wieder zu einer undurchdringlichen Mauer. Man sieht, wo die Holzfäller aufgegeben haben und weitergezogen sind. Die Baumstämme sind dick genug, dass man längs hindurchfahren könnte. Sie erinnern mich an die berühmten Redwoods in Kalifornien. Ich fahre langsamer, um den Anblick in mich aufzunehmen. Die erste Einfahrt kommt einen knappen halben Kilometer weiter die Straße rauf. Ich folge der Zufahrt zu einer kleinen Holzhütte, die von Farnen und smaragdgrünem Moos überwachsen ist. Rauch kräuselt sich aus dem Schornstein aus Flussstein. Ich komme mir vor wie in einer Pancakesirup-Werbung.

Als ich aussteige, ist das Malerische mit einem Schlag dahin.

Katzen.

Haufenweise Katzen.

Ich kann sie riechen. Jeder im Umkreis von fünfzig Metern könnte das.

Eine ältere Dame beobachtet mich durch das Fenster. Ich winke ihr, herauszukommen.

Sie hat die achtzig bereits hinter sich gelassen, trägt einen hübschen rosa Morgenrock und Stiefel. Ihr Haar ist blau-weiß gescheckt. Der Anblick erinnert mich an ein Stinktier.

Das würde ich momentan sogar noch lieber riechen.

Sie schielt zu mir herüber.

»Kenne ich Sie?«

»Nein. Mein Name ist Detective Megan Carpenter, vom Jefferson County Sheriff's Office, Ma'am. Ich bin in einer Polizeiangelegenheit hier. Können wir uns ein wenig unterhalten?«

Ihre Lippen verziehen sich zu einem dünnen Strich. »Ich schaffe meine Kätzchen nicht weg. Sie können mich nicht zwingen.«

»Oh, nein, natürlich nicht. Ich bin nicht wegen Ihrer Tiere hier.«

»Meine Babys«, korrigiert sie mich.

Ich frage sie nach ihrem Namen.

»Maxine Jacobson.«

»Ms Jacobson, ich bin wegen Ihrer Nachbarn hier.«

»Welche Nachbarn?«

»Den Wheatons.«

»Ach die. Religiöse Spinner. Viel mehr kann ich zu ihnen nicht sagen. Das Mädchen und der Junge sind in Ordnung. Sind ein paar Mal rübergekommen und haben Futter für meine Kätzchen gebracht. Wollen Sie reinkommen und sie kennenlernen?«

Wenn ich auch nur einen Schritt näher zum Haus mache, muss ich mich garantiert übergeben. Der beißende Gestank des Katzenurins hämmert förmlich auf meine Nase ein. Jetzt gerade würde ich alles für Ruth Turners Wintergrün-Deo geben. Ich würde mir am liebsten den ganzen Deostick in die Nasenlöcher schieben.

»Nein, danke«, sage ich. »Ich bin unheimlich allergisch.«

Das ist eine Lüge. Ich mag Katzen. Allerdings nicht im Hunderterpack.

»Das ist wirklich schade. Nach dem Tod meines Mannes tauchte hier ein trächtiges Kätzchen auf, und tja ... Sie wissen ja, wie das ist. Aus zehn werden zwanzig. Und dann noch ein paar mehr. Ich bin wahrscheinlich die glücklichste Frau auf Erden. Ich bin niemals einsam.«

Ich bringe das Gespräch wieder auf die Wheatons.

»Haben Sie Ida und Merritt mal getroffen? Was halten Sie von ihnen?«

»Warum fragen Sie nach ihnen? Die Leute hier schmeißen nicht gerade Nachbarschaftspartys. Wir bleiben unter uns.«

»Das ist sicher richtig«, sage ich, während eine Katze an

meinen Beinen entlangstreift und eine Spur aus grauem Fell auf meiner Hose zurücklässt.

»Cotton mag Sie.«

Das scheint Maxine gnädiger zu stimmen.

»Sie ist wunderschön«, sage ich. »Ich wünschte, ich wäre nicht allergisch.«

Maxine nickt. »Die Wheatons sind komisch. Er übernimmt das Reden. Seine Frau steht nur daneben und sieht verloren aus. Ich verstehe ihre Beziehung nicht. Ich hab sogar die Kinder mal gefragt, ob bei ihnen zu Hause alles okay ist.«

»Was haben sie gesagt?«

Sie nimmt Cotton auf den Arm und eine Wolke aus Fell verteilt sich mit der leichten Brise überall. »Nicht viel. Es ist schon eine Weile her. Da habe ich sie das letzte Mal gesehen. Davor waren kamen sie regelmäßig herüber, aber ab da gar nicht mehr. Warum stellen Sie all diese Fragen, Detective ...«

»Carpenter«, wiederhole ich und gebe ihr meine Visitenkarte. »Die Eltern werden vermisst. Sie sind vor ein paar Wochen verschwunden. Sie sollten eigentlich in einem Waisenhaus in Mexiko sein, sind dort aber nie angekommen.«

»Einem Waisenhaus? Wozu? Wollten sie sich noch eine Arbeitskraft ins Haus holen?«

Ich sehe ihr in die Augen. Sie hat sie zu Schlitzen zusammengekniffen, während sie mich beobachtet.

»Nein. Sie wollten dort Wohltätigkeitsarbeit leisten.«

Maxine lässt Cotton auf den Boden gleiten.

»Das ist Schwachsinn. Dieser Mann hat ein Mundwerk wie ein Matrose. Hat die Kinder ständig angeschrien, besonders den Jungen. Und seine Frau. Wohltätigkeit? Was für ein Witz. Ich wette, sie waren auf dem Weg, sich noch einen Jungen anzuschaffen. Joshua wollte abhauen.«

Cotton streicht mir wieder um die Beine.

Hilf mir, denke ich.

»Hat er Ihnen das gesagt?«

»Ja, das hat er. Er hat mir erzählt, dass er nicht hier draußen leben will. Das liegt nicht jedem. Kinder haben ja keine Wahl, die Eltern entscheiden alles für sie. Mein Mann hat uns hierhergeschleppt, und die ersten zwanzig Jahre habe ich es gehasst. Inzwischen würde ich nicht mal mit der Königin von England tauschen wollen.«

Ich schätze, der Queen ginge es genauso.

Ich frage sie, ob es die Straße weiter rauf noch weitere Nachbarn gibt.

»Nicht mehr. Seit Marihuana in Washington legal geworden ist, haben unsere lokalen Produzenten ihre Zelte – wortwörtlich – hier abgebrochen und sind weitergezogen. Nettes Pärchen. Hier oben gibt es sonst niemanden mehr. Noch ein paar die Straße runter, Richtung Stadt. Hab sie ein, zwei Mal gesehen, weiß aber nicht, wie sie heißen. Würde sie wahrscheinlich nicht mal wiedererkennen. Tut mir leid.«

Ich danke ihr, schubse Cotton vorsichtig beiseite und wende mich zum Gehen.

»Kommen Sie mal wieder vorbei, Detective. Hab seit 'nem Jahr oder so keinen Besuch mehr gehabt.«

Ich versichere ihr, dass ich bei Gelegenheit noch mal vorbeischauen werde, und hoffe gleichzeitig, dass sich diese Gelegenheit nie ergeben wird. Ich wette, ich rieche nach Katzenpisse.

Ich schlängle mich die mit Schlaglöchern gespickte Straße hinab und halte unterwegs ein paar Mal an Häusern an, aber es scheint niemand da zu sein. Ein Wohnwagen sieht verlassen aus, ist es aber nicht. Ich klopfe, und als ich keine Antwort erhalte, spähe ich durchs Fenster. Drinnen steht eine Süßkartoffelpflanze in einer Vase, aufrecht gehalten von drei Zahnstochern. Das Wasser ist frisch. Ich lasse meine Visitenkarte mit der Bitte um Rückruf zurück, auch wenn ich bezweifle, dass derjenige, der hier wohnt, überhaupt ein Telefon hat.

Zu Hause esse ich das letzte Stück Pizza, dem ich wie durch ein Wunder am Abend zuvor widerstehen konnte. Ich sitze in Unterwäsche am Tisch, die Fenster weit geöffnet und den Ventilator auf mich gerichtet, während ich dem Geräusch der Waschmaschine lausche, die versucht, Cottons Fell von meiner schwarzen Hose zu trennen. Mein Gesicht spiegelt sich in der Fensterscheibe. Ich sehe müde aus. Die Ansätze meiner natürlichen Haarfarbe zeigen sich schon wieder. Ich muss bald zum Friseur. Vielleicht sollte ich mir ein bisschen »Düster und gefährlich« besorgen.

Meine Gedanken kreisen um Hayden.

Das letzte Mal, als wir uns gesehen haben, haben wir uns heftig gestritten. Das war meine Schuld. Alles ist meine Schuld. Wie heimtückisches Unkraut, das sich unaufhaltsam auf jeden Zentimeter meines Daseins ausbreitet. Wir hatten uns in einer überfüllten Bar in der Nähe des Flughafens in SeaTac verabredet. Er war so erwachsen, wollte vor seinem Einsatz im Nahen Osten in Cabo Urlaub machen. Ich dachte, es liefe gut für uns. Wir hatten die Vergangenheit hinter uns gelassen und etwas aus uns gemacht.

Keine Ahnung, warum es passierte.

Vier Worte von meinem kleinen Bruder reichten aus.

»Mom vermisst dich wirklich«, sagte er.

»Ich kann das nicht, Hayden.«

»Warum?« Er beugte sich näher zu mir, versuchte, in meinem Gesicht zu lesen. »Sie ist unsere Mom, Rylee. Sie hatte es nicht leicht. Sie vermisst dich. Liebst du sie nicht wenigstens ein bisschen?«

Nein. Ich habe keinen Tropfen Zuneigung für sie übrig. Warum, konnte ich Hayden nicht sagen.

»Du bist so selbstsüchtig«, sagte er. »Nach allem, was wir durchgemacht haben, gehen dir alle am Arsch vorbei. Stimmt doch, oder?«

Ich setzte mein Glas Gin Tonic ab. »Du bist mir wichtig.«

Hayden schüttelte den Kopf. »Ach ja? Komisch. Seit ich aus der Pflegschaft raus bin, hast du mich nur dreimal besucht.«

Der Gedanke daran, dass er in einer Pflegefamilie aufgewachsen ist, versetzt mir noch heute einen heftigen Stich. Das ist meine Schuld. Ich trage sie ganz alleine. Trotzdem hätte er das Thema nicht auf den Tisch bringen müssen.

»Weiß du, Rylee, früher habe ich dich bewundert. Wenn ich dich jetzt sehe, wird mir klar, dass ich dich gar nicht kenne. Ich weiß nicht, ob du überhaupt fähig bist, eine Schwester zu sein. Oder eine Tochter. Oder sonst irgendetwas.«

Meine Augen füllten sich mit Tränen, aber ich hielt sie eisern zurück. Wenn ich einmal anfangen würde, könnte ich nicht mehr aufhören.

Mein Bruder stand auf und wandte sich von mir ab.

»Man sieht sich, Schwester.«

Kein Wort kam mir über die Lippen. Mich zu entschuldigen war nicht mein Stil. Ihn um Vergebung anzubetteln. Und warum auch, dachte ich damals. Ich hatte nur getan, was nötig war. Ich konnte es nicht ungeschehen machen.

Und dann verschwand Hayden im Labyrinth der Tische und dem Lärm der Leute, die lachten, als hätte ihr Gegenüber gerade den größten Witz überhaupt erzählt.

Ich trank mein Glas aus und bezahlte.

Mein Leben ist nicht witzig. Ist es nie gewesen.

An dem Tag habe ich ihn zum letzten Mal gesehen.

SECHZEHN

Regina warf ihrer Frau ein beruhigendes Lächeln zu. Sie waren wieder zurück ins Hause gezogen und lagen noch im Bett, die Vorhänge zugezogen, die Türen verriegelt.

Regina stand auf und goss aus einem Krug auf Amys Nachttisch Wasser auf ein Handtuch. Amy setzte sich aufrecht und ließ sich von Regina waschen.

»Das fühlt sich so gut an. Ich wünschte, wir könnten im Bach baden gehen wie früher.«

»Wenn du stärker bist«, sagte Regina und tupfte mit dem feuchten Handtuch über Amys Stirn, dann über ihre Wangen und ihren Hals. Sie legte das Handtuch beiseite, goss sich ein paar Tropfen Olivenöl auf die Hand und massierte sie sanft in Amys Haut ein.

»Hör auf damit, Reggie. Ich komm mir glatt sexy vor.«

»So bin ich halt.«

Amy kuschelte sich enger an Regina.

»Das alles tut mir so leid. Dein Auge. Die Sachen, die ich gesagt habe.«

Eine Träne entschlüpfte Reginas gesundem Auge. Sie legte Amy die Fingerspitzen auf die Lippen.

»Schhh ... Darüber will ich nie wieder reden. Wir können uns in unserer Reue und unserem Selbstmitleid suhlen, oder wir schauen nach vorne und lieben uns auf ewig. Dafür haben wir uns entschieden, Babe. Weißt du noch? Wir haben uns für die Liebe entschieden.«

Amy erwiderte nichts.

Auch Regina schwieg. Sie hatte alles gesagt, was wirklich wichtig war. Ihre Liebe war stärker als jeder Streit.

SIEBZEHN

Mein Gehirn funktioniert so: Kleine Dinge stoßen große Dinge an. Es wäre so viel leichter, wenn ich einfach alles vergessen könnte. Wer ich bin. Was hinter mir liegt. Dass mein Bruder mich hasst. Dass ich seit drei Jahren keinen Freund habe – mindestens. Ein One-Night-Stand über Tinder zählt nicht, oder?

Dann eher fünf Jahre.

Ich denke an Maxine Jacobson und ihre vielen Katzen. An Joshua und Sarah. Der Fall entrollt sich vor meinem geistigen Auge. Die Süßkartoffelpflanze. Als Kind hatte ich genauso eine.

Ich schreibe Sheriff Gray, um ihn daran zu erinnern, dass wir einen Durchsuchungsbeschluss brauchen werden.

Wir müssen den Hammer finden.

Die Ergebnisse der DNA-Analyse sollten reichen. Wünsch dir einen schönen Abend. Genieße gerade eine Schüssel Hasenfutter. Wünschte, es wär ein Taco.

Deine Frau will, dass du ihr noch ein bisschen erhalten bleibst. Geht uns genauso. Schlaf gut, Bugs

Ich stecke die nächste Aufnahme in den Kassettenrekorder. Dr. Albright bittet mich, mich zurückzulehnen und ihr zu erzählen, was passiert ist, nachdem wir die Fähre verlassen haben.

> *Ich: Okay. Ich erinnere mich noch an das Titelblatt der* Seattle Times. *Da waren wir, einfach so. Starrten uns an. Unser Haus. Fotos von uns. Dazu die Schlagzeile:* Mysteriöser Mord in Port Orchard schockiert die Nachbarschaft. Vater tot, Mutter und Kinder vermisst. *(Pause: nur statisches Rauschen) Tut mir leid. In dem Moment wurde es so real. Ich wusste natürlich, dass es wirklich passiert war. Aber die Fotos zu sehen und Dads und Moms Namen und was die Nachbarn von uns hielten ... machte es einfach real.*
>
> *Dr. A: Ich muss kurz die Kassette umdrehen.*
>
> *Ich: Okay.*

Während ich dasselbe tue, wandern meine Gedanken zurück zu der Zeit. Ich bin die Fähre rauf und runter gegangen, habe alle Zeitungen eingesammelt und weggeschmissen. Ich wusste, dass ich anders aussah als auf dem Foto. Genau wie Hayden. Aber ich wollte kein Risiko eingehen.

Die Aufnahme läuft weiter.

> *Dr. A: Ihr wart auf der Fähre. Du hast dir einen Plan zurechtgelegt, nicht wahr?*
>
> *Ich: Ja. Ich hab es zumindest versucht. Der Schlüssel, den ich hatte, seit ich elf war, gehörte zu einem Bankschließfach. Da mussten wir hin. Hayden dachte nur an Mom und Dad. Ich hab auch an sie gedacht.*

Dr. A: Was hast du zu dem Zeitpunkt über deine Mutter gedacht, Rylee?

Ich: Damals? Tja. Ich dachte nur daran, dass wir sie finden müssen.

Dr. A: Warum?

Ich: Wie gesagt, ich wusste, dass er sie mitgenommen hatte. Ich wusste, dass sie noch am Leben war – er würde sie nicht töten. Er wollte sie haben. Sie zu töten hätte ihm seine Motivation genommen. Seinen Daseinszweck.

Dr. A: Nämlich?

Ich: Sie zu besitzen.

Ich weiß noch, warum an der Stelle auf dem Band so eine lange Pause folgt: Dr. Albright sah mich mit einer Mischung aus Entsetzen und Ungläubigkeit an. Ich war mir nicht sicher, ob es daran lag, dass ich »sie besitzen« so seltsam gleichgültig gesagt hatte, oder weil der Gedanke an sich sie schockierte.

Das reicht. Ich nehme die Kassette aus dem Gerät und stecke sie wieder in die kleine durchsichtige Plastikhülle.

Die leichte Brise von draußen spielt mit den Küchenvorhängen und das Gelächter der Nachbarskinder weht herein.

Ich war ungefähr sieben, als ich langsam verstand, dass wir ein bisschen anders als andere Familien waren. Vielleicht etwas früher, aber wenn man nicht in die Schule geht, gibt es weniger markante Einschnitte, an denen man das eigene Alter in der Erinnerung festmachen könnte. Die Jahreszeiten fließen ineinander und die Zeit scheint stillzustehen. Keine Rituale trennen die einzelnen Monate voneinander. Kein Einkaufen zum Schuljahresanfang nach den Ferien. Kein Fasching. Keine Winterferien. Ich bin mir nicht mal sicher, wo wir zu der Zeit gelebt haben; alles, woran ich mich erinnere, ist der Geruch der Landschaft. Der Geruch von Kühen. In der Nähe gab es eine

Milchfarm. Das Land war flach und grün und zog sich bis zum Horizont dahin. Später erfuhr ich, dass wir im Osten Nebraskas gewohnt hatten, nicht weit von der Grenze zu Iowa entfernt.

Mom saß auf dem Sofa und telefonierte mit jemandem. Nicht per Handy, sondern über ein Festnetztelefon, dessen Schnur von der Küche bis ins Wohnzimmer reichte. Ihre Stimme hatte einen scharfen Unterton, der mich aus meinem Zimmer im ersten Stock herunterlockte. Sie weinte. Meine Mom weinen zu sehen brachte mich selbst zum Weinen. Ich beobachtete sie vom Flur aus. Irgendetwas sagte mir, dass ich nicht zu ihr gehen sollte. Einfach lauschen.

»... was soll ich denn jetzt machen?«, fragte sie.

Ich kroch etwas näher, hielt mich aber weiterhin versteckt. Es war spät abends, und ich trug ein hellgelbes Flanellnachthemd und rosa Häschenpantoffeln, die ich über alles liebte. Nach dieser Nacht habe ich sie nie wieder gesehen.

»... und wie genau soll das funktionieren?«

Nach einem langen Moment des Schweigens legte Mom auf. Sie saß stocksteif auf dem Sofa, eine alte Häkeldecke um die Schultern geschlungen.

In dem Moment fällt mir noch etwas ein: Es war kurz vor Weihnachten. Unser Baum stand neben dem Kamin. Warum konnte ich mich bis eben nicht daran erinnern?

Ich versetze mich in den Moment zurück. Ich stand da wie erstarrt und beobachtete Mom. Am liebsten wäre ich zu ihr gelaufen und hätte sie in den Arm genommen, aber ich hatte zu viel Angst. Ich habe oft darüber nachgedacht, warum ich zu dem Zeitpunkt blieb, wo ich war. Ich schätze, weil meine Mutter ein sehr verschlossener Mensch war. Sie weinen zu sehen fühlte sich an, als wäre ich in ihre Privatsphäre eingedrungen.

Dann entdeckte sie mich. Ich zuckte zusammen. Sie hatte mich erwischt. Sie nahm sich etwas zusammen und winkte mich herüber. Ich folgte ihrem Finger wie hypnotisiert, bis ich neben ihr auf dem Sofa saß.

»Liebling«, sagte sie, »mir geht's gut. Aber ich muss dir etwas erzählen. Es geht um morgen. Wir machen morgen einen kleinen Ausflug. Das wird lustig.«

Ihre Augen waren rot, und nichts von dem, was über ihre Lippen kam, schien irgendetwas mit Spaß zu tun zu haben.

»Wohin?«, fragte ich.

»Das ist der lustige Teil«, meinte sie und versuchte, fröhlich zu klingen. »Ich weiß es nicht. *Wir* wissen es nicht.« Ihr Blick schweifte durch den Raum. Ich folgte ihm, bis er an etwas hängenblieb.

Auf dem Couchtisch lag ein Reisemagazin mit einer Holzhütte im Wald auf dem Cover.

»Wir gehen nach Westen«, sagte sie.

Die Beliebigkeit ihrer Entscheidung machte mir Angst. Es wirkte verzweifelt. »Warum?« Aber meine Mutter hatte sich wieder im Griff. Sie war jetzt im Überlebensmodus. Später lernte ich, dass das nicht mehr war als eine Maske. »Weil wir von jemandem wegkommen müssen. Jemand Bösem. Jemandem, der mir wehtun will.«

Ich verstand nicht, was sie meinte. Komischerweise fragte ich aber auch nicht nach. Ich akzeptierte ihre Worte einfach. Am nächsten Morgen kniete sie vor dem Kamin und verbrannte Papiere und Fotos. Ich sah zu, wie die orangen und blauen Flammen an meinem eigenen Abbild leckten, wie sie es verschlangen.

Zehn Minuten später waren wir unterwegs, und mein Name war nicht länger Shelly. Wir nahmen nichts mit uns. Nicht mal meine rosa Häschenpantoffeln. Die habe ich noch sehr lange vermisst.

»Anna«, sagte sie, während wir Richtung Highway fuhren, und testete den Klang meines neuen Namens aus, »neu anzufangen wird uns retten. Nur durch einen Neuanfang können wir überleben.«

Ich denke an Joshua und Sarah und daran, dass auch ihnen ein Neuanfang bevorsteht. Genau wie Hayden und mir. Je nachdem, was das Jugendgericht entscheidet, muss Sarah vielleicht in eine Pflegefamilie ziehen, bis eine längerfristige Lösung gefunden ist. Auf der Liste der Dinge, für die Hayden mich hasst, steht auch, dass er in einer Pflegefamilie »seine Strafe absitzen« musste, wie er es nennt. Ich war irgendwo da draußen, und er blieb allein unter Fremden zurück. Das war meine Schuld. Ich hab ihn dort gelassen. Und er wusste nicht, wieso.

Zumindest damals nicht.

ACHTZEHN

Die Nacht war hart. Ich bezweifle, dass ich mehr als zwei oder drei Stunden geschlafen habe. Die meiste Zeit habe ich mich hin und her geworfen und mein Kopfkissen immer wieder gedreht auf der Suche nach etwas Kühle. Ich habe von Katzen geträumt. Und von Hayden. Jetzt greife ich zum Handy und rufe mein Mailpostfach auf. Nichts als ein Haufen Spammails, die mir Sachen anbieten, die ich nicht brauche und auch nicht haben will. Kein Wort von meinem Bruder. Während meine nackten Füße mich zum Badezimmer tragen, versichere ich mir selbst, dass er eines Tages antworten wird. Er *muss* einfach. Wir sind schließlich Geschwister. Er ist alles, was ich habe.

Ich lege eine frische Kapsel in die Kaffeemaschine und warte, bis das heiße Wasser durch das Pulver gepresst ist. Mein Handy gibt einen Nachrichtenton von sich und mein Herzschlag setzt kurz aus.

Hayden?

Ich werfe einen Blick aufs Display. Es ist nicht mein Bruder. Stattdessen ein Update vom Kriminallabor.

Wir testen die Proben heute Vormittag. Rufen nachmittags an.

Ich kippe den Kaffee hinunter, stelle mich kurz unter die Dusche und mache mich dann fertig für die Arbeit. Mein erstes Ziel ist das Gemeindeplanungsbüro, wo ich um eine Liste der Grundstücksbesitzer in direkter Nachbarschaft zu den Wheatons bitten will. Dann geht es nach Snow Creek.

Die Liste ist kurz – nur vier Grundstückseigentümer: Maxine und Earl Jacobson, Ida und Merritt Wheaton, Regina und Amy Torrance und Daniel Anderson. Der Wohnwagen mit der Süßkartoffelpflanze fehlt. Vermutlich ein illegaler Landbesetzer. Der offensichtlich schon ziemlich lange da wohnt. Eine Notiz weist darauf hin, dass die Vorbesitzer noch vor der Digitalisierung weggezogen sind. Sie hatten 2.024 Dollar Steuerschulden und waren wohl der Meinung, dass ihr Grundbesitz das Geld nicht wert sei.

Ich stimme ihnen aus vollstem Herzen zu.

Als ich gerade los will, erscheint Sheriff in der Tür.

»Was dagegen, wenn ich mitkomme?«, fragt er.

Ich lächle.

»Nein. Ich lass dich sogar fahren.«

Währenddessen erzähle ich ihm von Maxine und ihren Katzen.

»Ernsthaft? Über hundert?«

»Ich hab sie jetzt nicht extra gezählt, aber ich schätze schon.«

»Meine Frau und ich sind eher Hundemenschen.«

Fichten ziehen als grünes Band aus Sekundärwald vor meinem Fenster vorbei. Der Sheriff ist am Steuer und der Ausblick vom Beifahrersitz ist atemberaubend. Wirklich. Der Wald bildet links und rechts der Straße eine undurchdringliche grüne Wand, nur ab und zu schimmert das Wasser unten bei Snow Creek hindurch. In Port Orchard gab es einen kleinen

Bach. Hayden liebte es, zwischen den Steinen am Ufer nach Salamandern zu suchen.

Als eine Hirschkuh vor uns auf die Straße springt, tritt Sheriff Gray schwungvoll auf die Bremse.

»Jesus! Wir hätten sie fast gerammt.«

»Haben wir aber nicht«, sage ich.

Er ist leichenblass und sieht zu mir. »Alles okay?«

Ich atme hörbar aus. »Mir geht's gut. Uns allen geht's gut.«

»Ich mag keine Beinaheunfälle.«

Er denkt bestimmt gerade an den Autounfall, dem er eine Stahlplatte im Kopf verdankt. Er witzelt immer, dass bestimmt die Metalldetektoren im Gerichtsgebäude anspringen, wenn er hindurchgeht. Ich finde das nicht wirklich witzig. Er ist vom Highway abgekommen und in die Leitplanke gekracht. *Heftig.* Im Büro gingen Gerüchte um, dass er im Indianercasino einen getrunken hatte und die State Patrol die Sache unter den Teppich gekehrt hat.

Es ist praktisch, Freunde bei der Polizei zu haben.

Betrunkene, Kriminelle und Leute, die auf eine zweite Chance hoffen, wissen das nur zu gut.

Leute wie ich.

Tony Gray war derjenige, der es – wer weiß, wie – hingekriegt hat, Teile meiner Vergangenheit aus den Polizeiakten zu löschen. Ich habe ihn nie gefragt, wie er das angestellt hat. Wahrscheinlich hat ihm jemand dabei geholfen. Er ist nicht gerade ein Digital Native. Dafür aber derjenige, der mir die Chance gegeben hat, mein Leben als die beste Version meiner selbst zu leben. Er erkannte diese Möglichkeit in mir, lange bevor ich sie selbst sah.

Während ich den Flurplan studiere, gibt er vorsichtig wieder Gas.

»Mach langsam«, sage ich. »Das Grundstück der Andersons liegt gleich da vorne, auf der linken Seite.«

Wir fahren eine kleine Anhöhe hinauf. Für die Gegend

hier ist die Zufahrt erstaunlich gut. Sie ist natürlich nicht geteert, aber über den festgestampften Kies fährt es sich deutlich angenehmer als über die zerfurchten Zufahrtswege der umliegenden Nachbarn.

Er wirft mir einen Blick zu. »Sicher, dass es da oben ein Haus gibt?«

»Die Leute hier draußen haben eine Vorliebe für lange, gewundene Straßen.«

Als das Haus in Sicht kommt, reiße ich erstaunt die Augen auf.

»Das hab ich nicht erwartet«, sage ich.

»Eindrucksvoll«, meint er und steigt aus.

Unsere Blicke werden nicht vom Anderson-Haus angezogen, auch wenn es hübsch ist – schmal, zweistöckig, weiß gestrichen mit schwarzen Fensterläden. Eher Nantucket als Washingtoner Hinterland.

Nein – der Hof ist gefüllt mit Holzfiguren, die mit einer Kettensäge angefertigt worden sind. Da stehen Bären, Adler, Totems und vieles andere. Manche sind mit farbenfrohem Schiffslack angemalt. Kettensägenkunst ist normalerweise nicht ganz mein Fall, aber diese Sammlung ist mit Meisterhand angefertigt worden – wenn es so etwas bei Kettensägen gibt. Eine Figur, die mich an Mr Smee aus *Peter Pan* erinnert, sieht aus, als würde sie im nächsten Moment drauflosreden. Als ich an einem Seeotter vorbeikomme, zucke ich zusammen und mache ein paar Schritte rückwärts, weil ich einen Moment lang überzeugt bin, dass er echt ist.

»Da hat jemand wirklich Talent«, sagt Sheriff.

»Ohne Scheiß.«

Daniel Anderson erscheint in der Haustür. Er wirkt normal. Kein Gewehr. Dafür einen sauber gestutzten Bart, der sich über seinen breiten Kiefer zieht. Authentisch. Nicht wie die Hipster, die an den Wochenenden in Port Townsend einfallen, um als Holzfäller oder Matrosen zu posieren. Er ist schlank und hat kurzes, dunkelbraunes Haar, trägt eine Carhartt-Jeans und ein lila Hemd, auf dem das Maskottchen der University of Washington prangt: ein Husky. Er lächelt, und ich stelle fest, dass er noch alle seine Zähne hat.

»Kommt ihr vom Jahrmarktskomitee?«, fragt er, während er auf uns zukommt.

Seine Augen sind blau. Die Art blau, die es in der Natur eigentlich nicht gibt. Dunkel, mit einem Hang zu Violett. Während der Sheriff antwortet, muss ich mich zwingen, den Blick abzuwenden.

»Nein«, sagt er und hält Anderson seine Marke hin. Ich folge seinem Beispiel. »Ich bin Sheriff Tony Gray und das ist Detective Megan Carpenter. Ihre Arbeiten sind wirklich fantastisch! Daniel Anderson, richtig?«

»Nennen Sie mich Dan. Ich habe einen Gewerbeschein, kann ihn gerne für Sie raussuchen.«

»Nein, nicht nötig«, werfe ich ein, weil er sich bereits abwendet. »Deswegen sind wir nicht hier, Dan.«

Er wirft mir einen wachsamen Blick zu. »Warum sind Sie dann hier?«

Wir erzählen ihm von den Wheatons, wenn auch nicht alle Details. Wenn er den *Leader* abonniert hat oder online Nachrichten liest, wird er sowieso von dem Leichenfund bei der Holzfällerstraße erfahren. Aber da wir noch nicht mit Sicherheit wissen, dass es sich um Ida handelt, werde ich ihm von mir aus keine Informationen dazu liefern. Gerüchte blühen an dunklen, undurchsichtigen Orten besonders gut – Orten wie Snow Creek.

»Kennen Sie sie?«, frage ich und lasse bewusst das »gut« weg, weil hier draußen niemand den anderen gut genug zu kennen scheint, um mehr als ein Winken im Vorbeifahren zu rechtfertigen.

Dan scheint die Ausnahme zu sein.

»Ja, Merritt ist öfter mal hier vorbeigekommen. Wir

arbeiten beide gerne mit Holz. Er stellt Möbel her und bringt ab und zu welche vorbei, damit ich sie für ihn verkaufe. Gibt sich nicht gern mit Außenweltlern ab. Ist einfach seine Art. Ich hab ihn einmal einen Kommunenchef ohne eigene Kommune genannt. Fand er gar nicht witzig.«

Sheriff wirft ein: »Kennen Sie ihn gut?«

»Nein, das würde ich nicht sagen. Er kommt her, lädt seine Tische und die anderen Möbel ab. Wir trinken ein, zwei Bier. Seine Lieblingsmarke ist Miller. Für mich schmeckt das nach Pisse, aber hey, ich hab immer ein paar auf Lager, und wir quatschen über Gott und die Welt.«

»Kennen Sie Ida? Oder die Kinder?«, frage ich, während er uns zu einer Bank in Form eines Orcas hinüberführt. Ich streiche mit den Fingern über die Maserung des Holzes. Glatt wie Satin.

Er selbst setzt sich auf einen noch unbearbeiteten Holzstumpf.

»Nein, nicht wirklich. Ich wollte sie eigentlich mal zu einem Barbecue bei mir einladen. Nachbarschaftlich sein, Sie wissen schon. Aber davon wollte er nichts hören. Meinte, seine Frau sei schüchtern und seine Kinder zu wild, um sie irgendwohin mitzunehmen. Davon hab ich persönlich nie etwas gesehen. Kamen mir immer wie eine nette Familie vor.«

»Hat er je erwähnt, dass die Ehe nicht gut lief?«, frage ich.

Dan antwortet nicht sofort.

Er verschweigt etwas. Ich helfe nach: »Ihnen liegt doch etwas auf der Seele, Dan.«

»Ach, ich weiß auch nicht. Einmal war er ein bisschen betrunken und da erzählte er mir, dass Ida nicht immer das tue, was er von ihr verlangt.«

»Wissen Sie, was er damit meinte?«, fragt Sheriff Gray.

Dan wirft mir einen Blick zu. Die Antwort ist ihm peinlich.

»Schon okay. Sagen Sie's einfach.«

Er nickt. »Gut. Es hat mir echt einen Schauer über den

Rücken gejagt. Er erzählte, dass er sie trainiert habe, alles zu tun, was er will, aber in letzter Zeit sei sie widerspenstig gewesen.«

Ruth Turners »sorgfältig ausgewählt« kommt mir in den Sinn.

»Sie meinen beim Sex?«, frage ich.

Er nickt wieder und läuft rot an. »Ja, so hab ich es verstanden.«

Wir unterhalten uns noch ein wenig, größtenteils über seine Kunst. Der Sheriff fragt ihn, ob er irgendeinen der anderen Nachbarn kenne und ob jemand von denen den Wheatons nahestünde.

»Die Kids waren öfter bei der alten Maxine drüben«, antwortet Dan. »Sie meinte, sie seien wirklich nett. Aber irgendwann verlief sich das im Sande ... weiß nicht genau, warum.«

»Ich habe schon ein bisschen mit ihr geplaudert«, erkläre ich.

Er schenkt mir ein Lächeln, das fast schon ein Zwinkern ist. Es ist absolut entwaffnend. »Haben Sie ihre Katzen gesehen? Merritt nennt sie ›verrückte Katzenlady‹.«

Ich muss selbst lächeln. »Eine von ihnen war drauf und dran, mit mir nach Hause zu fahren. Zumindest klebte sie förmlich an meinem Bein.«

»Ohne Scheiß. Eine von denen taucht immer mal hier auf. Ich kann mir nicht vorstellen, dass Katzen gerne so leben wie bei ihr. Sie hat das Herz am rechten Fleck, aber mehr als zwei Katzen sind einfach zu viele.«

»Kennen Sie die Leute von dem Wohnwagen?«, frage ich.

»Nope. Da war seit Jahren keiner mehr. Kein Strom. Wundert mich, dass er immer noch steht. Ich schätze, manchen Leuten reicht ein Dach über dem Kopf, egal, woraus es besteht. Ein paar Monate hausten Meth-Junkies da drin, aber inzwischen sind sie wieder weg. Ich glaube, der, dem er inzwischen gehört, kommt nur an den Wochenenden her.«

»Eine Art Ferienhäuschen«, meint Sheriff.

»So könnte man's nennen.«

»Was ist mit den Torrances?«

»Die beiden Mädels bleiben unter sich. Eigentlich wie so ziemlich jeder hier oben. Ich hab sie beide seit Monaten nicht zu Gesicht bekommen. Das letzte Mal, als ich eine ihrer Anglo-Nubier zurückgebracht habe. Sie hatte sich losgerissen und war herübergewandert. Regina war froh, sie wiederzuhaben. Amy war drinnen und kam nicht raus, um Hallo zu sagen. Regina hat mir dafür ein schönes Stück ihres selbstgemachten Käses geschenkt. Grüßen Sie sie von mir, wenn Sie mit ihnen reden. Ich mag die Mädels. Und dass sie die Stadt einfach hinter sich gelassen haben, um sich hier draußen ein neues Leben aufzubauen ... ein bisschen wie *Unsere kleine Farm.*«

Wir danken ihm für seine Zeit und ich gebe ihm meine Visitenkarte.

»Rufen Sie mich an, wenn Ihnen noch irgendetwas einfällt.«

Er lächelt mich an.

Sheriff Gray wirft mir einen Blick zu und ich wende mich schnell zum Gehen.

»Wenn sie wieder auftauchen«, ruft Dan uns nach, »sagen Sie Merritt, dass er sich ein paar Mäuse für seinen Baumkanten-Esstisch bei mir abholen kann.«

Während der Sheriff uns aus der Einfahrt bugsiert, wirft er mir noch einen Blick zu und grinst.

»Sag's nicht«, warne ich ihn.

Er tut es trotzdem.

»Er gefällt dir.«

Ich ignoriere die Bemerkung.

»Gib Gas.«

NEUNZEHN

Ich stehe am Abgrund. Direkt an der Kante. Auf mein Bauchgefühl ist bei der Arbeit an einem Fall nur bedingt Verlass. Ich hab mich ein paarmal geirrt. Zweimal, um genau zu sein. Diesmal weiß ich aber einfach, dass ich recht habe. Die Bestätigung brauche ich nur, weil das Gesetz es so verlangt. Ich habe gelernt, mich an Regeln zu halten, die ich früher komplett ignoriert habe. Ich werfe einen Blick auf den toten, schwarzen Bildschirm meines Handys. Ich will endlich die DNA-Analyse haben, die bestätigt, wer unsere Unbekannte ist.

Auch wenn ich es längst weiß.

»Wie leben die Leute hier oben nur ohne Handys?«, frage ich, als wir Dan Andersons Grundstück verlassen und uns auf den Weg zu den Torrances machen.

Sheriff Gray steckt sich noch ein Kirschbonbon in den Mund.

»Wartest du auf die Testergebnisse?«

Er liest meine Gedanken. Er ist der Einzige, der das kann. Wenn auch nur so weit, wie ich es zulasse.

»Natürlich. Wir brauchen den Durchsuchungsbeschluss so schnell wie möglich.«

»Hast du 'ne Theorie?«

»Alles dreht sich um den Tischlerhammer. Ich glaube, dass Merritt Wheaton Ida damit getötet und dann in den Teppich eingewickelt hat.«

»Wo? In seiner Werkstatt in der Wellblechhütte, oder vielleicht in der Scheune?«

Ich nicke. »Sie wurde von hinten erschlagen. Das kann eigentlich nur zu Hause passiert sein. Niemand trägt ständig einen Hammer mit sich herum.«

»Tischler schon.«

Ich werfe ihm einen irritierten Blick zu. »Mag sein. Aber nicht dieser Kontrollfreak. Der tötet sie da, wo niemand etwas sehen oder hören kann.«

»Motiv?«

Er wirft mir die leichten Häppchen zu. Ich antworte trotzdem.

»Wie gesagt, Kontrollfreak. Du hast Dan doch gehört. Er meinte, Ida käme ihren Pflichten nicht mehr nach. Sie stammen aus einer fundamentalistischen Sekte, die sie, so weit ich sehen kann, selbst ins Leben gerufen haben. Zumindest kann ich keine zugehörige Kirche finden. Und Idas Schwester Ruth verströmt einen deutlichen *Kinder-des-Zorns*-Vibe.«

Bei der Anspielung muss er lächeln.

»Da«, sage ich und zeige auf eine Stelle am Straßenrand, »da geht es zu den Torrances. Bieg da ab.«

»Bist du sicher?«

Ich werfe einen Blick auf den Flurplan. »Ja. Und so, wie es aussieht, ist die Zufahrt rund anderthalb Kilometer lang.«

»Eher eine Straße als eine Zufahrt.«

»So mögen sie's hier draußen anscheinend.«

Die Straße, oder was auch immer, ist stark zerfurcht. Niemand hat je versucht, sie befahrbarer zu machen. Sheriff steuert geschickt um die großen Schlaglöcher herum. An einer tiefen Schlammpfütze bremst er ab.

»Ich hätte mein Auto gestern nicht in die Waschanlage fahren sollen.«

Eine Packung Kartoffelchips klemmt in einem Fach im Armaturenbrett.

Du solltest auch keine Chips essen, denke ich.

»Sieh mal einer an«, ruft er, als die Scheune und das Haupthaus in Sicht kommen. »Ein richtiges Haus.«

Ich bin selbst erstaunt. Der Anblick der Torrance-Farm trifft mich unerwartet – und macht mir deutlich, dass ich Vorurteile gegenüber den Leuten habe, die hier oben leben. Ja, sie wohnen abseits der Zivilisation, und ja, sie wollen unter sich bleiben. Dan, Maxine, die Wheatons, und jetzt Regina und Amy Torrance ... sie haben sich in den Wäldern ein eigenes Leben geschaffen. Das macht es aber noch lange nicht ärmlich – von Maxines Katzenhorde mal abgesehen. Sie leben nicht wie Junkies und sind auch keine von Kopf bis Fuß tätowierten Rechtsextremen.

An der Haustür hängt ein Zettel. Etwas von einer Wohnwagenreise und jemandem namens Jared, der sich so lange um die Tiere kümmert.

»Keiner der Grundbesitzer hier oben heißt so«, sage ich.

»Muss jemand aus der Stadt sein«, meint der Sheriff und wirft einen Blick durchs Fenster. »Ein Hausverwalter, schätze ich. Irgendjemand muss sich ja um die ganzen Tiere kümmern.«

Ein Anflug von Rauch aus der nur noch schwach glühenden Asche in der Feuergrube zwischen Haus und Ziegenstall steigt mir in die Nase.

»Wir haben ihn wohl gerade verpasst. Ich lasse diesem Jared eine Nachricht da, dass er mich zurückrufen soll.«

Meine Visitenkarte mit der Notiz klemme ich neben dem Zettel in die Tür.

Niemand ist in Schwierigkeiten, habe ich geschrieben. *Ich versuche nur herauszufinden, ob irgendjemand etwas über die Wheatons weiß. Bitte rufen Sie mich an.*

Als wir von der Snow Creek Road auf den Highway abbiegen, summt mein Handy. Ein Adrenalinstoß durchfährt mich. Eine Sprachnachricht vom Kriminallabor. Ich lasse sie auf Lautsprecher abspielen.

Es ist der Anruf, auf den ich gewartet habe.

»Hey, Detective Carpenter«, sagt der Chef des Laborteams, Marley Yang, »wir haben eine Übereinstimmung. Die Proben stammen von Mutter und Sohn. Kein Witz. Echt wahr. Ohne Zweifel. Ihr Opfer ist Ida Wheaton. Viel Glück mit dem Fall. Finden Sie das Arschloch, das sie getötet hat. Da, ich hab's gesagt. Bis die Tage.«

»Holen wir uns den Durchsuchungsbeschluss«, sagt Sheriff Gray.

Mein Handy summt erneut. Eine unbekannte Nummer. Diesmal höre ich mir die Nachricht ohne Lautsprecher an.

Es ist Dan Anderson.

»*Äh … Detective, ich hab gesehen, wie Sie ein paar meiner Werke bewundert haben. Würde Ihnen gerne eins schenken. Keine Kosten. Okay? Außer, das verstößt gegen irgend so eine Polizeiregel. Wenn ja, ist es eine dumme Regel. Lassen Sie's mich wissen. Okay? Bye. Hier ist Dan. Dan Anderson.*«

»Alles okay?«, fragt der Sheriff. »Du bist plötzlich so still. Das ist untypisch für dich, Megan.«

Ich schaue kurz zu ihm hinüber, dann aus dem Fenster. »Nichts Wichtiges. Mein Vermieter will das kaputte Fenster im Keller reparieren.«

Eine Lüge. Ich vermute, er merkt es. Aber er bohrt nicht nach. Ich mag Dan Anderson. Beziehungen allerdings nicht. Ich weiß, die meisten Leute würden mir einen Vortrag halten, weil ich ihm gleich solche Absichten unterstelle. Selbstgefällig. Narzisstisch. Was auch immer. Aber wenn ich eines weiß, dann, wie andere Leute ticken. Das hat mir meine Mutter beigebracht. Es war ihr vielleicht nicht bewusst, aber das ändert nichts an der Tatsache.

Inzwischen hängt Sheriff Gray am Handy. Ich beobachte ihn, während er fährt. Ich weiß, dass er mich gern hat. Er ist das, was für mich einer Familie noch am nächsten kommt. Oder Freundschaft. Einer Beziehung. Einer Rettungsleine. Hayden ist irgendwo in der Wüste und ich frage mich, ob er jemals an mich denkt.

»Den Durchsuchungsbeschluss haben wir morgen«, sagt er und wirft mir einen Blick zu.

»Wir müssen Joshua, Sarah und Ruth informieren, dass Ida ermordet wurde. Ich habe schon ein paar Mal auf der Nummer von Ruths Mann angerufen, aber es geht keiner ran. Ich will diejenige sein, die es ihr sagt.«

»Nicht gerade die schönste Aufgabe«, sagt er. »Aber ab und zu gehört es einfach zum Job.«

Ich bin froh, dass Morde in Jefferson County selten vorkommen. Seit Sheriff Gray mir den Job gegeben hat, für den ich wie geschaffen bin, gab es nur einen einzigen. Die Frau eines Touristen aus Indiana. Ihre Leiche wurde bei Ebbe in der Nähe der Fähranlegestelle gefunden. Sie war erwürgt worden. Ihn fanden wir mit einer selbst zugefügten tödlichen Schusswunde in seinem Hotelzimmer.

Wir biegen auf den Parkplatz ein und ich erkläre ihm, dass wir morgen den ersten Schritt auf dem Weg dahin machen werden, Gerechtigkeit für Ida Wheaton zu erlangen.

»Es wird nicht leicht werden, den Kindern beizubringen, dass ihre Mom tot ist«, sagt er.

Das ist noch untertrieben.

»Es wird noch weitaus schwieriger, ihnen zu sagen, dass wir ihren Vater für den Mörder halten.«

ZWANZIG

Nachdem ich alle Jareds in Jefferson County angerufen und sechs von sieben auch erreicht habe, gebe ich für heute auf und fahre nach Hause. Der siebte ist gerade auf einer Kreuzfahrt, insofern wird er wahrscheinlich auch nicht der Gesuchte sein. Wer würde schließlich eine Nachricht für jemanden hinterlassen, der die nächsten vier Wochen unterwegs ist? Es muss also ein Jared außerhalb des Countys sein.

Manchmal fühlt sich Hartnäckigkeit verdächtig wie Enttäuschung an.

Heute nehme ich Chinesisch vom Happy Dragon mit. Normalerweise bestelle ich Moo Shu mit Schweinefleisch, aber heute nicht. Das Mädchen hinter dem Drive-in-Schalter erklärt mir, dass das Schweinefleisch »heute nicht so lecker ist«. Gut zu wissen. Wenn ich nicht in der Drive-in-Schlange stehen würde, würde ich jetzt die Beine in die Hand nehmen. Stattdessen frage ich, wie es mit den Walnussshrimps steht.

Das Mädchen erklärt mir über den Lautsprecher, das Walnusshühnchen sei eine bessere Wahl. Tatsächlich sagt sie, es sei *frischer*. Widerstrebend bestelle ich es und schwöre mir, dass ich, egal wie wenig Lust auf Kochen ich habe, hier nie wieder herkommen werde.

So wirklich glücklich ist der Happy Dragon wohl nicht, denke ich mir.

Zu Hause begutachte ich das Essen ausgiebig, bevor ich die Stäbchen hineinversenke. Ich kann nicht gut mit ihnen umgehen, aber aus irgendeinem Grund bilde ich mir ein, dass ich eine Lebensmittelvergiftung vermeiden kann, indem ich es mit Stäbchen statt mit der Gabel esse. Als würde eine Gabel dem Walnusshühnchen einflüstern, dass ich es verdient hätte, krank zu werden.

Das klingt zwar nicht sehr logisch, für mich ist es das aber durchaus.

Die Kassetten rufen nach mir, während ich mir den Chardonnay eingieße, den ich gar nicht erst gekühlt habe. Er schmeckt schrecklich, aber ich trinke ihn trotzdem. Ich nippe daran, esse und rede mir dabei ein, dass ich das Drama meines eigenen jüngeren Ichs nicht brauche. Seit ich angefangen habe, mir die Aufnahmen anzuhören, überfallen mich Erinnerungen an meinen Bruder, an Mom, meinen Vater.

Vor allem an Dad. Meinen *echten* Dad. Wegen ihm bin ich in Liebesdingen verkorkst. Und wenn es darum geht, jemandem genug zu vertrauen, um eine Beziehung mit ihm einzugehen. Dan Andersons Nummer habe ich nicht eingespeichert. Ich höre mir seine Sprachnachricht noch einmal an, dann lösche ich sie.

Anschließend lege ich die nächste Kassette ein und drücke auf PLAY. Sofort bin ich wieder bei meinem kleinen Bruder, versuche, uns in Sicherheit zu bringen.

Dr. Albrights beruhigende Stimme gibt das Datum und die Uhrzeit an. Sie bittet mich fortzufahren, aber ich schweige. Die Aufnahme rauscht lange einfach vor sich hin.

Dr. A: Erzähl weiter, Rylee. Du schaffst das.

Ihre Stimme beruhigte mich.
Leitete mich an.
Ich wusste, dass sie mir helfen wollte.

Ich: Was, wenn ich nicht will?

Dr. A: Du hast keine Wahl. Wir können dich nicht aus den Klauen deiner Vergangenheit befreien, ohne dass du sie dir zunächst selbst eingestehst. Erzähl weiter. Was ist passiert, nachdem ihr die Fähre verlassen habt?

Ich: Um an das Bankschließfach heranzukommen, musste ich wie Mom aussehen. Ich hatte ihren Führerschein und meine Haare waren quasi Mom-fertig. Aber ich brauchte noch die richtigen Klamotten. Also schleppte ich Hayden zum Fundbüro im Fährterminal am Colman Dock in Seattle und erzählte dem Mann am Schalter, dass unsere Mom ihre Jacke verloren hätte. Er ließ uns bereitwillig rein, und ich schnappte mir irgendeine Handtasche vom Stapel. Ich hab sie immer noch. Sie ist aus schwarzem Leder mit einem gefälschten Chanel-Verschluss. Oh ... und dazu hab ich einen weißen Seidenschal und eine altmodische Foster-Grant-Sonnenbrille aus dem Stapel ausgegraben.

Der Bankangestellte, ein junger Mann mit einer rasiermesserscharfen Nase und einer Monobraue, schaut sich meinen Führerschein genau an und vergleicht die Unterschrift mit der Unterschriftenprobe, die er aus einem Aktenschrank gefischt hat. Es kommt mir sehr, sehr lange vor, hat aber wahrscheinlich nur ein paar Sekunden gedauert. Seine Haare sind richtig goldblond. Ich frage mich, ob meine so schlecht gefärbt aussehen wie seine.

»Das Foto sieht Ihnen nicht ähnlich«, erklärt er kurzangebunden.

»Das höre ich oft«, antworte ich in einer raueren Version meiner Stimme in der Hoffnung, damit mehr wie meine Mutter zu klingen – oder zumindest wie jemand, der nicht erst fünfzehn ist. Mehr kriegt er von mir nicht zu hören. Manchmal ist weniger mehr.

»Die jetzige Frisur steht Ihnen besser«, sagt er.

Ich frage mich, ob er mit mir flirtet, und falls ja, ob er damit das Gesetz bricht. Ich bin minderjährig, egal, was der Führerschein behauptet.

Er führt mich in den hinteren Teil der Bank. Vor dem Schließfachraum angekommen, dreht er sich zu mir um. »Der Zahlencode?«

»Was?«

»Sie müssen Ihren Zahlencode eingeben«, erklärt er, während sich sein Blick förmlich in mich hineinbohrt.

Schweißperlen sammeln sich in meinem Nacken. Ein Zahlencode? So was habe ich nicht. Sein nikotinstichiger Zeigefinger weist auf eine kleine Tastatur.

In Windeseile denke ich nach. Mein Gesicht glüht förmlich. Ich bin bestimmt knallrot. Klasse. Mir fällt einfach nichts ein, und Monobraue scheint das förmlich zu riechen.

Er verlagert sein Gewicht. »Wenn Sie den Zahlencode nicht haben, können Sie den Raum nicht betreten.«

Denk nach. Denk nach!

»Sie haben nur drei Versuche. Wenn die verbraucht sind, muss der Bankmanager Ihnen einen neuen Zahlencode ausstellen. Er ist ein echter Pedant, wenn es um die Sicherheit geht.«

Ich bin mir sicher, dass ich den Bankmanager noch weniger leiden können werde als Monobraue, der inzwischen in meine Top Five der nervigsten Leute aufgestiegen ist.

Ich gebe den Geburtstag meines Bruders ein.

»Kommen Sie bitte mit zum Manager«, sagt er. Dem leichten Lächeln auf seinem Gesicht nach zu urteilen freut er sich sogar darüber, dass ich mich an den Code nicht erinnern kann. Er erhofft sich bestimmt eine Raucherpause. Er riecht wie ein Aschenbecher.

Dann habe ich eine Eingebung. Ich erinnere mich an den Tag, an dem Mom und Dad den Router eingerichtet haben. Sie haben dasselbe Passwort verwendet, dass sie für alles benutzt haben – wann immer irgendeine Art Sicherheitscode erforderlich war.

»Warten Sie! Ich hab's.«

Mein Zeigefinger wandert zur Tastatur:

LY4E1234

Love you forever, und eine Zahl für jedes Mitglied unserer Familie.

Auf dem Display leuchtet ein grünes Lämpchen auf.

Ich halte die Aufnahme an, gehe hinüber in mein Arbeitszimmer und grabe in der untersten Schublade des Schreibtischs, den ich nach meinem Umzug nach Port Townsend bei der Heilsarmee gekauft habe. Das, wonach ich suche, ist unter einem Stapel von Papieren und Zeitungsausschnitten begraben. Unwillkürlich zieht sich mir der Magen zusammen, selbst nach all den Jahren. Da ist er. Der Brief, den ich immer wieder gefaltet, über dem ich geweint und den ich einmal sogar weggeschmissen habe – nur um ihn im nächsten Moment wieder aus dem Müll zu fischen. Den Umschlag habe ich längst nicht mehr, aber ich weiß noch genau, was in der Handschrift meiner Mutter darauf stand:

Nur von meiner Tochter zu öffnen. Lies ihn nicht vor den Bankangestellten. In einer Ecke des Raums ist eine Kamera. Dreh ihr den Rücken zu, bevor du weiterliest.

Im Schließfach lag noch ein zweiter Brief:

Nur von meinem Sohn zu öffnen.

Den habe ich verbrannt.

Jetzt falte ich den Brief vorsichtig auseinander in dem Wissen, dass es genauso gut Hayden hätte sein können, der eines Tages das Bankschließfach öffnet. Mit Sicherheit weiß ich, dass meine Mom und mein Stiefvater die Möglichkeit in Betracht gezogen haben, dass ich zum Opfer ihrer Entscheidungen, ihres Lebens werden könnte.

Liebling,

wenn du diesen Brief liest, dann bin ich nicht mehr da. Was das genau heißt, weiß ich in diesem Moment noch nicht. Es gibt zwei Möglichkeiten: Entweder er hat mich gefangen oder er hat mich getötet. Ich weiß, dass du herausfinden willst, wo ich bin, ob ich noch lebe. Ich weiß auch, dass ich dich nicht davon abhalten kann. Es tut mir leid, dass ich dir wenig Anhaltspunkte dafür geben kann, wo ich sein könnte. Die anderen Umschläge enthalten ein paar Informationen. Nimm sie mit, wenn du gehst. Zeig sie niemandem. Wenn du es doch tust, werde nicht nur ich sterben, sondern du wahrscheinlich auch. Bitte setz dich. Auf der anderen Seite des Raums steht ein Stuhl.

Ich halte einen Moment inne, um mich an mein fünfzehnjähriges Ich zu erinnern. Wie verloren ich zu der Zeit war. Ich fühle immer noch den Schauer, der mir beim Anblick des Briefes über den Rücken lief. Als säße ich in einem Auto und würde gerade an dem schlimmsten, blutigsten Verkehrsunfall vorbeifahren, den ich je gesehen hätte.

Liebling, ich habe dich belogen. Ich wollte nie, dass meine Lügen so außer Kontrolle geraten und unser Leben so sehr bestimmen. Du musst mir glauben: Ich wollte dich nie belügen. Ich habe gelogen, weil es die einzige Möglichkeit war, dich zu retten, mich zu retten, Hayden zu retten. Früher dachte ich, wenn ich die Wahrheit einfach ignoriere, würden die Albträume von allein verschwinden. Hör mir gut zu: Vergebung ist wichtig. Sie ist real. Und der einzige Weg zur Erlösung.

Der Mann, vor dem wir dein ganzes Leben lang weggelaufen sind, ist nicht einfach irgendein Freund, den ich sitzengelassen habe. Auch kein Stalker. Jedenfalls keiner von der Art, wie du – oder ich – ihn dir vorstellst. Ich dachte, dass es reichen würde, wenn du nur einen Teil der Geschichte kennst. Du warst damals noch so jung, dass ich mir sicher war, du würdest mir einfach glauben. Zwei Worte dazu: Vergebung und Stärke. Um zu überleben, musst du beide mit ganzem Herzen annehmen.

Ich lege den Brief auf den Tisch. Ich habe vergessen zu atmen. Während mein Verstand zu einer Unterhaltung zurückrast, die meine Mutter und ich geführt haben, als ich etwa elf Jahre alt war – vielleicht zwölf –, hole ich tief Luft. Wir saßen auf der hinteren Veranda und beobachteten die Glühwürmchen, die durch die tiefhängenden Zweige einer großen Eiche flitzten, die den ganzen Hinterhof überspannte, als wolle sie uns beschützen. Diesen Baum habe ich unheimlich geliebt. Als wir das nächste Mal umzogen, schwor ich mir, dass ich eines Tages wieder in einem Haus mit einem Baum wohnen würde, dessen Zweige sich wie behütende Arme aufspannen. Am selben Nachmittag war es in einer Talkshow darum gegangen, was es für Folgen hat, ein Kinderstar in Hollywood zu sein. Das Thema ging mir noch lange nach dem Abendessen im Kopf herum.

»Manchmal komme ich mir vor wie die Kinder im Fernsehen«, erzählte ich Mom.

Sie sah mich an. Die Flamme einer kleinen Citronellakerze spiegelte sich auf ihren wunderschönen, ebenmäßigen Zügen.

»Was meinst du?«

»Diese Kinder«, sagte ich zögernd. Nicht, weil mich das Thema selbst zögern ließ, sondern weil ich das Gefühl hatte, damit eine Lunte anzuzünden. »Sie werden einfach in eine Situation hineingeboren. Ihre Eltern wollten Teil von etwas sein. Die Kinder hatten keine Wahl.«

Sie sah mich einen Moment mit ihrem durchdringenden Blick an, dann wandte sie sich wieder den Glühwürmchen und unserer geliebten Eiche zu.

»Liebling, hast du wirklich das Gefühl, dass es dir genauso geht?«

In ihrer Stimme lag Reue, aber nur ein bisschen. Eine Spur Bedauern. In gewisser Weise war das alles, was ich mir je von ihr erhofft hatte. Ich wollte, dass sie mir sagte, dass es ihr leidtue, wie verkorkst unser Leben war. Dass sie einen Teil der Verantwortung dafür übernähme. Selbst wenn es gar nicht stimmte. »Manchmal«, log ich. Tatsächlich fühlte ich mich die ganze Zeit so. Die Entscheidungen, die meine Mutter getroffen hatte, hatten dazu geführt, dass ich keinerlei eigene Geschichte hatte. Ich versuchte, ihr das nicht vorzuwerfen, weil ich sie gleichzeitig so sehr liebte. Aber es gab Zeiten, in denen ich sie dafür hasste, was sie mir angetan hatte, mir und Hayden. Als ich älter wurde, versuchte ich manchmal, ihre Sicht der Dinge zu verstehen. Die Gründe, aus denen sie getan hatte, was sie getan hatte. Die Geschichte, die meine Mutter mir an dem Abend erzählte, war fadenscheinig, aber sie brachte sie mit so viel Überzeugung rüber, dass ich sie nie wirklich hinterfragt habe.

Diese Erinnerung bricht mit der Gewalt von tausend Eispickeln über mich herein. Ich schüttle den Kopf, um das Dauerfeuer zu unterbrechen, den Sturm an Fragen aufzuhalten ... doch letztlich *muss* ich mich an das erinnern, was damals in der Bank passiert ist – an dem Tag, an dem alles anders wurde.

Ich sitze in der Ecke des Raumes, den Brief in der Hand, und versuche, mich seinem Inhalt zu stellen. Mein Herz klopft schneller. Als ich den Blick auf das Papier senke, zerplatzt eine Träne darauf. Hinterlässt eine glitzernde kleine Pfütze. Ich habe Angst, weiterzulesen. Angst, dass ihre Worte mir das Herz brechen werden, dass der Verrat, den sie angedeutet hat, zu groß ist.

> *Wir sind dein ganzes Leben lang vor deinem Vater weggelaufen. Während ich das schreibe, wird mir regelrecht schlecht, aber es ist die Wahrheit.*

Mein Vater? Mein Vater ist tot. Er war ein Armeerekrut, der im Irak gefallen ist. Seit ich es damals bekommen habe, trage ich sein Foto stets in meinem Portemonnaie bei mir. Und noch etwas erinnert mich an ihn: Die Hundemarken, die an einer geflochtenen Silberkette um meinen Hals hängen. Ich habe lange gespart, um sie mir bei Macy's in Minneapolis kaufen zu können.

Auf der einen Marke stehen sein Name, seine Musterungsnummer und seine Blutgruppe.

Walters, William J.
FG123456Z
A Neg

Auf der anderen die nächste Angehörige:

Ginger Walters 1337 Maple Lane Tacoma, WA

Einen Moment lang kämpfen Wut und Verwirrung in mir um die Oberhand. Ich habe keine Ahnung, worauf meine Mutter hinauswill, also lese ich schließlich weiter. Als ich zu den letzten Zeilen komme, schnappe ich nach Luft.

Was ich dir erzählen werde, bestimmt nicht, wer du bist. Ganz und gar nicht. Du bist meine wunderschöne Tochter. Ich habe alles getan, um dir die Wahrheit darüber zu ersparen, wie du gezeugt wurdest. Aber jetzt bist du hier, und du verdienst die Wahrheit. Danach kannst du dich entscheiden, ob du mir helfen willst. Wenn nicht, werde ich dich trotzdem bis zu meinem letzten Atemzug lieben. Bitte kümmere dich um deinen Bruder. Bring ihn zu meiner Schwester Ginger Rhodes nach Wallace, Idaho, und lass ihn dort zurück, bis du sicher bist, dass ich entweder in Sicherheit bin oder tot. Dein Erzeuger wird ihm nichts antun.

Um mich herum dreht sich alles. Wir waren immer alleine gewesen. Außer uns gab es niemanden. Mom hatte uns erzählt, dass ihre Eltern und Geschwister bei einem Autounfall gestorben wären, als sie noch klein war. Sieben, glaube ich. Das stellt alles in Frage, was ich je zu wissen geglaubt habe. Mein Blick fällt auf zwei Zeilen, die niemals jemand lesen müssen sollte:

Dein Vater ist Alex Richard Rader. Er ist ein Serienmörder. Ich war das eine Opfer, das ihm entkommen ist.

Am liebsten würde ich schreien, aber ich tue es nicht. Tränen rinnen mir über die Wangen. Ich werfe einen schnellen Blick auf die Kamera, die direkt auf mich gerichtet ist. Ich habe Angst, fühle mich beobachtet und bin unglaublich wütend. Ihre

Worte sind das reine Gift. Serienmörder? Opfer? Entkommen? Jede einzelne Silbe schießt auf mich ein wie eine Kugel in den Kopf. Fast wünschte ich, sie wären real. Mit einem Mal fühlt sich meine Haut schmutzig an und juckt. Meine Hände zittern. Sie hätte es mir sagen können. Sie hätte mir *vertrauen* müssen. Stattdessen hat sie unser Vagabundenleben zur reinen Hölle gemacht. Warum ist sie nicht einfach zur Polizei gegangen? Sie hat uns immer erzählt, dass ihr Stalker ein Exfreund von ihr sei, dass er nach meinem Vater in ihrem Leben aufgetaucht sei. Sie sei nett zu ihm gewesen und er habe sie einfach nicht in Ruhe gelassen. Damals lebten wir in einer Militärunterkunft in Fort Lewis, südlich von Tacoma. Ich war noch ganz klein. Sie erzählte, dass die Polizei auf der Militärbasis ihr nicht habe helfen wollen, dass ihr Stalker kein Gesetz gebrochen habe. Und doch habe sie sich so bedroht gefühlt, dass sie die Flucht für die einzige Lösung hielt, um in Sicherheit zu leben. Bei dem Gedanken würde ich am liebsten laut herauslachen. So eine absurde Geschichte ... aber sie hat sie unglaublich überzeugend erzählt. Wann immer in den Nachrichten von einem Verrückten berichtet wurde, der trotz einer einstweiligen Verfügung gegen ihn jemanden getötet hatte, hielt sie uns das als Beweis dafür vor, in was für einer Welt wir lebten – und wie gefährlich es sei, wenn wir uns nicht versteckten.

»Niemand kann einem Opfer helfen, bis es zu spät ist. Dieses Risiko werden wir niemals eingehen«, hat sie dann immer gesagt.

Und ich habe ihr geglaubt. Wenn man etwas nur oft genug eingetrichtert bekommt, akzeptiert man es schlicht als die Wahrheit. Wie die Kinder damals im Fernsehen. Sie wussten einfach nicht, dass es noch mehr im Leben gab als Ruhm und Reichtum. Sie glaubten alles, was man ihnen sagte. Selbst wenn die Geschichten, die man ihnen erzählte, an den Haaren herbeigezogen wirkten.

Ich weiß, was ich weiß, Liebling. Bitte gesteh mir zumindest so viel zu. Ich weiß, dass Alex drei Mädchen getötet hat und dass diese Fälle nie wirklich gelöst wurden. Ich weiß auch, warum: Weil seine Freunde bei der Polizei Beweismittel manipuliert haben. Ich weiß das, weil er es mir erzählt hat. Als er mich gefangen hielt. Damals war ich sechzehn Jahre alt. Ich könnte dir in allen hässlichen Details beschreiben, was er während der Zeit mit mir angestellt hat, aber ich glaube nicht, dass das nötig ist. Du wurdest unter den schlimmsten Bedingungen gezeugt, die du dir vorstellen kannst. Aber ich habe nie bereut, dich geboren zu haben. Wenn ich dich ansehe, dann sehe ich nicht ihn. Ich sehe das Gesicht meiner Tochter, die ich immer lieben werde.

Wenn du dich entscheidest, mich zu suchen – ich weiß, dass ich dich sowieso nicht davon abhalten könnte –, dann musst du seiner Spur folgen. Ich weiß nicht, wo er ist. Ich weiß auch nicht, wo ich bin. Zwei Dinge weiß ich allerdings: Ich habe sieben Tage. Jedes der Mädchen hat er nach sieben Tagen getötet. Einer Woche. Such in der Vergangenheit seiner Opfer nach mir.

Ich ziehe weitere Blätter aus der untersten Schublade meines Schreibtischs. Artikel, aus diversen Zeitungen ausgeschnitten. Die Bilder der Opfer sind vergilbt, doch immer noch sieht jede meiner Mutter zum Verwechseln ähnlich. Shannon Blume, sechzehn; Megan Moriarty, sechzehn; Leanne Delmont, sechzehn. Alle aus der Gegend um Seattle und Tacoma. Jeder der drei Mordfälle wurde einem anderen Täter zugeschrieben. Alle gelten als gelöst. Keiner der Männer, die für die Morde verantwortlich gemacht wurden, hieß Alex Rader.

Ich nehme die Zeitungsausschnitte mit in die Küche und lasse die Aufnahme weiterlaufen. Meine Stimme erzählt von der Verwirrung, der Fassungslosigkeit, als ich entdeckte, dass neben den Briefen auch eine Pistole in dem Bankschließfach lag.

Ich: Ich hab's nicht kapiert. Ich hab eigentlich gar nichts davon richtig kapiert. Ich war geschockt, durcheinander.

Dr. A: Natürlich warst du das, Rylee. Du wurdest in kürzester Zeit gleich mehrfach traumatisiert und musstest versuchen, die Bruchstücke des Lebens, wie du es bis dahin gekannt hattest, neu zusammenzusetzen. Du warst unglaublich stark.

Ich: Ich kam mir aber überhaupt nicht stark vor. Mir war schlecht. In meinem Kopf habe ich immer und immer wieder wiederholt, dass meine Eltern nicht festlegen, wer ich bin und wie mein restliches Leben aussehen wird.

Dr. A: Genau. Und schau dich jetzt an. Du gehst aufs College. Du schreitest auf einem Weg voran, den du früher vielleicht gar nicht für möglich gehalten hast.

Ich: (weint leise)

Dr. A: Alles wird gut, Rylee.

Ich: Ich hoffe es.

Dr. A: Ich weiß es.

Ich: Danke.

Danach habe ich ihr erzählt, wie wir uns nach Idaho zu der uns völlig unbekannten Tante Ginger durchgeschlagen haben. Wie orientierungslos ich mich gefühlt habe. In so kurzer Zeit war so viel in meinen Kopf gestopft worden, lauter Probleme ohne Lösungen ... es fühlte sich an, als wären sie in meinem Hals steckengeblieben. Ich konnte kaum sprechen. Ich erinnere mich noch, wie ich im hinteren Teil des Zugabteils saß. Hayden hatte ich den Fensterplatz überlassen. Er war müde und ich hoffte, das monotone Fahrgeräusch würde ihn einschläfern. Es funktionierte. Als er fest schlief, holte ich die Umschläge und die Papiere aus dem Bankschließfach hervor und nahm alle Informationen darin ganz bewusst in mich auf, wie ein menschlicher Scanner. Irgendwie bin ich das auch. Ich konnte mich immer gut an Dinge erinnern. Ich weiß, dass ich ein fotografisches Gedächtnis habe, auch wenn ich das nie jemandem gesagt habe. Es klingt so selbstgefällig, aber es stimmt. Während ich mir alles einprägte und meine Finger dabei gedankenverloren über die Pistole in ihrer Papierverpackung strichen, drehten sich meine Gedanken endlos darum, was gerade mit Mom passierte. Ich war so wütend auf sie, weil sie mich angelogen hatte. Gleichzeitig kam ich mir schrecklich dumm vor. Ich hatte mir den Vater, den ich nie kennengelernt hatte, immer als Soldaten vorgestellt, der für unser Land kämpfte. Er war ein Held. Als ich noch klein war, habe ich gerne so getan, als würde ich mit ihm telefonieren, einmal um die halbe Welt. Er wich Kugeln aus, und Bomben. Sah in einem ausgebrannten Dorf im Nahen Osten gerade dem Tod ins Auge. Aber um mit mir zu telefonieren, ließ er alles stehen und liegen. Mein Vater war für mich eine Art Superheld, der Respekt verdiente, Bewunderung – und einen eigenen Film. All das war nur ein Produkt meiner Fantasie.

Mein Stiefvater war ein guter Mensch. Anständig. Aber er blieb ein Rätsel für mich.

Warum hatte er uns aufgenommen? Mit jemandem, der so eine Bürde auf sich nahm – mit meiner Mutter und mir immer auf der Flucht zu sein, und später auch mit Hayden –, musste doch irgendetwas nicht stimmen. Ich liebte ihn, wie man ein vertrautes Haustier liebt; eines, das jederzeit zubeißen könnte, deshalb kommt man ihm lieber nie zu nahe. Er war verlässlich. Kümmerte sich um uns. Aber er war nicht mein Dad. Er war Haydens Dad. Mir dreht sich der Magen um bei der Erinnerung daran, wie er da auf dem Küchenboden lag, das Messer im

Bauch, das ihn dort festnagelte wie ein Musterexemplar aus dem Biounterricht an der South Kitsap. Ich würde jetzt gerne um ihn weinen. Er hat es verdient. Aber ich tue es nicht.

Ich kann nicht aufhören, an meinen Erzeuger zu denken. Daran, wer er ist. Kein Hundemarken-Material. Kein Held. Weit gefehlt. Er ist ein Bösewicht, einer von der schlimmsten, abscheulichsten Sorte. Während Hayden im Sitz neben mir schläft, überschwemmt mich eine Mischung aus Traurigkeit, Wut und Verwirrung: Wenn ich nicht die Tochter eines Helden, sondern die eines Mörders bin, was für ein Mensch bin dann ich?

Lange sitze ich bewegungslos da. Das Mädchen, das durch die Aufnahme zu mir spricht, kenne ich praktisch nicht mehr. Ich weiß nicht, was sie denkt, wo sie hinwill. Was sie mit der Pistole vorhat. Es ist richtiggehend gruslig. Auch wenn sie für mich eine Fremde ist, weiß ich, dass sie irgendwo tief in mir vergraben weiterhin existiert. Ich mache ihr keine Vorwürfe für das, was sie tun wird. In dem Moment wünschte ich, ich hätte eine von Maxines Katzen auf dem Schoß. Ich würde sie in den Arm nehmen und ihr sagen, wie wichtig es ist, jemanden zu haben, auf den man sich verlassen kann. Ich würde sie sanft streicheln und ihrem leisen Schnurren lauschen, das mir zeigt, dass es mehr Gutes auf der Welt gibt, auch wenn ich mich von Bösem umzingelt fühle.

Ich gieße mir noch ein Glas lauwarmen Wein ein und nehme ihn mit ins Schlafzimmer. Vielleicht kann mir der Schlaf etwas Kraft geben für das, was mir noch bevorsteht.

Nicht der Wheaton-Fall.

Mit dem komme ich klar.

Nein – für das, was die Kassetten bald preisgeben werden.

Wer ich wirklich bin.

EINUNDZWANZIG

Mit dem genehmigten Durchsuchungsbeschluss in der Tasche fahre ich nicht alleine zu den Wheatons. Ich nehme Bernadine Chesterfield mit, Sozialarbeiterin und Opferbeistand, die bereits vor meiner Zeit zum festen Inventar des Bezirks gehört hat. Sie ist Ende vierzig, hat leuchtendrote Haare und trägt so viel Lidschatten, dass sie die Opfer damit wahrscheinlich eher in die Flucht schlägt. Er ist schillernd blau. Oder lila? Pink? Ich weiß wirklich nicht, welcher Farbton das sein soll oder warum sie ihn derartig exzessiv aufgetragen hat. Sie erzählt von ihrem Sohn, der bei der Küstenwache ist. Ihre Tochter lebt in Portland und stellt Bienenwachskerzen her.

»Ich wusste immer, dass meine wunderbaren kleinen Träumer eines Tages Großes vollbringen würden.«

»Sie können sich wirklich glücklich schätzen.«

Okay, unserem Land in der Küstenwache zu dienen ist eine ehrenvolle Aufgabe – aber Bienenwachskerzen?!

Sie schwärmt noch ein wenig weiter, doch als wir von der Autobahn auf die Snow Creek Road abbiegen, verstummt sie kurz.

»Ich muss Ihnen etwas gestehen, Megan.«

»Ich höre.«

»Hier draußen passieren einige sehr komische Sachen. Da krieg ich echt 'ne Gänsehaut. Wie in *Beim Sterben ist jeder der Erste*. Kennen Sie den alten Film?«

Ich schüttle den Kopf.

»Sie sollten ihn mal streamen. Ernsthaft, man weiß nie, was einem abseits der Städte begegnet. Hier draußen im Hinterland.«

»Irgendwo im Nirgendwo?«

»Genau.«

Wir kommen an Dan Andersons Einfahrt vorbei. *Ja*, denke ich, *man weiß nie, was einem hier draußen begegnet.*

Ich fasse noch mal zusammen, was wir vorhaben. Das halte ich für nötig, weil Bernie, wie sie gerne genannt werden möchte, eine tickende Zeitbombe ist. Sie spielt mindestens so gerne Cop, wie sie ihre vom Gericht verordneten Pflichten wahrnimmt. Und wenn sie ein Opfer tröstet, dann habe ich das unheimliche Gefühl, dass sie ihre Rolle etwas zu sehr genießt. Als würde ihr durch das Leid, das jemand empfindet, der sich nach langem Hin und Her dem schlimmstmöglichen Resultat stellen muss, dessen letzte Hoffnung durch die gnadenlose Realität zerschmettert wird, einer abgehen.

»Sarah ist minderjährig, das müssen wir berücksichtigen«, sage ich. »Sie macht sich Sorgen darüber, was mit ihren Eltern passiert ist. Durch die Neuigkeit wird sie am Boden zerstört sein. Joshua genauso. Er ist zwar reifer, aber trotzdem erst neunzehn. Was es bedeuten kann, dass ihre Mutter ermordet wurde und ihr Vater nicht aufzufinden ist, werden beide schnell erfassen. Deshalb sprechen wir von ihm nicht als Verdächtigem. Wir suchen nach ihm, aber offiziell wird er weiterhin lediglich vermisst.«

»Wie wäre es mit ›eine Person von besonderem polizeilichem Interesse‹?«, fragt sie.

Ich schüttle den Kopf. »Lass uns diese ganzen Fachbegriffe vermeiden, okay?«

Sie wirft mir einen kühlen Blick zu, der von ihrem Lidschatten noch verstärkt wird. »Meinetwegen. Aber wenn sie danach fragen, dann verlangt unser Opferbeistandskodex, dass wir ihnen die Wahrheit sagen. Das Opfer niemals anlügen oder täuschen. Das ist Ihr Job.«

Ich ignoriere den kleinen Seitenhieb.

»Die Deputys Davis und Copsey erwarten uns dort. Sie werden mir bei der Durchsuchung helfen. Sie kümmern sich um die Kinder, okay?«

»Gut. Aber ich bin auch in Polizeiarbeit ausgebildet, wissen Sie? Ich könnte Ihnen helfen.«

Bernie spricht ihre umfangreiche Weiterbildung ständig an. Und ich meine *ständig*. Sie hat einen Kurs an der Akademie in Burien besucht. *Nur einen Kurs!*

»Was Sie für die Opfer tun, ist viel wichtiger als alles, was ich leisten könnte«, sage ich.

Macht einfach das, wofür du bezahlt wirst.

»Ich denke, Sie haben recht«, meint sie, während wir am Streifenwagen der Deputys vorbeikommen. »Es gibt wirklich nichts Wichtigeres, als Menschen, die verletzt und demoralisiert sind, wieder aufzurichten. Das ist meine wahre Berufung.«

Innerlich verdrehe ich die Augen.

»Ich habe ihnen gesagt, dass sie an der Straße warten sollen«, erkläre ich. »Wir gehen zuerst rein.«

Sarah pflückt gerade Blaubeeren, während Joshua Müll in einer Feuertonne verbrennt – etwas, das in diesem County seit mindestens einem Jahrzehnt verboten ist. Die Leute, die in Snow Creek leben, tun, was nötig ist, um klarzukommen. Ihren Müll auf die Müllkippe zu bringen oder – Gott bewahre! – von der Müllabfuhr holen zu lassen käme ihnen nie in den Sinn.

Joshua schaut auf, als wir auf den Hof fahren, und gesellt sich zu seiner Schwester. Zusammen kommen sie auf unser Auto zu.

»Haben Sie Neuigkeiten für uns, Detective?«, fragt er.

Sarah laufen stumme Tränen über die Wangen.

»Ich fürchte, ja.«

Ich stelle ihnen Bernie vor.

»Sie ist hier, um euch zu helfen. Wir beide wollen euch helfen.«

»Was für Neuigkeiten sind das?«, bohrt Joshua nach.

»Lasst uns nach drinnen gehen«, antworte ich und lenke sie Richtung Haus.

Bei meinen Worten bricht Sarah endgültig in Tränen aus.

»Mom ist tot«, weint sie. »Dad hat sie getötet. So ist es doch, oder?«

»Wir wissen noch nicht, was passiert ist«, versuche ich sie zu beruhigen, während ich einen Blick in Richtung des schlechtesten Opferbeistands der Welt werfe. Sie sagt gar nichts. Steht einfach da und lässt mich den beiden die schlechten Nachrichten beibringen. *Ernsthaft – so sieht deine Berufung aus? Indem du danebenstehst wie eine Statue?*

Wir setzen uns an den Tisch, den Merritt gezimmert hat.

»Es tut mir wirklich leid, aber die DNA-Proben, die wir neulich entnommen haben, bestätigen, dass es sich bei der Toten draußen an der Puget-Sound-Holzfällerstraße nördlich von hier um eure Mutter handelt.«

Joshua bleibt stoisch beherrscht. Sarah nicht wirklich.

»Wie ist sie gestorben?«, fragt er.

»Wir haben gerade erst mit den Ermittlungen angefangen, Joshua. Tatsächlich sind wir auch deshalb heute hier: Wir haben einen Durchsuchungsbeschluss für das Grundstück.«

Ich reiche ihm das offizielle Schreiben und er überfliegt es kurz.

»Sie glauben, dass unsere Mom bei uns zu Hause getötet

wurde?« Er berührt seine Schwester an der Schulter. »Das hätten wir doch hören müssen, oder nicht?«

Sarah schluchzt weiter vor sich hin.

»Der Durchsuchungsbeschluss gilt für die Werkstatt eures Vaters.«

Joshua erhebt sich. »Ich zeige Ihnen, wo sie ist.«

Sarah, die bis dahin abgesehen vom Weinen geschwiegen hat, ergreift das Wort.

»Unser Vater ist ein Arschloch, Detective. Wenn Mom ermordet wurde, dann hat er es getan.«

Diese plötzliche Offenheit trifft mich unvorbereitet.

Ich bohre nach: »Was meinst du damit?«

Sie trocknet sich die Augen am Ärmel ihres T-Shirts ab und wirft den langen Zopf über die Schulter. »Unser Dad ist nicht der Mann, für den er sich ausgibt. Er behandelt uns mies. Seine Philosophie ist, dass jemanden zu lieben heißt, ihm wehzutun. Unsere Mutter hat das ertragen. Wir alle haben es ertragen. Sie hat sich nie gewehrt. Nicht wirklich.«

Joshua wirft seiner Schwester giftige Blicke zu.

Das scheint sie nicht zu kümmern. »Sie werden es sowieso rausfinden, Joshua. Sie werden rausfinden, dass unser Vater ein Drecksack ist. Wir wissen das. Mom wusste es auch. Es hat mich wirklich gewundert, dass Tante Ruth hier aufgetaucht ist. Er hat ihr mal gesagt, sie werde in der Hölle verrotten für die Art, wie sie ihren Mann behandle. Wie sie herumrenne wie eine gewöhnliche Hure. Er nannte sie eine rechte Maria Magdalena. Sein liebster Spitzname für Mom war Ida-Hu oder Ida-Hure. Wenn Mom sich dagegen gewehrt hat, hat er nur gelacht und gedroht, ihr noch einen Zeh abzuschneiden.«

Plötzlich bin ich froh, dass ich sitze. Bernie dagegen sieht aus, als wäre sie auf ihrer ganz persönlichen Geburtstagsparty.

»Ich dachte, das sei ein Unfall mit dem Rasenmäher gewesen.«

Joshuas Blick klebt an seiner Schwester. »Tu das nicht, Sarah.«

»Josh, wir müssen. Dad hat Mom getötet. Das weißt du so gut wie Detective Carpenter.«

»Bitte«, sagt er, »hör auf.«

Sie schaut ihn mit dem traurigsten Blick an, den ich je gesehen habe.

»Zu spät, Bruder. Längst zu spät.«

ZWEIUNDZWANZIG

Der Richter war sehr genau, was den Durchsuchungsbeschluss angeht. Und das ist auch richtig so. Ich bin eine überzeugte Verfechterin des Gesetzes. Und ich will sicher nicht diejenige sein, wegen der ein Urteil aufgrund einer Formsache abgewiesen wird. Wir hatten um eine Durchsuchungserlaubnis des Grundstückes insgesamt gebeten, und natürlich des Chevy, aber dank der Erwähnung des Hammers im Durchsuchungsbeschluss konzentrieren wir uns nun auf Orte, an denen Werkzeug aufbewahrt wird.

Ich gehe den Deputys, ausgestattet mit Fotoapparaten, voran in die Scheune. Für eine Familie, die abseits der Zivilisation lebt, scheint sie erstaunlich wenig genutzt zu werden. Es gibt nur einen Verschlag mit einer Milchkuh und ein paar Sussex-Hühnern. Eine der Hennen brütet gerade. Während wir an ihr vorbeigehen, bleibt sie stoisch auf ihrem Gelege hocken.

»Es geht nicht darum, das eine Beweisstück zu finden, Jungs«, sage ich. »Ich will, dass wir die Wände unseres Büros mit Fotos von jedem Detail hier pflastern können. Vielleicht übersehen wir heute etwas, das uns erst später auffällt. Das kommt vor.«

»Alles klar, Detective Carpenter«, sagt Deputy Copsey.

Mir gefällt, wie er das sagt: In seiner Stimme liegt kein Sarkasmus, keine Verlogenheit. Ich bin ein Detective. Und ich werde diesen Fall lösen.

Mein Blick durchdringt alles. Ich werde nicht das Geringste übersehen.

»Davis«, sage ich und werfe einen Blick auf den Heuboden, »prüfen Sie jeden Quadratzentimeter. Fahren Sie mit der Hand durch das Stroh da oben. Und seien Sie vorsichtig. Sagen Sie sich, dass Sie der Mann sein werden, der diesen Fall knackt.«

Davis ist jünger als ich. Er hat schwarze Haare und einen Schnurrbart, der nach Siebzigerjahre-Pornostar schreit. Oder nach Cop. Letzteres, denke ich. Sein Bauch hängt über den Gürtel hinaus. Er arbeitet ernsthaft und will gefallen.

»Ja, Ma'am. Ich mach mich gleich dran.«

Ich schenke Copsey ein Lächeln. Er versteht. Denke ich zumindest. Ich bin wirklich zu jung, um ›Ma'am‹ genannt zu werden.

»Während Ihr Partner da oben rumstochert, schauen wir uns doch mal die Werkstatt an.«

»Klingt gut«, meint er, und wir verlassen die Scheune. Copsey ist älter als ich, wenn ich auch nicht sagen kann, um wie viel. Vielleicht fünf Jahre. Nicht mehr als zehn. Er ist rotblond und hat einen Bizeps, der förmlich seine Uniformärmel sprengt. Sein leichtes Lispeln finde ich irgendwie charmant.

Merritts Tischlerwerkstatt befindet sich in einer Aluwellblechhütte. Die Form erinnert mich an die sich aufwölbenden Rippenknochen eines Brathühnchens. Meine Mutter war keine große Köchin, aber wann immer sie ihr Lieblingsessen – das keinem von uns schmeckte – zubereitete, begann sie damit, ein ganzes Hühnchen in einem Topf mit Zwiebeln und Karotten zu schmoren. Und ja, ihr Hühnchen mit Klößen roch himmlisch. Auch wenn die Klöße nie weich waren, sondern immer hart, wie teigige Steine.

Wie ihr Herz.

Merritts Werkstatt ist erfüllt vom Duft nach Zedern- und Tannenholz. Balsam, denke ich bei mir. Wie ein riesiger Potpourri-Beutel, den ich am liebsten Maxine schenken würde. Das geht natürlich nicht. Aber der Gedanke hat nichts Böswilliges an sich. Ich mag Maxine. Was ich nicht mag, ist das olfaktorische Attentat, das ihr Zuhause auf mich ausgeführt hat.

Ich weise Copsey an, den nördlichen Teil zu durchsuchen. Auf dem Boden fällt mir eine flachgedrückte Stelle auf. Irgendetwas hat hier längere Zeit gestanden oder gelegen.

Ein Teppich?

»Ich fange auf dieser Seite an und wir treffen uns in der Mitte. Ich bin sicher, Deputy, wenn der Hammer, nach dem wir suchen, irgendwo auf dem Grundstück zu finden ist, dann hier.«

»Alles klar, Ma'am.«

»Bitte – Schluss mit dem ›Ma'am‹.«

»Ja, Sir.«

Ich sage lieber nichts dazu und frage mich stattdessen, ob ich mir die Haare langwachsen lassen sollte. Oder es wie Bernie machen und mich mit Lidschatten zukleistern.

Auf Copseys Seite stehen eine Reihe verzinkter Aufbewahrungskästen.

Wir suchen in einem festgelegten Raster, gehen methodisch jeden Zentimeter der Fläche durch. Und machen Fotos. Nicht von allem. Copsey hat sogar einen Metalldetektor mitgebracht. Auf die Idee bin ich gar nicht gekommen. Ich arbeite mich um ein paar Stühle und einen Tisch herum, an denen Merritt wohl zuletzt gearbeitet hat, zu der tiefen Werkbank, die die gesamte

Länge der Hütte einnimmt. Merritt Wheaton ist vielleicht ein Monster, aber ein sehr ordentliches. Ein ganzes Aufgebot an Werkzeugen hängt sauber sortiert an Haken an einem Lochbrett. Mit einem Edding hat er den Umriss jedes einzelnen Werkzeugs nachgezeichnet.

Unter der Ansammlung von Hämmern finden sich gleich mehrere mit der charakteristischen Klaue, mit der laut Rechtsmediziner der tödliche Schlag ausgeführt wurde.

Einer davon zieht meine Aufmerksamkeit auf sich. Als ich mich über die Werkbank lehne, reißt ein herumliegender Nagel ein Loch in mein Shirt.

»Scheiße!«

Copsey schaut aufgeschreckt von seinem Metalldetektor hoch.

»Alles okay, Detective?«

Ich schneide eine Grimasse, während ich das Loch inspiziere. Glücklicherweise hat er kein Loch in meiner Haut hinterlassen. Die DNA meines Vaters würde den Tatort reichlich durcheinanderbringen.

»Ich bin okay.«

»Dann ist gut.«

Ich fummle an meinem Handy herum auf der Suche nach der Taschenlampen-App. Der winzige Lichtkegel reicht aus, dass ich meinen Verdacht bestätigen kann.

Blut.

Und ein paar Haare.

»Ich denke, wir haben die Mordwaffe gefunden, Deputy.«

Copsey zottelt herüber, während ich Latexhandschuhe überziehe und den Hammer von seinem Haken nehme. Davis gesellt sich auch zu uns.

Im Licht, das durch die Tür hereinfällt, sind die langen blonden Haare, die an den Klauen des Hammers hängen, nicht zu übersehen. Sie haben dieselbe Farbe wie die von Ida Wheaton. Es gibt bestimmt eine Million Möglichkeiten, jemanden zu töten. In diesem Moment fällt mir keine schrecklichere ein. Wenn ich zum Beten neigen würde, wäre jetzt definitiv der richtige Zeitpunkt. Ich würde es ganz einfach halten:

Lieber Gott, mach, dass der erste Schlag dieses Scheißkerls seine Frau getötet hat.

Copsey hält mir eine große braune Papiertüte hin und ich lege den Hammer hinein.

»Heilige Scheiße!«

Joshua steht in der Tür. Er sieht aus, als würde er jeden Augenblick zusammenbrechen.

»Er hat es wirklich getan. Er hat Mom erschlagen, stimmt's?« Seine Augen sind gerötet, er hat offensichtlich geweint. »Er hat unsere Mom hier getötet. Genau hier.«

Bernadine taucht hinter ihm auf und legt ihm eine Hand auf die Schulter.

»Lass uns wieder reingehen, Joshua. Lass mich dir und deiner Schwester helfen.«

Ich fange ihren Blick ein und nicke. Ihre schillernden Augenlider schließen sich für einen Moment. Sie ist kurz davor, selbst in Tränen auszubrechen.

Ich weise die Deputys an, den Tatort zu sichern. Dann fordere ich einen Kriminaltechniker an. Mal sehen, was das Luminol uns für eine Geschichte erzählen kann.

Bernie und die Geschwister sind im Wohnzimmer. Joshua, inzwischen deutlich ruhiger, erhebt sich vom Sessel und geht hinüber zum Sofa. Auch Sarah hat sich sichtlich zusammengerissen. Sie sitzt auf dem Boden, den Rücken an das Sofa gelehnt. Bernie thront ihnen gegenüber wie ein wohlwollender Buddha.

Mein Blick gleitet nacheinander über jeden von ihnen. »Es tut mir wirklich leid.«

Bernie breitet die Arme aus. »Es ist eine schrecklich Tragödie«, sagt sie. Als sie Luft holt, um noch etwas hinzuzufügen, fällt Joshua ihr ins Wort.

»Sie werden ihn doch finden, oder?«, fragt er, seine Stimme eher hoffnungsvoll als wütend. »Er muss für das bezahlen, was er getan hat.«

»Wir haben eine Fahndung entlang der gesamten Westküste herausgegeben. Mit einem Foto von ihm und allem, was wir über ihn wissen. Sie wird wahrscheinlich noch heute Abend in den Nachrichten ausgestrahlt, und die sozialen Medien werden sich anschließen. Bald weiß jeder, dass er da draußen ist und wir ihn für gefährlich halten.«

»Was ist mit Mom?«, fragt Sarah. »Wir wollen sie nach Hause holen.«

»Das Bestattungsunternehmen wird sich um alles kümmern.«

»Nein«, sagt Joshua, »kein Bestattungsunternehmen. Sie wird hier bestattet. Zu Hause. Sie wollte ein Grünes Begräbnis. Und wir auch.«

Ich kenne niemanden, der je ein Waldbegräbnis durchgeführt hat, und frage nach Einzelheiten. Joshua erklärt mir, dass der Körper – nicht einbalsamiert – in ein mit Pilzsporen versetztes Leichentuch eingewickelt und nah unter der Oberfläche begraben wird. In den trockenen Monaten – also jetzt – wird die Stelle täglich gewässert, und während der Körper sich zersetzt, versorgt er die umliegende Erde mit Nährstoffen. Ich verstehe den Reiz dahinter, aber für mich wäre es nichts. Ich möchte nicht als Pilzfutter enden.

Eigentlich mag ich Pilze nicht mal.

Liegt einfach an ihrer Konsistenz.

»Soll ich eure Tante Ruth für euch informieren oder wollt ihr sie selbst anrufen? Ich bin sicher, sie wäre gerne beim Gedenkgottesdienst für ihre Schwester dabei.«

»Sie kann selbstverständlich herkommen«, sagt Joshua, »aber einen großen Gottesdienst wird es nicht geben.«

Eine Stelle über dem Sofa fällt mir auf.

»Ihr habt das Foto neu gerahmt.«

»Wir haben nur eine neue Scheibe eingesetzt«, sagt Sarah mit einem Blick über die Schulter. Ihre Augen bleiben nur einen Moment an dem Portrait hängen, dann wendet sie den Blick ab, als hätte sie etwas Schreckliches gesehen. »Und das war reine Zeitverschwendung. Ich werde es nachher in der Feuertonne verbrennen. Ich kann Dads Anblick nicht mehr ertragen.«

Ich erkläre ihnen, was als Nächstes passieren wird. Dass ein Team von Kriminaltechnikern herkommen und den Tatort mit einer Chemikalie untersuchen wird, die Blut sichtbar macht.

Die zwei wechseln einen Blick.

»Ich weiß, das ist hart«, sage ich. »All das ist ein großer Schock, und es wird nicht der letzte bleiben. Aber irgendwann wird es leichter. Auch wenn es ziemlich lange dauern kann, bis es so weit ist.«

»Das wissen wir«, sagt Joshua. »Es ist nur ... der Gedanke, dass ...«

Sarah springt für ihren Bruder ein, der das Gesicht in den Händen verbirgt. »Der Gedanke, dass unser Vater unsere Mutter getötet hat. Hier. Die ganze Zeit haben wir darauf gewartet, dass sie heimkommen, haben die Eier eingesammelt, Noelle gemolken ... die ganze Zeit waren wir an dem Ort, an dem es passiert ist.«

»Es tut mir wirklich leid. Die forensische Untersuchung wird uns weitere Antworten liefern. Manche davon werden schmerzhaft sein. Aber wir müssen wissen, was genau passiert ist. Ihr beiden müsst euch so lange vom Tatort fernhalten, okay?«

Joshua hebt den Kopf und nickt.

»Ms Chesterfield wird erst einmal bei euch bleiben. Später

wird sie eine Empfehlung ans Gericht aussprechen, was dich angeht, Sarah.«

Bernie schenkt dem Mädchen ein warmes, beruhigendes Lächeln.

Ich kann mir schon denken, was sie empfehlen wird.

DREIUNDZWANZIG

Ich höre das Knirschen von Autoreifen auf Kies und ein Rumpeln irgendwo in den Bergen über Snow Creek, das fast wie Donnergrollen klingt. Sheriff Gray und Mindy Newsom sind fast hier. Sie folgt seinem Wagen in ihrem weißen Van – demselben, den sie für die Auslieferung von Blumenarrangements nutzt. Ich kenne Mindy seit Jahren. Als ich frisch nach Port Townsend gezogen war, sind wir öfter mal einen trinken gegangen. Damals hieß sie noch Mindy Scott. Sie hatte gerade ihren Abschluss in Forensik an der University of Washington gemacht. Wir haben uns sofort verstanden. Ich war neu hier, sie auch. Damals hatte sie das Büro neben meinem, und Sheriff Gray ließ einen der alten Konferenzräume zu einem Labor umbauen. Damals hatte er noch große Träume. Genauso wie sie. Mindy war staatlich zertifiziert und setzte alles daran, eine erstklassige Kriminologin zu werden. Sie ahnte noch nicht, dass es ein Teilzeitjob werden würde.

Aber letztlich wurde es genau das.

Kriminalfälle in Jefferson County, die ihrer Fähigkeiten bedurften, waren recht rar gesät. Mindy heiratete, bekam ein

Baby, ging in Elternzeit und eröffnete schließlich einen Blumenladen in der Innenstadt.

Als sie mich sieht, leuchten ihre Augen.

»Es ist Ewigkeiten her, Megan!«

Ich umarme sie herzlich. Ich habe unsere Freundschaft vermisst. Mit keiner anderen Frau habe ich sonderlich engen Kontakt. Auch mit keinem Mann, was das angeht.

»Viel zu lang«, sage ich.

Wir reden über ihre Tochter, und sie fragt mich, ob ich inzwischen jemanden kennengelernt habe. Einen Moment lang taucht Dan Anderson vor meinem geistigen Auge auf, aber der Gedanke ist völlig idiotisch, deshalb schiebe ich ihn gleich beiseite. Stattdessen reiche ich ihr die Tüte mit dem Hammer und sie legt sie in eine rotweiße Campingkühlbox in ihrem Kofferraum.

»Du hast mich an einem guten Tag erwischt«, sagt sie. »Dieses Wochenende stehen keine Hochzeiten an.«

Ich erzähle den beiden, was ich bisher in Erfahrung gebracht habe. Mindy wirft einen Blick auf das hübsche Haus irgendwo im Nirgendwo und schüttelt den Kopf. Die Tragödie, die sich hier ereignet hat, ist schlimmer als ein Tornado. Ein Feuer. Ein verheerendes Erdbeben. Es ist ein bewusster Akt des Bösen, der innerhalb der Wände dieses Zuhauses geboren wurde.

»Auch wenn es wahrscheinlich keinen großen Unterschied macht«, sagt sie und zeigt auf die Scheune, die Werkstatt und die zwei Deputys, »aber ich habe ein paar Einweg-Overalls mitgebracht.«

Sie wirft dem Sheriff einen Blick zu.

»Tut mir leid, ich habe keinen, der Ihnen passt.«

Er tätschelt seinen Bauch. »Jetzt stört mein Umfang schon bei der Arbeit. Meine Frau bringt mich um.«

»Hoffentlich nicht«, meint Mindy, »dann müsstest du dir

eine neue Forensikerin suchen. Den Tatort würde ich im Leben nicht bearbeiten wollen. Vor allem, wenn sie dich in der Dusche erschießt.«

Er kratzt sich am Kopf und zieht eine Grimasse. »Ja, sie ist eine Reinigungsfanatikerin. Gut möglich, dass ihr so was einfallen würde.«

Die Deputys haben inzwischen in Vorbereitung auf den Luminoltest die Fenster der Werkstatt mit schwarzer Plastikfolie abgeklebt. Ich danke ihnen und weise sie dann an, den Rest des Grundstücks zu durchsuchen, während Mindy und ich uns in zwei Overalls zwängen.

Drinnen öffnet sie ihren Werkzeugkoffer und checkt den Inhalt noch einmal gründlich. »Luminol ist kein absolut sicherer Test auf Blut, Megan. Wenn ein Mörder die Spuren seiner Tat mit Bleichmittel beseitigen will, dann kann es sein, dass es fälschlicherweise anschlägt. In bestimmten Fällen kann es sogar DNA-Spuren zerstören.«

All das erzählt sie mir nicht zum ersten Mal. Ich glaube, es ist ihre Art, die Gerberas und Farnwedel ihres Alltags aus dem Kopf zu streichen. Mindy hat schon länger an keinem Fall mehr gearbeitet. »Den Hammer haben wir hier gefunden«, sage ich und zeige auf die Stelle. Dann drehe ich mich um. »Und siehst du hier drüben die rechteckige Fläche auf dem Boden?«

Sie nickt.

»Mrs Wheaton wurde in einen Teppich eingewickelt gefunden. Sieht aus, als hätte hier bis vor Kurzem noch etwas gelegen.«

»Also gut«, sagt Mindy. »Ich werde hier im Bereich der Werkbank sprühen und wir schauen, was dabei herauskommt. Dann nehmen wir uns die Stelle vor, von der du glaubst, dass da der Teppich lag. Ich sprühe, du schließt die Tür. Und ich fotografiere, was immer aufleuchtet. Denk dran, wir haben nur zwanzig bis dreißig Sekunden.«

Mindy winkt mich zur Seite und beginnt dann, die Werkbank und das Lochbrett dahinter einzusprühen. Sie ist klein und hat kurze Arme, aber irgendwie schafft sie es, die Chemikalie, die mit dem Eisen im Blut reagiert, in weiten, gleichmäßigen Bewegungen zu versprühen.

»Da das hier eine Werkstatt ist«, erklärt sie, »kann es sein, dass wir eine ganze Reihe falschpositiver Ergebnisse erhalten.«

»Metalle?«

»Wer weiß, was sie hier drin alles angestellt haben.«

Sie wirft mir einen Blick zu, und ich schließe die Tür, während sie zur Kamera greift.

Ein glühendblauer Bogen wird sichtbar, darin ein paar verschmierte Stellen und vereinzelte Tropfen auf der Werkbank: verirrte Spritzer vom Schwingen des Hammers, vermute ich.

Mindys Digitalkamera macht Geräusche wie eine Spiegelreflex.

»Ich würde sagen, du hast deinen Tatort gefunden«, sagt sie.

Ich stelle Markierungen an den Orten auf, an denen das Luminol reagiert hat, und wir wechseln zu der auffälligen Stelle am Boden.

Ich richte den weichen Schein meiner Handylampe darauf. Mindy beginnt erneut zu sprühen, so gleichmäßig und präzise, dass ich mich frage, ob sie nicht Airbrushkünstlerin statt Floristin hätte werden sollen. Nirgendwo überlappt sich der Sprühnebel mit dem vorhergehenden Zug. Sie arbeitet absolut perfekt. Ich schalte die Handylampe aus.

Sofort erscheint eine blassblaue Linie am Rand des Rechtecks, das der Tür der Werkstatt am nächsten liegt.

»Gut gesehen, Megan«, lobt Mindy, während sie den Bereich fotografiert.

Ich platziere eine Markierung.

»Ich werde Proben nehmen«, erklärt sie.

»Dann sage ich dem Sheriff Bescheid.«

Er steht draußen neben Bernie.

Ich muss gar nichts sagen. Er liest mir die Wahrheit am Gesicht an.

»O scheiße.«

»Ich sehe mal nach Joshua und Sarah«, meint Bernie und verschwindet durch die Haustür, deren Scharniere quietschen wie der Schrei eines Raubvogels.

»Es ist, wie wir dachten«, sage ich, während wir zur Scheune hinübergehen, in der Mindy gerade weitere Proben fürs Labor nimmt. »Die Werkstatt hat geleuchtet wie der Nachthimmel am vierten Juli. Ernsthaft. Die Spritzer und Schleifspuren waren klar und deutlich zu erkennen. Merritt hat seine Frau mit dem Hammer erschlagen. Dann hat er sie zum Teppich hinübergehievt und darin eingerollt.«

»So was passiert hier nicht«, sagt Sheriff. »Nicht, solange ich noch was zu sagen habe.«

Ich weiß, dass er das gerne glauben möchte. In Wahrheit geschehen an Orten wie den Wäldern von Jefferson County lauter schreckliche Sachen. Wir merken nur schlicht nichts davon. Hier draußen schaut keiner bei seinem Nachbarn vorbei, um sicherzugehen, dass es ihm gut geht.

Ich dachte, ich hätte einen Schuss gehört.

Ich hab mitten in der Nacht einen Schrei von nebenan gehört. Als würde jemand ermordet.

Ich hab seit Monaten niemanden mehr dort gesehen.

Mindy ist mit ihrer Arbeit fertig und kommt zu uns herüber.

»Was hier passiert ist, war wirklich grausam«, sagt sie. »Die Geschwindigkeit und die Flugbahn der Spritzer deuten auf rasende Wut hin.«

»Die Kids sagen, ihr Vater sei sehr fordernd, sogar grausam gegenüber seiner Frau gewesen«, meint der Sheriff.

»Sagen wir doch einfach, wie es ist«, erwidere ich. »Er hat ihr als Strafe für irgendeinen erfundenen Verstoß gegen seine Regeln einen Zeh abgehackt.«

»Verstoß? Hat er hier ein Gefangenenlager geführt?«, fragt Mindy, während sie die Proben ordnungsgemäß beschriftet. Ihre Handschrift ist präzise, eine Mischung aus Schreib- und Druckschrift. Alles an Mindy ist präzise. Selbst die Art, wie sie Blumen arrangiert. Keine lockeren Bouquets im englischen Stil mit einem Zweigchen von diesem und einem Sträußchen von jenem. Ihre sind stets perfekt ebenmäßig, absolut symmetrisch und meistens einfarbig.

»So könnte man es nennen«, sage ich. »Die Familie ist eine Mischung aus Endzeit-Prepping, einer kultartigen Religion und einem Gefangenenlager. Geringstmöglicher Kontakt mit der Außenwelt. Sheriff, das wird sich nicht aus den Nachrichten raushalten lassen. Ich muss Idas Schwester Ruth informieren.«

Er schenkt mir einen mitleidigen Blick. Er hasst es, die Angehörigen zu informieren. Das macht niemand gerne. Es ist der schlimmste Teil des Jobs. Aber gleichzeitig einer der wichtigsten.

Im Büro ist es totenstill. Nur unser steinalter Kühlschrank – Siebzigerjahre-Charme – summt vor sich hin, ein Geräusch wie ein Boot mit Außenbordmotor, das man von der anderen Seite des Sees her hört: Man nimmt es gar nicht wahr, bis man durch irgendetwas darauf aufmerksam wird – und dann kann man es nicht mehr ausblenden. Ich mache es mir an meinem Schreibtisch bequem und wähle wieder einmal die Nummer, von der Ruth Turner nicht will, dass ich sie darüber anrufe.

Außer, es geht absolut nicht anders.

Dass ihre Schwester von deren Mann ermordet wurde, sollte wohl als Ausnahme durchgehen.

Im Umkreis von 250 Kilometern um ihr Zuhause gibt es keine Polizeistation oder ein Sheriff Department, deshalb kann ich nicht einfach einen Officer vorbeischicken, der ihr die Nachricht persönlich überbringt, bevor sich die Medien darauf stürzen.

Also wähle ich die Nummer mit der Vorwahl für Idaho, die sie mir gegeben hat.

Ein Mann geht ran: »Wer hat Ihnen diese Nummer gegeben?«

Mir wäre ein Hallo ja lieber gewesen. Er klingt barsch und abweisend. Es scheint, als habe Ruth dasselbe Problem mit dem sorgfältig ausgewählten Ehemann wie Ida. Ich entschließe mich, ihm nichts von Ruths Besuch in Port Townsend zu erzählen. Vielleicht weiß er noch nichts davon.

So wenig wie von dem Mascara, den sie heimlich trägt.

»Mr Turner, mein Name ist Detective Megan Carpenter vom Sheriff's Office in Jefferson County, Washington. Ich muss mit Mrs Ruth Turner sprechen. Es ist dringend.«

»Worum geht es?«, fragt er.

»Sie hat ihre Schwester als vermisst gemeldet, deshalb bin ich verpflichtet, mit ihr persönlich zu sprechen.«

»Was Sie ihr zu sagen haben, können Sie mir sagen. Ich werde es an sie weitergeben.«

»Das ist gegen das Gesetz, Sir.«

Das stimmt zwar nicht, aber Mr Turner benimmt sich wie das größte Arschloch von ganz Idaho. Eher dem ganzen pazifischen Nordwesten.

»In Idaho regeln wir die Dinge anders, Miss.«

»Detective, bitte.«

Er zögert kurz und murmelt etwas, das ich nicht verstehe, weil das Summen des Kühlschranks zu laut ist.

»Ruth, beweg deinen Arsch hier rüber. Irgend so ein Detective aus Washington ist am Telefon. Und beeil dich, damit du die Leitung nicht zu lange blockierst.«

»Hallo?«

»Mrs Turner«, sage ich, »es gibt keine Möglichkeit, so etwas schonend beizubringen.«

»Ja.«

»Ist jemand bei Ihnen, der sich um Sie kümmern kann?« Ich tue bewusst so, als ob Mr Turner dafür nicht in Frage kommt, denn ganz ehrlich – ich bezweifle stark, dass er das tut.

»Mein Mann und meine älteste Tochter.«

Ihre Stimme bricht. Sie ahnt bereits, was ich ihr sagen will. Zumindest einen Teil davon. Den Rest würde sie sich wohl in ihren schlimmsten Träumen nicht ausmalen.

»Ruth ...«, beginne ich.

Bevor ich mehr sagen kann, bricht sie in Tränen aus. Im Hintergrund höre ich eine junge Frau zu ihr eilen und fragen, was passiert ist. Und ich höre Mr Turner, der ihr sagt, sie solle gefälligst leiser sein, sie störe ihn beim Fernsehen.

Zwischen heftigen Schluchzern bringt sie hervor:

»Was ist passiert? Liegt Ida im Krankenhaus?«

In dem Moment wünschte ich von ganzem Herzen, ich wäre jetzt bei ihr.

»Es tut mir leid, Ruth. Alles deutet darauf hin, dass sie ermordet wurde. Merritt wird nach wie vor vermisst.«

Stille.

»Sind Sie noch da?«

»Ja«, antwortet sie, und ich merke, dass sie versucht, sich zusammenzureißen. »Bin ich. Ich bin noch da. Es ist nur so ein Schock.«

Der Hörer rutscht ihr aus der Hand.

»Ich bin ja da, Mutter.«

»O Eve«, schluchzt Ruth, während sie den Hörer aufhebt.

»Glauben Sie, dass Merritt etwas mit ihrem ... ihrem ... Tod zu tun hat?«

»Wir suchen nach ihm. Und ja, das glauben wir.«

Ich lasse das einen Moment wirken, aber sie reagiert nicht.

Die Mauern um die Wheatons und die Turners sind hoch und scheinbar undurchdringlich.

»Was ist mit Joshua und Sarah?«

»Eine Sozialarbeiterin ist bei ihnen. Sie leiden sehr, aber bis alles Weitere mit dem zuständigen Richter geregelt ist, kümmert sich jemand um sie.«

Sie fragt nicht, was das heißt. So wenig wie danach, wie es mit den beiden weitergehen wird.

Stattdessen schweigt sie erneut.

Ich wechsle das Thema.

»Sie planen ein grünes Begräbnis für Ihre Schwester.«

»Ich weiß nicht, was das ist.«

Ich erkläre es ihr und klinge dabei wie eine Expertin, obwohl ich bis vor ein paar Stunden selbst nichts darüber wusste.

»Oh«, meint sie. »Meiner Schwester ...«, sie schluchzt kurz auf, »hätte das gefallen. Sie liebte die Natur und all die Wunder Gottes.«

Das ist eine seltsame Reaktion. Andererseits sind das auch seltsame Leute.

»Na dann ist ja gut«, sage ich.

»Eve und ich werden kommen. Nichts – und niemand – könnte mich davon abhalten. Sie war mein Ein und Alles.«

Ich verabschiede mich und lege auf.

Niemand. Das bezog sich natürlich auf ihren Mann. *Ihr Ein und Alles?* Und dann hat sie sie seit Jahren nicht mehr gesehen?

Andererseits habe auch ich meinen Bruder schon ein paar Jahre nicht mehr gesehen. Auch wenn ich es noch so sehr versucht habe. Vielleicht hat Ruths Mann es ihr verboten, und erst jetzt hat sie den Mut gefunden, sich dagegen aufzulehnen.

Gut so.

Der Flurplan der Gegend um Snow Creek starrt mich vom Schreibtisch aus an. Ich nehme mir einen gelben Textmarker und kreise die Stelle ein, an der die Leiche gefunden wurde. Die Grundstücke der Nachbarn in der näheren Umgebung kennzeichne ich jeweils mit einem X. Dann krame ich nach einem rosa Textmarker und zeichne die einzige Route nach, die Merritt Turner genommen haben kann, um mit dem Pick-up die Leiche seiner Frau zu entsorgen. Per Luftlinie sind die einzelnen Grundstücke gar nicht weit voneinander entfernt. Tatsächlich gruppieren sie sich entlang der Holzfällerstraße. Das lasse ich mir ein wenig im Kopf herumgehen. Ich dachte ursprünglich, er hätte ein Fahrrad oder etwas Ähnliches mitgenommen, um nachher schnell zu verschwinden. Oder im Vorhinein ein weiteres Auto dort oben deponiert.

Die Geschwister hatten gesagt, dass außer dem Pick-up kein Fahrzeug fehle.

Er hätte sich aber genauso gut zu Fuß durchs Unterholz schlagen können. Sogar bis runter in die Stadt. Wenn das so war, dann hätte er laut Karte entweder über das Grundstück von Dan Anderson oder das von Amy und Regina Torrance kommen müssen.

Ich lasse mir das kurz durch den Kopf gehen. Dan hat nichts dergleichen erwähnt, deshalb streiche ich ihn gedanklich von der Liste. Bleiben noch die beiden Frauen. Seit einer Weile hat niemand mehr Amy oder Regina gesehen.

Ich hole tief Luft. Ein Mann wie Merritt Wheaton, der seine Frau wortwörtlich von Kopf bis Fuß so zurichten kann, würde vor nichts zurückschrecken.

Ein Auto zu klauen.

In ein Haus einzubrechen, um sich zu verstecken.

Oder Schlimmeres.

Während ich an dem Gedanken kaue, kriege ich eine Push-Benachrichtigung des *Leader* aufs Handy. Ich klicke auf den Link.

MORDFALL IN DEN WÄLDERN UM SNOW CREEK

Die Leiche einer Frau wurde in der Nähe der von Puget Logging aufgegebenen Holzfällerstraße nördlich von Snow Creek von zwei Bigfoot-Jägern gefunden.
Sie wurde als Ida Wheaton, 40, wohnhaft an der Snow Creek Road, identifiziert. Aus informierten Kreisen heißt es, Mrs Wheaton sei erst diese Woche von einer Verwandten als vermisst gemeldet worden.
Ihr Mann, Merritt Wheaton, 53, gilt weiterhin als vermisst.
Das Ehepaar ist vor über einem Monat zu einem Freiwilligendienst in einem Waisenhaus in Mexiko aufgebrochen. Ihren beiden Kindern sagten sie, sie würden mehrere Wochen unterwegs sein und sich Zeit für die Fahrt entlang der malerischen Westküste nehmen.
Heute Morgen wurden die Farm und das umliegende Land der Familie Wheaton durchsucht. Mehrere Gegenstände wurden als mögliche Beweismittel sichergestellt.
Bernadine Chesterfield, Opferbeistand von Jefferson County, sprach heute Abend im Namen der Familie: »Die Kinder sind traumatisiert. Sie müssen sich unvorstellbarem Schmerz stellen. Bitte respektieren Sie beim Gedenkgottesdienst morgen Nachmittag ihre Privatsphäre.«

Ich verdrehe die Augen. Natürlich ist Bernadine die Quelle. Sie tanzt immer hart an der Grenze zur Verletzung ihrer Schweigepflicht. Ich muss sie gar nicht erst anrufen, um zu wissen, mit welcher Taktik sie es geschafft hat, in die Nachrichten zu kommen, damit sie den zugehörigen Link nachher stolz ihrem Küstenwache-Sohn und ihrer Kerzenmacher-Tochter schicken kann.

»Die Kinder möchten, dass ich die Gemeinde für sie über ihren Verlust und über die Gedenkfeier informiere. Sie wissen ja, was in den sozialen Medien sonst alles geschrieben wird.«

Sie denkt stets an das Wohl anderer.

VIERUNDZWANZIG

Den Kassettenrekorder mit der nächsten Kassette nehme ich mit ins Bett. Ich bin einfach zu müde, um beim Anhören am Küchentisch zu sitzen. Dass der Wein auf Zimmertemperatur dort nur eine Armlänge entfernt steht, wäre auch nicht gerade hilfreich. Ich ziehe mich aus und streife mein Portland-State-University-T-Shirt über. Das habe ich schon lange nicht mehr getragen, und plötzlich frage ich mich, ob mein Unterbewusstsein bei allem, was ich tue, im Hintergrund so die Fäden zieht.

Schließlich wurde ich an der Portland State University von Dr. Albright behandelt. Das T-Shirt holt mich auf seine Weise in diese Zeit zurück.

Ich habe keine Freunde, weil mir eingetrichtert wurde, niemandem zu trauen.

Ich koche nicht, weil meine Mutter mich wie eine Sklavin ausgenutzt hat.

Ich habe nicht mal einen Fernseher, denn bestimmte Dinge haben beim Fernsehen etwas in mir ausgelöst. Okay, ziemlich viele. Werbung für Haarfärbemittel zum Beispiel. Oder für KitKat-Riegel. Diese Kleinigkeiten summieren sich. Als wäre mein Körper eine Voodoopuppe, stechen sie auf mich ein, bis ich schreie.

Innerlich natürlich.

Meine Arbeit ist eine Art lebenslange Buße für all das, was ich getan habe. Wer ich wirklich bin.

Das Gift, das durch meine Adern fließt.

Ich lasse meinen Kopf auf das Kissen sinken und schaue mich um. Mein Blick schrammt am Kassettenrekorder vorbei. Der Raum ist hellblau gestrichen, ein beruhigender Farbton, der mich an Rotkehlcheneier erinnert. Die Decke ist hoch, und jedes Mal, wenn ich hochschaue, nehme ich mir gedanklich vor, mich mit Besen und Leiter bei Gelegenheit um die Spinnweben da oben zu kümmern. Auf der Kommode stehen zwei Fotos meines Bruders. Eins davon ist bei unserer Tante in Idaho entstanden, das andere bei seiner Abschlussfeier von der Highschool. Auf der Rückseite steht eine Nachricht, die mich bewusst verletzen sollte:

Rylee, heute mache ich meinen Abschluss. Du bist nicht da (wie immer). Meine Pflegeeltern sind nett, aber sie können mir meine Familie nicht ersetzen.

Danke, dass du mir all das genommen hast.

Hayden

Inzwischen muss ich das Foto nicht mal mehr herausnehmen, um die Nachricht zu lesen. Jedes einzelne Wort hat sich in mein Gedächtnis gebrannt.

Er hasst mich.

Ich habe keinen Zweifel daran, dass ich das verdient habe.

Trotzdem checke ich zweimal am Tag meine E-Mails, um zu sehen, ob er geantwortet hat.

An der Wand neben der Tür mit dem altmodischen Drehknopf aus Kristall hängt das Bild eines Segelboots. Es gehört zur Wohnung. Manchmal stelle ich mir vor, ich wäre auf diesem Boot, würde davonsegeln und niemals wiederkehren.

Ich drücke auf PLAY und schalte die Lampe neben dem Bett aus. Im Dunkeln liege ich da, wie ein Kind, das einer Gruselgeschichte lauscht. *Meiner Geschichte.*

Dr. Albright versichert mir zu Beginn, dass sie auf meiner mentalen Reise bei mir ist. Dass ich stark bin und mich bereits auf dem besten Weg zur Heilung befinde. Ich weiß noch, dass ich ihr so sehr glauben wollte, aber gleichzeitig dachte, sie erzähle totalen Schwachsinn. Dass ich niemals wirklich geheilt sein könnte. Sie bittet mich, die Augen zu schließen und sie mitzunehmen an den Ort und zu der Zeit, von denen ich erzählen will. Ihre besorgte Stimme erinnert mich einen Moment lang an die Wheaton-Geschwister. Daran, wie einsam sie sich fühlen müssen. Wie groß ihr Verlust ist und dass er sich für immer in ihre Herzen eingraben wird. Ich hoffe, dass sie jemanden wie Karen Albright finden werden, der ihnen hilft, vorwärts zu kommen.

Dr. A: Erzähl mir, wie ihr eure Tante Ginger gefunden habt.

Ich: Das war wirklich schräg. Ich hatte noch nie von ihr gehört, und jetzt standen Hayden und ich vor ihrer Tür. Ich wusste nicht, was ich erwarten sollte. Was sie denken würde. Ob sie von Hayden und mir überhaupt wusste. So viele Bereiche unseres Lebens waren immer von uns abgeschottet gewesen. Ich weiß noch, wie ich vor ihrem grauen zweistöckigen Haus am Fuß eines Bergzugs stand. Es war alt, aber gut in Schuss. Ich hab mal eine Folge von Dr. Phil *gesehen, in der ein paar Kinder sich auf die Suche nach ihren biologischen Eltern gemacht haben, nur um vor einem verrosteten Wohnwagen irgendwo an einem Fluss zu landen. In dem Moment entschieden sie, dass ihre Adoptiveltern doch nicht so schlecht waren.*

Dr. A: Es ist gut, für das dankbar zu sein, was man hat.

Ich: Ich bin am Leben. Und dafür bin ich dankbar. (Pause) Als sie die Tür öffnete, sah sie Mom und mir unheimlich ähnlich. Sie war ungefähr so groß wie ich. Ihre Haare waren lang – nicht so lang wie bei den Mormonen, aber schon ziemlich. Ich weiß noch genau, wie sie reagiert hat, als ich ihr gesagt hab, wer wir sind.

Dr. A: Erzähl mir davon, Rylee. Was hat sie getan?

Ich: Sie schien nervös. Erschrocken. Richtiggehend ängstlich. Ihre hellblauen Augen verengten sich und ihre Augenlider flatterten kurz. Sie warf einen Blick die Straße runter, in den Vorgarten, die Einfahrt entlang, und scheuchte uns dann ins Haus. Das Erste, was sie fragte, war, wo ihre Schwester sei. Ich antwortete: »Er hat sie erwischt.« Und dann tat sie etwas Seltsames.

Dr. A: Seltsam?

Ich: Niemand außer meinen Eltern hat das jemals getan: Sie hat mich umarmt. Dabei kannte sie mich gar nicht. In dem Moment fing ich an zu weinen. Also ... so richtig. Die Tränen rannen mir förmlich die Wangen hinab. Hayden ging es nicht anders. Alle drei stehen wir da und schluchzen. Ich drücke sie an mich und weine heftiger als jemals zuvor, seit dieser Albtraum angefangen hat. Weil ich einfach fühle, dass sie jemand ist, dem wir nicht egal sind, dass sie mir zwar fremd ist, aber zur Familie gehört. Dass ich einfach loslassen kann. Es ist keine glückliche Wiedervereinigung, sondern etwas völlig anderes. Wir sind ein schluchzendes Bündel aus Schmerz, Verlust und Angst.

Ich erzähle Dr. Albright, wie seltsam es war, dass diese neu gefundene Tante unsere Mutter ›Courtney‹ nannte. *Ihr richtiger Name.* Nicht der, der auf den Hundemarken eingraviert ist, die ich um den Hals trage. Meine Mutter hieß nicht Ginger. Das ist der Name meiner Tante. Ihre ganze Reaktion, als sie uns vor ihrer Tür vorfand, machte mich sprachlos. *Sie war nicht wirklich verblüfft.*

> *Ich: Aber ich war es. Unser ganzes Leben lang waren Hayden und ich ihr vorenthalten worden, und sie hatte einfach mitgemacht. Ich wollte nachsichtig sein. Glauben, dass all das nur zu unserem Besten gewesen sei. Aber ich war mir da nicht so sicher. Der Verrat saß so tief, und sie war anscheinend ein Teil davon gewesen. Und dann ließ sie die Bombe platzen: »Das letzte Mal, als ich eure Mutter sah – das war am Labor Day –, sagte sie, dass ihr wohl bald wieder umziehen müsstet. Sie glaubte, dass er ihr auf der Spur sei. Ich meinte, sie sei einfach zu paranoid, das habe schon nichts mehr mit Vorsicht zu tun. Sagte ihr, sie solle bleiben, wo sie war. Dass er seine Drohungen nie in die Tat umsetzen würde. Ich ...« Während sie sprach, zitterte Tante Ginger am ganzen Körper. Ich wollte sie nicht gleich zur Rede stellen, aber im Stillen dachte ich, ernsthaft? Ernsthaft?! Du hast unsere Mutter am letzten Labor Day gesehen? War diese Tante, von der wir vor vierundzwanzig Stunden noch nicht mal wussten, dass sie existierte, all die Jahre mit unserer Mutter in Kontakt geblieben, und die hatte es nie für nötig gehalten, uns das zu sagen?*
>
> *Ich fragte sie, ob sie wisse, wo Mom sei, wo er sie hingebracht haben könnte. Aber sie schüttelte nur den Kopf. Sie hatte keine Ahnung, wo er wohnte. Und als ich sie fragte, ob sie uns helfen würde, sie zu finden, meinte sie nur: »Lasst uns später darüber reden.«*
>
> *Also sagte ich ganz direkt: »Es gibt kein Später.«*
>
> *Sie biss sich auf die Unterlippe. »Ich meine, nachdem ihr etwas gegessen und euch ausgeruht habt.«*
>
> *Ich verstand ihren seltsamen Widerwillen nicht. Ihre Schwester war von einem Serienmörder entführt worden. Warum benahm sie sich so komisch?*
>
> *Haydens Blick fiel auf ein Käsesandwich und einen*

Stapel Pringles, die unsere Tante auf zwei kornblumenblauen Tellern auf dem riesigen Tisch in der Küche drapiert hatte. An der gegenüberliegenden Wand hingen ein paar Fotos. Ziemlich viele sogar. Mein Herz stockte. Ich war völlig verwirrt. Zwischen einem Haufen Fotos von völlig Fremden hing mein Portrait. Und ein altes Foto von Hayden. Wir waren Teil einer Familie – wir wussten es nur nicht.

Tante Ginger formte zu mir gewandt stumm mit den Lippen ein paar Worte: »Wir reden, wenn er im Bett ist.«

Ich setzte mich meinem Bruder gegenüber an den Tisch, während unsere Tante uns aus einer Glasflasche Milch eingoss. Ich mochte Milch gar nicht, aber ich sagte nichts. Stattdessen saß ich da und dachte darüber nach, wie mein Leben nur so aus den Fugen geraten konnte.

Und dass meine Mutter weniger als sechs Tage zu leben hatte, wenn ich nichts unternahm.

Die frische Luft vom Fenster streicht über mein Gesicht. Vor dem Schlafengehen checke ich ein letztes Mal meine Mails.

Immer noch nichts.

Ist das alles, was ich für ihn bin?

Ich öffne Haydens Instagram-Feed. Er weiß nicht, dass ich ihm folge. Mein Profilname war als Insiderscherz gedacht.

Twisted Sister. Die durchgeknallte Schwester.

FÜNFUNDZWANZIG

Gerade zur rechten Zeit kommt von der Meerenge her ein frischer Wind auf und die Temperaturen fallen um mindestens fünf Grad. Manchmal sogar zehn. Für die Gedenkfeier, zu der ich mit Sheriff Gray fahre, ziehe ich mir einen blauen Anzug an. Ich vermute, dass Bernadine auch da sein wird, und ich nehme mir vor, ihr für ihre herausragende Leistung als Opferbeistand zu danken – und als Quelle für den *Leader*.

Auch wenn es unwahrscheinlich ist, frage ich mich, ob der Mörder ebenfalls kommen wird. Das Ganze vielleicht aus der Ferne beobachtet? Die Ergebnisse seines Werks bewundert. Das ist schon ziemlich oft vorgekommen. Allerdings meist in Fällen mit deutlich mehr Verdächtigen.

Merritt dagegen ist unser einziger.

Bei einer Tasse Kaffee gehe ich in Gedanken den Fall noch einmal durch und streiche mir parallel Brombeermarmelade auf den Toast.

Die Beweisstücke vom Wheaton-Gehöft werden im Labor gerade untersucht, die ersten Ergebnisse werden wir vermutlich irgendwann heute Nachmittag haben. Zu blöd, dass ich hinter dem Eisernen Vorhang von Snow Creek absolut keinen Empfang haben werde. Aber zumindest bleibt noch genug Zeit, um vor der Gedenkfeier kurz bei den Torrances vorbeizufahren.

Doch zuerst checke ich meine E-Mails. Wieder nichts als ein Haufen Werbung für Möbel, Auslaufmodelle von Pottery Barn. Ein rot-weiß kariertes Sofa zum halben Preis ist immer noch ein halber Preis mehr, als irgendjemand dafür zahlen wollen würde.

Deshalb ist es ja ein Auslaufmodell.

Bevor ich gehe, werfe ich einen kurzen Blick in den Badezimmerspiegel, ob ich auch nichts zwischen den Zähnen habe. Und siehe da – Brombeerkernchen klemmen zwischen meinen Vorderzähnen.

Nicht gerade passend für eine Gedenkfeier.

Die Geräuschkulisse in den Diensträumen des Sheriffbüros von Jefferson County ist heute so viel angenehmer als gestern Abend. Das Summen des Kühlschranks wird von fleißigen Deputys, Angestellten und klingelnden Telefonen in den Hintergrund gedrängt. Wo es hingehört. Natürlich reden alle über den Wheaton-Fall. Schließlich ist er das größte Ereignis, das wir seit Langem hier hatten. Vielleicht sogar überhaupt. Nan am Empfang sieht richtig aufgeregt aus.

»Ein Produzent von KING TV aus Seattle hat angerufen. Will hier rausfahren und ein paar Leute interviewen, wie der Mord an Mrs Wheaton in der Stadt aufgenommen wird«, erklärt sie.

»Wir sollten keine Interviews geben«, antworte ich.

Sie fällt in sich zusammen wie ein geplatzter Luftballon.

»Bernadine hat doch schon eins gegeben.«

»Das ist Bernies Sache. Wir reden mit den Medien, wenn

es für die Ermittlungen sinnvoll ist – nicht, um ihre Einschaltquoten hochzutreiben, Nan.«

Sie sieht immer noch reichlich enttäuscht aus, nickt aber.

Ich stecke den Kopf in Sheriff Grays Büro. Er beendet gerade ein Telefonat.

»Ich habe Nan gesagt, dass wir keine Interviews geben«, erkläre ich.

Jetzt sieht er enttäuscht aus.

»Ja, du hast ja recht. Schade ... ich mag die Kleine, die sie herschicken wollten.«

Dazu sage ich lieber nichts.

»Gibt's schon Neuigkeiten vom Labor?«, fragt er schließlich.

»Noch nicht.«

Erst jetzt scheint er zu registrieren, wie ich aussehe.

»Ich erinnere mich an das Kostüm. Das hattest du beim Vorstellungsgespräch an.«

Ich zucke mit den Achseln. »Hier ergibt sich selten die Gelegenheit, eines zu tragen. Und so was kommt sowieso nie aus der Mode. Gestern hab ich einen Typen im 80er-Jahre-Trainingsanzug gesehen, als ich mir einen Kaffee holen wollte.«

»Was du nicht sagst. Ich hatte früher selbst ein paar davon im Schrank liegen.«

Ich bin mir ziemlich sicher, dass sie da immer noch herumlungern.

Ich lasse ihn wissen, dass ich schon vor der Gedenkfeier nach Snow Creek hochfahre und dann gegen eins zu ihm stoßen werde.

Er schenkt mir ein schlitzohriges Grinsen. »Du lässt nichts unversucht, was, Megan?«

»So bin ich eben.«

Schließlich ist es praktisch mein Lebensinhalt, so lange an losen Fäden herumzuzupfen, bis sich das ganze Konstrukt auflöst und die hässliche Wahrheit, die sich darunter versteckt hat, zum Vorschein kommen. Das habe ich mit fünfzehn schon getan.

Und mit sechzehn.

Inzwischen kenne ich die Strecke nach Snow Creek rauf praktisch im Schlaf. Über den CD-Player lasse ich Adele laufen. Ihre Stimme beruhigt meine Gedanken, die sich um Ida Wheaton drehen. Brutal behandelt. Verprügelt. Verbrannt. Und dann einfach weggeworfen. So ein Overkill. Erst dachte ich, der Teppich sei ein Mittel zum Zweck, um die Leiche zu verstecken. Aber warum sich die Mühe machen, wenn man den Pick-up dann sowieso den Abhang hinunterschickt und verbrennt? Viel zu viel Aufwand. Inzwischen glaube ich, dass es Absicht war. Derjenige, der sie so sehr gehasst hat, dass er sie auf brutale Weise ermordet hat, hat sie gleichzeitig geliebt. Deshalb wette ich auf Merritt. Irgendwann muss seine Frau ihm mal etwas bedeutet haben. Das geht den meisten Ehemännern so. Aus welchem hässlichen Grund auch immer er sie mit dem Hammer niedergeschlagen hat – deshalb hat er sie nachher in den Teppich eingewickelt. Um seine Tat zu verbergen. Nicht vor anderen. Vor sich selbst.

Ich komme an dem kreativen zweistöckigen Wohnmobilkonstrukt vorbei, werfe ihm aber nur einen flüchtigen Blick zu.

Als ich mich Dan Andersons Grundstück nähere, überlege ich kurz, bei ihm vorbeizuschauen. Mich zu entschuldigen, dass ich ihn nicht zurückgerufen habe. Zu behaupten, dass ich ein Auge auf den geschnitzten Bären geworfen habe. Ich spiele verschiedene Szenarien im Kopf durch, und letztlich bin ich froh, dass ich einfach weitergefahren bin. Ich mag ihn. Und ich bin sicher, er mag mich auch. Aber das geht einfach nicht. In meinem Leben gibt es so viele Geheimnisse, die ich für mich behalten muss, dass ich mich niemandem gegenüber öffnen kann.

Die Farm der Torrances sieht genauso aus wie bei meinem letzten Besuch. Der Zettel mit der Nachricht an Jared hängt immer noch an der Tür. Jemand scheint sich um die Ziegen zu kümmern, aber ansonsten gibt es keine Anzeichen dafür, dass außer mir jemand hier gewesen ist. Das beunruhigt mich ein wenig. Jared kann natürlich jemand sein, der hier oben wohnt und zu Fuß herkommt. Vielleicht in dem Wohnwagen mit der Süßkartoffelpflanze im Glas?

Ich lasse meinen Blick über das Feld und den Waldrand schweifen. Die Bäume ziehen sich den Hang hinauf zu der Holzfällerstraße, bei der der Pick-up und die Leiche gefunden wurden. An einer Stelle entdecke ich den Beginn eines Trampelpfads.

Doch erst einmal klopfe ich an die Tür der Hütte. Davor stehen zwei lila und ein dunkelblauer Croc, die hässlichste Schuhsorte der Welt.

Ich klopfe noch einmal lauter.

Ein dunkelblauer Croc wurde nicht weit von Ida Wheatons verbrannter Leiche gefunden.

»Amy!«, rufe ich zur Tür gewandt. »Regina! Jemand zu Hause?«

Ich höre nichts, aber für einen Moment habe ich das Gefühl, eine leichte Vibration unter meinen Füßen zu spüren.

Ich klopfe ein letztes Mal, den Blick auf den Croc geheftet. Hat Merritt sich hier versteckt gehalten? Ich mache mir Sorgen um die beiden Frauen. Irgendwas stimmt hier nicht. Ich nehme mir vor, im Büro anzurufen, sobald ich wieder Empfang habe, und ein paar Deputys vorbeizuschicken, die sich die Sache genauer ansehen. Später werde ich ein paar Nachforschungen über die beiden Frauen anstellen.

Als ich den Pfad betrete, komme ich mir vor wie in einem Tunnel, so dunkel ist es unter dem Blätterdach, nur ab und zu von einem scharf umrissenen Streifen Licht durchbrochen. Der Weg ist kaum breiter als ein Wildpfad und windet sich durch den Wald. Etwa hundert Meter weiter drinnen beginnt er anzusteigen.

Für so ein Abenteuer habe ich die falschen Klamotten an und definitiv die falschen Schuhe.

Hätte mir vielleicht die blöden Crocs ausleihen sollen. Hier draußen hätte mich zumindest niemand damit gesehen. Ein paar Eichhörnchen vielleicht, aber damit kann ich leben.

Ich ziehe das Jackett aus, falte es sorgfältig und hänge es mir über den Arm. Schließlich kann ich nicht völlig verdreckt bei Mrs Wheatons Gedenkfeier auftauchen. Bernie hat wahrscheinlich sogar die Medien informiert, wo und wann sie stattfinden wird.

Ich hatte keine Ahnung, dass sie kommen würden. Ehrlich, ich bin genauso schockiert wie Sie.

Der Trampelpfad führt direkt zu der Stelle, an der der Pick-up den Hang runtergestürzt ist. An den tiefen Schleifspuren ist noch zu erkennen, an welcher Stelle der Abschleppdienst ihn zur Straße hoch gehievt hat, wo er auf einen Pritschenwagen verladen und zum selben Kriminallabor transportiert wurde wie die übrigen Beweismittel. Das konnte uns allerdings nicht mehr sagen, als dass ein Brandbeschleuniger benutzt und die Fahrzeug-Identifizierungsnummer unvollständig entfernt wurde: Die letzten drei Ziffern und einer der Buchstaben aus dem Mittelteil waren noch lesbar.

Der Pick-up gehörte tatsächlich Merritt Wheaton.

Zurück beim Haus der Torrances klopfe ich noch einmal. Wieder keine Antwort.

SECHSUNDZWANZIG

Das Absperrband um die Scheune und die Wellblechhütte ist eine beunruhigende Gedenkfeier-Dekoration. Es flattert in der leichten Brise. Ich werfe einen Blick aufs Handy, aber natürlich sind die Untersuchungsergebnisse der Blut- und Haarproben, die Mindy gestern entnommen hat, nicht da. Auf dem Feld neben der kleinen Ansammlung von Apfelbäumen stehen ein halbes Dutzend Autos aufgereiht. Ich parke hinter Sheriff Gray.

Noch bevor ich die Autotür zuschlage, rieche ich Wintergrün.

Ruth Turner steht neben mir, dahinter eine junge Frau, ungefähr zwanzig. Ihr langes dunkles Haar ist in der Mitte gescheitelt, die Augen so blau wie die ihrer Mutter.

»Sie müssen Eve sein«, sage ich.

Sie schenkt mir ein schüchternes Lächeln. »Genau.«

Ihre Mutter überrascht mich mit einer Umarmung. Ich fühle sie in meinen Armen zusammensacken. Mir ist nicht wirklich wohl dabei, weil ich sie eigentlich gar nicht kenne, aber offensichtlich braucht sie das jetzt gerade.

»Es tut mir so leid, Ruth«, sage ich. »Ich weiß, dass Worte die Leere nicht füllen können. Aus eigener Erfahrung.«

»Vielen Dank, Detective Carpenter. Ich habe die ganze Nacht gebetet, dass Sie hier sein würden. Ich bin so froh, dass es jetzt vorbei ist. Danke, dass Sie sie gefunden haben. Ida ist nun bei unserem himmlischen Herrn. Keine Schmerzen mehr. Nur die reine Freude, bei Ihm sein zu können.«

Mein Kopf fährt hoch. »Verdammt, Bernie!«

Ein Nachrichtenteam baut gerade seine Ausrüstung auf.

»Es tut mir leid«, sage ich an Ruth und Eve gewandt. »Lassen Sie uns nach drinnen gehen.«

»Ich hätte nicht gedacht, dass so viele kommen würden«, meint Bernie.

»Das bezweifle ich.«

Sie funkelt mich an. »Wie bitte, Detective?«

Am liebsten würde ich ihr ein »Sie sind einfach unmöglich!« entgegenwerfen, aber ich lasse es bleiben. Schon wegen des Anlasses, aus dem wir beide hier sind. Und weil ich immerhin nicht ganz, aber zumindest beinahe schon Mitte dreißig bin.

Der Sheriff trinkt Limonade.

»Hey«, sage ich und stelle mich zu ihm. »Ich denke, ich bin da an etwas dran.«

»Was?«, nuschelt er und greift zu einem von Sarahs selbstgemachten Toffees.

»Wir müssen noch mal zur Farm der Torrances fahren.«

Als er antworten will, kleben seine Zähne zusammen.

Er verliert heute bestimmt noch eine Füllung wegen der Dinger.

»Später«, sage ich.

Die in ein Leichentuch gehüllte Ida Wheaton liegt auf dem wunderschönen Kirschholztisch, den ihr Mann gebaut hat. Joshua und Sarah reden gerade mit ihrer Tante und ihrer

Cousine. Ich gehe näher, unterbreche sie aber nicht. Stattdessen betrachte ich den weißen Musselinstoff, in den sie eingewickelt ist, und die traurige Ironie wird mir bewusst: Nachdem sie ermordet wurde, wurde sie in Stoff eingewickelt. Und ein zweites Mal am Morgen ihrer Gedenkfeier. Ich hatte eigentlich erwartet, dass es mir seltsam vorkommen würde, jemanden unter Bäumen zu begraben. Ein Umfeld zu schaffen, in dem der menschliche Körper zum Wohle der Erde zersetzt wird. Aber das tut es nicht. Stattdessen ist es auf seltsame Art wunderschön. Idas Kinder haben das Leichentuch mit oranger und gelber Kapuzinerkresse dekoriert, dazwischen leuchtendgrüne Pfefferminz- und dunklere Rosmarinzweige. Die sind allerdings auch nötig, genauso wie der Ventilator am Fenster, der den darunterliegenden Geruch des verwesenden Körpers nach draußen bläst. In der Leichenhalle war er stark gekühlt gelagert worden, aber auch das kann die Zersetzung nur verlangsamen, nicht aufhalten.

Ich werfe erneut einen Blick aufs Handy. Kein Empfang. In zehn Minuten soll die Gedenkfeier losgehen.

»Sarah. Joshua. Es tut mir sehr leid, was ihr durchmachen müsst. Ich habe gehört, dass der Richter euch zusammenwohnen lassen will.«

»Das hat Bernadine uns schon erzählt«, antwortet Joshua. Er sieht seine Schwester an. »Sie ist einfach alles, was ich habe. Wir brauchen einander.«

Als Nächstes rutscht mir etwas über die Lippen, von dem ich nie erwartet hätte, dass ich es mal sagen würde.

»Ich finde es toll, wie ihr das Totenhemd eurer Mutter geschmückt habt.«

Einen Moment lang stehe ich da und denke im Stillen, dass ich das zwar ernst gemeint habe, es aber klang, als hätte ich ihnen ein Kompliment zu den Möbeln gemacht.

»Sie liebte den Garten«, erklärt Joshua.

Sarah schaut zu ihrer Mutter hinüber. »So was habe ich noch nie gemacht, Detective.«

»Ihr zwei kommt schon klar«, versichere ich ihnen. Gerne würde ich ihnen sagen, dass eine Menge Leute für sie da sind, wenn sie Hilfe brauchen – aber das stimmt nicht. Ein paar Polizisten, eine Aufmerksamkeitssüchtige, eine Tante und eine Cousine.

»Also. Wir tragen unsere geliebte Mutter zum Obstgarten, wo Sarah und ich eine symbolische Ruhestätte vorbereitet haben.«

»Symbolisch?«

Joshua schüttelt den Kopf. »Wir können Mom nicht wirklich hier begraben. Da sind wir dem Gesetz wohl ein wenig voraus. Sie wird später zum Bestattungsinstitut zurückgebracht und dann in einem Friedwald beigesetzt.«

»Sheriff Gray?«, ruft Sarah und zeigt auf den Tisch. »Es wird Zeit.«

Der Sheriff kommt von der Toffeeschüssel herüber.

Er wird also helfen. Gut. Das wird interessant.

Idas Leiche liegt auf einer Tischdecke aus Baumwolle. Sheriff Gray und Joshua ergreifen sie je an einem Ende, Joshua am Kopfende, das reich mit Kapuzinerkresse verziert ist, der Sheriff am Fußende. Er scheint seine Mühe mit dem Gewicht zu haben.

Ich hoffe, er kommt klar.

Während wir vom Haus zum Obstgarten hinübergehen, beklagt sich Eve bitter darüber, dass Sarah völlig vergessen zu haben scheint, wie nahe sie sich als Kinder gestanden haben. Wenn ihre Beziehung der ihrer Mutter zu ihrer Tante auch nur im Geringsten ähnlich ist, dann kann das so nah nicht gewesen sein. Wahrscheinlich hat sie sie in ihrem ganzen Leben nur zwei, drei Mal gesehen.

Sheriff Gray fragt, ob Joshua seine Mutter nicht kurz absetzen will, um die Arme ein wenig auszuruhen.

Joshua sagt Nein.

Natürlich braucht er keine Pause. Der Sheriff schon.

Um sich abzulenken, fragt er Joshua, ob jemand die Presseleute bitten soll, zu gehen.

»Wir sind sowieso gleich fertig.«

Wir stellen uns um die Stelle auf, an der ein Rechteck aus frisch ausgehobener Erde aus dem saftigen Grün heraussticht.

Joshua und Sheriff Gray legen sie sanft auf einem Gestell ab, während Sarah zwei Schaufeln herbeiholt, eine mit geradem Blatt und eine mit abgerundetem.

»Wie gesagt«, beginnt Joshua und schaut in die Runde, »wir haben so was noch nie gemacht. Aber ich weiß, es ist das, was Mom gewollt hätte. Ich meine, klar würde sie lieber wirklich hier begraben werden, aber immerhin wird sie ein Teil der Erde werden. Nur eben nicht hier.«

Mein Blick trifft Ruths. Tränen strömen ihr aus den Mascara-freien Augen.

Joshua spricht tapfer weiter. »Wir haben unsere Mom geliebt. Deshalb werden wir unserem Vater nie verzeihen. Ich hoffe, wenn er gefasst wird, kriegt er die Todesstrafe. Er ist das Letzte.«

Sarah berührt ihren Bruder an der Schulter und er stockt. Schaut zu ihr herüber. Sie ergreift seine Hand.

»Niemand ist perfekt«, sagt sie. »Aber Mom war nah dran. Sie war immer da, wenn wir etwas brauchten oder wenn wir krank waren. Dad hat uns wann immer möglich von ihr ferngehalten. Das ist alles, was ich dazu sagen werde. Es ist genug gesagt worden.«

»Darf ich?«

Ruth.

Bruder und Schwester treten zurück, um ihr Platz zu machen.

»Ich finde es sehr schade, dass ich meine Nichte und meinen Neffen nicht besser kenne. Dafür könnte ich natürlich Ausreden finden, aber ich will, dass ihr zwei die Wahrheit kennt.« Sie holt tief Luft. »Euer Vater hat auch mich von eurer

Mutter ferngehalten. Er ... er wollte nicht, dass sie irgendjemandem nahesteht. Ich werde sie jeden Tag aufs Neue vermissen. So wie schon die letzten sechs Jahre.«

Ruth Turner schaut auf die Leiche ihrer Schwester hinunter, beugt sich dann hinab und zieht eine hübsche blaue Kornblume aus dem Schmuck des Totenhemds.

Ihr Mund ist verkniffen und sie zittert.

»Darf ich?«, fragt sie schließlich.

Joshua nickt und sieht zu, wie seine Tante die Blüte in das offene Grab fallen lässt.

Wir stehen einen Moment stumm da, dann tut Eve das Gleiche, und nach ihr Sarah. Der Reihe nach folgen wir alle ihrem Beispiel.

Joshua wirft mit der Schaufel etwas Erde auf die Blumen in dem symbolischen Grab. Dann noch eine Schaufel voll. Und noch eine. Immer schneller. Wie im Wahn sticht er in den kleinen Erdhaufen, reißt Erde heraus und wirft sie in das Loch. Zwei Schaufeln voll ... fünf ... sechs. Wieder ist es seine Schwester, die ihm Einhalt gebietet.

»Das reicht. Lass die Schaufel los.« Er gehorcht. Zwischen den beiden herrscht eine seltsame Dynamik. Sie ist jünger, aber klar die Dominante der beiden Geschwister.

Sie nimmt ihm die Schaufel ab und verteilt die Erde auf der Collage aus Blumen.

»Bye, Mom«, sagt sie, kniet nieder und zieht eine einzelne Blume aus ihrem Haar. »Unsere Herzen sind gebrochen. Aber keine Sorge. Wir sind stark, genau wie du. Auch wir sind Kämpfer.« Sie lässt das Gänseblümchen in das leere Grab fallen, das sie für sie ausgehoben haben.

Ich schaue zu Sheriff Gray. Er lässt seine Zunge über etwas in seinem Mund gleiten. Bestimmt eine herausgefallene Füllung.

»Ich werde sie anweisen zu gehen«, sage ich und zeige auf das Fernsehteam.

»Ja, schick sie zum Teufel.«

Ein Reporter mit makelloser Haut, glänzendem schwarzen Haar und einem ziemlich großspurigen Auftreten stellt sich mir in den Weg. Eine Kamerafrau folgt ihm auf dem Fuß.

»Jake Jackson, KING TV«, verkündet er. »Sie sind der Detective, der sich mit dem Fall befasst.«

Er trägt jetzt schon Make-up. Prima. Das wird eine dieser »Live-vom-Tatort«-Storys. Der Fall hat Wellen geschlagen. Früher, wenn hier etwas Interessantes passiert ist, haben sie einen Oberschüler geschickt, um ein Video davon zu machen und es dann – natürlich auf eigene Kosten – nach Seattle zu bringen. Heutzutage kann praktisch jeder dasselbe mit seinem Handy erledigen.

Bevor ich antworten kann, fällt mir die Kamerafrau ins Wort.

»Das ist Millie Carpenter, Jake. Himmel, du bist echt peinlich.«

Unter seinem Make-up läuft er rot an. Aus lauter Schadenfreude korrigiere ich sie nicht.

»Es tut mir leid, aber so lange die Ermittlungen noch andauern, können wir keinen Kommentar zu dem Fall abgeben. Wir informieren die Presse, wenn und sobald wir können.«

»Hängt der Mord mit einem bestimmten Glauben zusammen?« Er deutet auf den Obstgarten. »Die Wheaton wird in einem Leichentuch beerdigt.«

»Ohne Sarg«, fügt die dämliche Frau mit der kleinen Kamera in der Hand hinzu.

»Ich muss Sie bitten, jetzt zu gehen. Sie befinden sich auf Privatbesitz.«

»Ms Chesterfield hat gesagt, wir dürften hier sein.«

Natürlich hat sie das.

Ich zeige ihnen meine Marke. »Ich stehe in der Befehlskette über ihr.« Ich deute auf Sheriff Gray. »Und er steht noch weit über uns beiden. Also gehen Sie jetzt bitte.«

Er nuschelt irgendetwas von wegen, er mache nur seinen Job, und während sie zusammenpacken, jammert sie: »Heißt das, wir gehen nicht mehr in dieses Restaurant?«

Alle anderen sind bereits im Haus verschwunden, nur Ruths Tochter sitzt noch draußen auf der Bank.

»Hi«, sage ich.

Eve schenkt mir ein schwaches Lächeln.

»Darf ich mich setzen?«

Sie deutet auf den Platz neben sich.

»Sie haben gehört, wie ich mich über Sarah beschwert habe, oder?«

»Mir kam es nicht wie beschweren vor, eher wie Enttäuschung.«

»Nicht wahr? Wenn man wie im Gefängnis aufwächst, sehnt man sich nach einer echten Verbindung zu jemandem außerhalb des eigenen Zuhauses. Als wir klein waren, war Sarah das für mich. Meine Rettungsleine.«

»Ich bin sicher, ihr geht es genauso.«

»Vielleicht. Vielleicht haben Sie recht.«

»Es ist ein sehr schwerer Tag für euch alle«, sage ich und tätschle ihr Knie.

»Ja, das stimmt.«

Ruth verspricht, dass sie vorbeikommen wird, bevor sie morgen wieder fährt. Ich werfe Bernie einen Blick zu. Einen ziemlich wütenden. Die anderen umarme ich der Reihe nach und erkläre ihnen, dass unsere Aufgabe, den Mörder ihrer Mutter zu finden, ein Ausdruck ihrer Liebe für sie ist.

»Finden Sie ihn«, raunt Ruth mir zu und zieht ihre Nichte und ihren Neffen näher zu sich heran. »Finden Sie Merritt.« Joshuas Augen weiten sich kaum merklich, während Sarah unauffällig näher zu dem Ventilator rückt, der den Geruch der Leiche aus dem Haus pusten sollte.

Wie viel Wintergrün kann man eigentlich einatmen, bevor man ernste gesundheitliche Konsequenzen fürchten muss?

SIEBENUNDZWANZIG

»Sie kommen einfach immer wieder, Amy«, sagt Regina und drückt sich im Bett enger an ihre Frau.

»Du wirst uns beschützen.«

»Glaubst du das wirklich?«

»Ja, Babe, das glaube ich wirklich.«

Selbst nach dem Streit. Dem richtig schlimmen.

Selbst danach.

Selbst jetzt noch.

Reginas Blick wandert zur Decke, während Amys Hand auf ihrer Schulter liegt.

»Ich hätte nie versuchen sollen, dich aufzuhalten, Amy.«

»Ich weiß, dass du das nur getan hast, weil du mich liebst. Ich habe dir schon lange vergeben.«

Reginas Augen füllen sich mit Tränen. Sie erzählt Amy, dass sie immer gehofft hat, dieser Tag würde nie kommen. Sie hätte sich nie träumen lassen, dass sie hier draußen mal ihre Privatsphäre verteidigen müsste; die Leiche des Mannes loswerden.

»Seine Kinder hab ich ab und an mal da oben auf der Straße gesehen«, bemerkt sie.

Während sie Rattengift in eine Schüssel Wasser rührt, denkt sie zurück an den schlimmen Streit und daran, wie alles angefangen hat. Das war vorletzten Herbst. Zu der Zeit hatte Amy kaum ein Wort mit Reggie gesprochen. Und wenn, dann ging es nur um ein Thema.

»Ich will nicht den Rest meines Lebens hier oben verbringen, Reggie. Wir waren uns einig, dass es für ein paar Jahre sein sollte. Prima. Alles gut. Aber Babe, das war vor zwölf Jahren. Ich will mich weiterentwickeln.«

Reggie stellte sich dem Thema gegenüber taub.

Schließlich hatte Amy genug.

»Du zwingst mich dazu, etwas zu tun, das ich nicht tun will.«

Das ließ Reggie aufhorchen.

Amy war fest entschlossen; dennoch rannen ihr Tränen über die Wangen.

»Ich liebe dich nicht mehr so wie früher, Babe. Ich will raus. Ich will mich scheiden lassen.«

Regina quollen förmlich die Augen aus dem Kopf. Mit einem Schrei warf sie sich auf Amy.

»Du kannst nicht einfach gehen!«

Amy stieß sie heftig zurück, aber Regina war stärker, zäher und ebenfalls fest entschlossen. Sie würde nicht nachgeben, bis sie bekam, was sie wollte. »Du gehst nirgendwo hin. Du liebst mich. Das hast du gesagt!«

»Und das war auch so, wirklich, Regina. Aber das ist lange her.«

»Du dreckige Lügnerin«, knurrte Regina und legte die Hände um Amys Hals.

Blitzschnell griff Amy nach einem Messer von der Arbeitsplatte, schwang es in einem weiten Bogen und rammte es

Regina ins Auge. Blut schoss hervor. Regina schrie wie am Spieß.

»Was hast du mit mir gemacht?!«

»Es tut mir leid. Es tut mir so leid!«

»Verlass mich nicht. Niemals!«

Zwischen Reginas Fingern, die sie gegen die Stelle presste, an der ihr rechtes Auge ein Meer aus Qualen war, quoll heißes Blut hervor.

Ihre Reflexe waren aber immer noch ausgezeichnet. Sie schlug ihrer Frau das Messer aus der Hand und warf sich auf sie.

»Du hast gesagt, du gehörst mir für immer und ewig.«

Amy konnte nicht mehr antworten. In ihren weit aufgerissenen Augen platzten feine Äderchen. Reginas Finger drückten fester zu. Sie wollte aufhören, aber es war unmöglich. So etwas gehörte zu den Dingen, die man durchziehen musste, wenn man sie einmal angefangen hatte.

Regina starrte auf das unter ihren Händen erlöschende Leben hinab. Es war wie ein wunderschöner, beinahe unsichtbarer Dunst, der sich emporkringelt, bevor er aus dem Fenster entschwindet.

»Du wirst mich nie verlassen.«

»Das würde ich nie tun«, beharrte Amy. »Ich liebe dich, Regina. Es tut mir leid.«

Regina saß eine Weile einfach nur da und dachte nach. Ihr Auge. Sie konnte nicht ins Krankenhaus fahren. Halbblind stolperte sie zum Badezimmer hinüber, zog sich aus, ergriff die Flasche Wasserstoffperoxid und ging nach draußen, um sich in der Außendusche das Blut abzuwaschen.

Dabei versuchte sie krampfhaft, sich das Schreien zu verkneifen. Es tat so schrecklich weh. Ohne auch nur eine Sekunde zu zögern, trat sie unter dem Wasserstrahl hervor, legte den Kopf in den Nacken und schüttete sich den Inhalt der Flasche ins Auge. Diesmal konnte sie sich nicht beherrschen.

Sie schrie lauter als jemals zuvor in ihrem Leben. Wo einmal ihr rechter Augapfel gewesen war, sammelte sich der Schaum. Sie kippte noch mehr von der brennenden Flüssigkeit darauf, noch mal und noch mal.

Jedes Mal schrie sie von Neuem, unfähig, dem unsäglichen Schmerz standzuhalten.

Da kam ihr eine Idee.

Amy sagt kein Wort, während sie Regina dabei zusieht, wie sie das Pulver mit den kleinen Kristallen darin, das sie verwenden, um die Ratten in der Scheune zu vergiften, auflöst.

Sie sitzt aufrecht im Bett, und als Regina sich neben sie setzt, streckt Amy die Hand aus und berührt sie sanft. Stumm nimmt sie das Glas mit dem Gift entgegen; stumm starren beide vor sich hin.

Aus Reginas einem verbliebenen Auge fließen Tränen.

Amy zittert.

»Es tut mir leid«, wimmert sie.

»Ich weiß.«

»Ich liebe dich, Regina. Für immer ...«

»... und ewig.«

ACHTUNDZWANZIG

Ich kann mich den Kassetten jetzt nicht stellen. Oder nach Hause fahren. Kurz überlege ich, Dan Anderson zurückzurufen, aber dann käme ich mir wie eine Idiotin vor, weil ich nicht früher angerufen habe. Also lasse ich es bleiben. Stattdessen fahre ich ins Hafenviertel, zum *The Tides,* einer Bar, in der Mindy und ich früher häufig waren. Ich vermisse unsere Ausgehabende. Und ich vermisse Hayden. Eine kurze Liste.

Ich vergehe in Selbstmitleid, ich weiß.

Meine Aufmerksamkeit, meine Denkfähigkeit und ja, auch meine Emotionen sollten ausschließlich auf den Fall konzentriert sein.

Ich erkenne niemanden vom Personal im *Tides* wieder. Ich komme wohl zu dem Lebensabschnitt irgendwo in der Mitte, wo niemand einen mehr wahrnimmt. Wo man in einer Bar oder im Restaurant langsamer bedient wird. Es keine Gespräche mehr mit dem Kellner oder sonst wem gibt. Wenn ich nicht anfange, mich aufreizender zu kleiden, bleibe ich ab jetzt und für alle Zeit jemand, der seine Lebensmittel in Singlepackungen kauft.

Das *Tides* ist authentisch, keine dieser Ketten, die zur Deko

Bojen und Fischernetze aufhängen, die echtes Meerwasser nie auch nur aus der Ferne gesehen haben. Es ist ein umgebautes Lagerhaus am Ende des Kais, blau gestrichen und mit einer weiß-blau gestreiften Markise über dem Eingang. Daneben steht der Name, zusammengesetzt aus dünnen Treibholzstückchen.

Ich gehe hinein und suche mir einen Platz. Neben meinem Tisch steht ein wuchtiges Salzwasseraquarium mit Clownfischen und ein paar anderen, die ich nicht kenne. Ihnen dabei zuzusehen, wie sie im blubbernden Wasser hin- und herschwimmen, wirkt beruhigend. Einer der Fische ist platt wie eine Scheibe und leuchtend blau. Statt bei seinem Anblick an Kornblumen zu denken, erinnert er mich an Luminol.

Ich frage mich, wie das Labor mit den Tests vorankommt. Vielleicht verblüffen sie uns mit einem plötzlichen, heroischen Energieschub ... wohl eher nicht.

Eine Kellnerin fragt mich, ob ich etwas trinken möchte.

Ich bestelle einen G & T.

»Gibt es noch Abendessen?«, frage ich.

»Ja, Ma'am.«

Schon wieder ›Ma'am‹.

Sie bringt mir die Karte und kurz darauf meinen Drink. Eins nach dem anderen: Ich nehme einen großen Schluck von dem Cocktail, der für mich lange gleichbedeutend mit Sommer war. Der Geschmack von Limette. Frische. Wenn mich ein Drink eines Tages zu Fall bringen wird, dann vermutlich dieser hier. Heute Abend werde ich mir zwei genehmigen – und mir wünschen, es wären mehr gewesen.

Als die Kellnerin wiederkommt, bestelle ich das Clubsteak, medium rare.

»Stall- oder Weiderind?«, fragt sie.

»Weiderind.«

»Aus dem Ofen oder gebraten?«

Damit das nicht den ganzen Abend so weitergeht, liste ich

ihr alles auf, was sie wissen muss: »Aus dem Ofen, mit allem Drum und Dran. Salat, Blauschimmelkäse und noch einen G & T.«

Damit sie endlich geht, senke ich den Blick auf mein Handy. Unhöflich, ich weiß. Aber das ist mir egal. Ich habe eine Nachricht von Sheriff Gray – nur eine kurze, aber zum ersten Mal an diesem Tag bringt mich etwas zum Lächeln.

Hab mit Bernies Boss telefoniert.

Ich schicke ihm ein Daumen-hoch-Emoji. Kurz überlege ich, noch ein Herzchen dahinter zu setzen, aber ich habe Angst, dass das falsch ankommt. Auch wenn er sich mir gegenüber nie unangemessen verhalten hat. Im Gegenteil.

Ich habe ein paar weitere Nachrichten. Von Leuten aus der Stadt, die mir zu meinem Fernsehauftritt gratulieren.

Ich frage mich, wie ich den hätte versauen können. Schließlich habe ich nicht mehr getan, als ausgesprochen feindselig zu gucken, während ich den Reporter des Grundstücks verwiesen habe. Ja, ich habe dabei meine Marke gezückt, aber ist das wirklich ein Grund, dass sich die Nachricht gleich wie ein Lauffeuer verbreitet? Es ist ja nicht so, als hätte ich mit meiner Dienstwaffe herumgewedelt.

Zum Glück.

Ich sitze in meiner Küche und lasse im Geiste die traurigste Gedenkfeier Revue passieren, an der ich je teilgenommen habe. Und das liegt nicht nur an den Blumen, die von der frisch ausgehobenen Erde verschluckt wurden, oder daran, wie wenige Menschen gekommen sind, um Ida Wheaton zu verabschieden. Das Ritual hat an Erinnerungen gerührt. Wie die Kassetten. Hayden und ich konnten unserem Stiefvater nie auf einer Gedenkfeier die letzte Ehre erweisen oder um ihn trauern. Erst jetzt wird mir bewusst, dass er wahrscheinlich in einem Gemeinschaftsgrab beigesetzt wurde. Ohne Gottesdienst. Ohne Freunde, die ihn verabschiedeten. Ohne Familie. Er verschwand still und leise, ungesehen. Ein Sinnbild des Lebens, das ich geführt habe, seit ich klein war.

NEUNUNDZWANZIG

Am nächsten Morgen wartet Ruth Turner schon am Empfang auf mich. Sie trägt eine langärmelige Bluse mit hohem Kragen; ihr Rock reicht ihr bis über die Knie. Ich führe sie in mein Büro, und sie bewundert all die »Papiere«.

»Das sieht so geschäftig aus«, bemerkt sie und korrigiert sich sofort: »Das klang jetzt falsch. Sie wirken geschäftig.«

Ich biete ihr Kaffee an. Wie erwartet lehnt sie ab.

Ich wette, ihr Mann verbietet ihr Koffein.

»Wo ist Eve?«

»Sie wartet im Auto. Sie traut sich nicht herein.«

Gestern war sie nicht so schüchtern. Traurig zwar, aber sie hatte kein Problem damit, ihre Gefühle in Bezug auf die Gleichgültigkeit ihrer Cousine deutlich zu machen.

»Schade«, meine ich nach kurzem Zögern. »Bitte sagen Sie ihr, dass ich unser Gespräch gestern sehr angenehm fand. Sie ist eine ausgesprochen intelligente junge Frau.«

Ruths Wintergründuft ist so dezent, dass ich ihn kaum wahrnehme. Sie sitzt da und starrt mich stumm an. Ihre Augen wandern kurz zum Fenster hinter meinem Schreibtisch, dann wieder zu mir.

»Ruth, was ist los?«

»Ich wünschte, ich wüsste es.«

Sie zögert, und ich frage vorsichtig nach.

»Kann ich einen Schluck Wasser haben?«, bittet Ruth.

Ich gieße ihr ein Glas aus der Brita-Kanne auf meinem Schreibtisch ein.

»Ich weiß nicht, wie ich es ausdrücken soll ... etwas stimmt nicht. Ich denke, die beiden Kinder sind völlig durcheinander. Sie brauchen jemanden, der sich um sie kümmert. Aber sie wollen nicht mit zu mir nach Idaho kommen, auch wenn mein Mann es gestattet hat.«

»Der Staat wird jemanden für sie abstellen«, erinnere ich sie. »Es wird sich jemand um sie kümmern. Versprochen.«

Sie nickt. »Ich glaube, sie brauchen mehr Hilfe als einen kurzen Besuch von einem Sozialarbeiter einmal die Woche.«

Ich werde etwas forscher. »Worauf wollen Sie hinaus, Ruth?«

Sie stürzt das Wasser runter, als wäre sie gerade einen Marathon gelaufen, dann verschränkt sie die Arme vor der Brust und fällt in sich zusammen.

»Erzählen Sie mir, was Ihnen aufgefallen ist, Ruth. Wir können Ihnen helfen.«

Endlich sagt sie mir, was ihr auf der Seele liegt: »Ich will nicht, dass die beiden getrennt werden; ich will nur, dass Sie ihnen besondere Aufmerksamkeit widmen.«

Ich verstehe nicht, was sie damit meint, deshalb warte ich ab. Schweigen senkt sich über mein Büro. Ich habe sie genug gedrängt. Wenn sie mir etwas sagen will, dann wird sie das tun, sobald sie bereit ist.

Deshalb ist sie schließlich hier.

Sie öffnet die Arme und legt die gefalteten Hände auf den Tisch.

»Zuerst dachte ich, dass Sarah ein wenig neben sich stünde, weil sie sich an nichts von dem zu erinnern schien, was Eve und sie als Kinder unternommen hatten. Damals standen sie sich sehr nahe. Ich dachte, sie hätte einfach einen Weg gefunden, ihre Erinnerungen zu begraben, die guten wie die schlechten.«

»Eve und ich haben auch darüber gesprochen.«

»Das hat sie mir erzählt. Und ich weiß, was sie meint, Detective Carpenter. Mir ging es genauso.«

Ich nehme einen Schluck Kaffee und rufe mich im Stillen zur Ordnung. Wenn ich sie noch einmal unterbreche, werde ich nie erfahren, worauf sie hinauswill.

»Nachdem alle anderen wieder gegangen waren«, fährt sie fort, »haben wir uns draußen ein wenig unterhalten, während wir über der großen Feuergrube S'mores gemacht haben. Dann sind wir alle ins Bett gegangen. Eve und ich im Elternschlafzimmer. Eve ist fast sofort eingeschlafen, aber ich lag einfach da, habe an die Decke gestarrt und mich gefragt, wie all das nur passieren konnte.«

Sie hält kurz inne und ordnet ihre Gedanken.

»Im Flur hörte ich jemanden weinen, leise und schwermütig. Eine Art Wimmern. Während der Gedenkfeier hatte sie so still geweint, dass ich mir dachte, jetzt würde sie es endlich rauslassen, heimlich, nachts, und dabei versuchen, niemanden zu wecken.«

»Sie hat eine Menge durchgemacht«, sage ich.

»Das stimmt. Gut, ich sollte nicht länger um den heißen Brei herumreden. Als ich die Tür geöffnet habe, um zu schauen, ob ich Sarah helfen kann ...«

Sie hält kurz inne, schaut mich an.

»Es war nicht Sarah, sondern Joshua. Er war praktisch nackt und lag weinend auf dem Boden. Das war so eine Situation, wo man sich nicht entscheiden kann, ob man hingeht oder sich heimlich davonmacht und wartet, bis die Sache ausgestanden ist. Und dann ging weiter hinten im Haus eine Tür auf, und ich hörte Sarah flüstern.«

Ich lehne mich vor und stelle meinen Kaffee ab. »Was hat sie gesagt?«

»Ich bin mir nicht sicher. Zumindest nicht hundertprozentig. Aber ich glaube, sie hat durch den Türspalt geflüstert: ›Ich zertrümmer dir die Hand mit 'nem Hammer.‹«

»Warum sollte sie so etwas sagen?«

»Ich weiß auch nicht. Ich habe vorsichtig die Tür zugemacht, und dann ging Joshuas Tür auf und wieder zu. Danach habe ich nichts mehr gehört. Wie gesagt, sie steht ein bisschen neben sich, aber ihm geht es auch nicht viel besser. Er lag zusammengekrümmt im Flur, splitternackt, und weinte wie ein kleines Kind. Und sie wirft ihm so was an den Kopf.«

»Sie haben in der letzten Woche mehr durchgemacht als die meisten Menschen in ihrem ganzen Leben, finden Sie nicht?«

Ruth legt den Kopf schräg. »Das schon. Aber ich bin mir nicht sicher, ob sie sich wirklich gegenseitig helfen können. Er weint, und sie sagt ihm, sie wolle ihn mit einem Hammer schlagen. Sie müssen nach Ihnen sehen, bitte! Diese Sozialarbeiterin war völlig nutzlos. Die Kids haben mir erzählt, dass sie den ganzen Tag dagesessen und Zeitschriften gelesen hat. Und als Sarah sie gefragt hat, ob sie ihr beim Eiereinsammeln helfen könne, erklärte sie, sie sei zu beschäftigt.«

Ich versichere ihr, dass ich ein besonderes Auge auf die beiden haben werde.

»Sie kriegen den besten Sozialarbeiter, den wir finden können, versprochen. Und ich schaue auch selbst so oft nach ihnen, wie es geht.«

Sie erhebt sich und lehnt sich für eine ungeschickte Umarmung über den Tisch. Als sie merkt, dass das so nichts wird, müssen wir beide lachen. Ich gehe um den Tisch herum, und während mir ihr Wintergrün in die Nase steigt, nehme ich sie in den Arm, als würden wir uns schon lange kennen, als wären wir miteinander verbunden.

Mord hat manchmal so eine Wirkung.

»Wir werden ihn finden, Ruth«, sage ich beim Loslassen.

»Detective, ein kleiner Gefallen noch«, erwidert sie verlegen. »Bitte rufen Sie mich nur an, wenn es absolut nicht anders geht. Wenn Sie meinen Schwager fassen – oder töten –, schicken Sie mir einfach eine Nachricht per Post. Ich bekomme gerne Post.«

Jetzt fängt sie an zu weinen, und ich dirigiere sie vorsichtig zur Tür hinaus. Eve wartet draußen, und ich winke ihr kurz zu. Sie winkt vergnügt zurück.

»Auf Wiedersehen«, sage ich zum Abschied. Ich muss dringend mit dem Kriminallabor telefonieren. Wir könnten wirklich etwas Hilfe brauchen.

»Heute definitiv nicht mehr«, erklärt der Angestellte am anderen Ende der Leitung kurz angebunden. »Morgen vielleicht. Versuchen Sie es heute Nachmittag noch mal. Wir haben hier wirklich viel zu tun.«

Ich verkneife mir ein ›Ja, ich weiß‹. Schließlich kriegen wir das jedes Mal zu hören, wenn wir irgendetwas von ihnen brauchen.

Ich hole meine Tasche und meine Jacke. Der Sheriff ist irgendwo unterwegs, deshalb brauche ich mir nicht mal eine Ausrede einfallen zu lassen. Ich schleiche mich einfach zur Hintertür raus und mache mich auf den Weg zum Torrance-Gehöft.

DREISSIG

Die Nachforschungen zu den Torrances – sowohl im Strafregister als auch bei der Stadt – haben mich nicht weitergebracht: Ich bin kein bisschen schlauer, was die beiden angeht. Regina wurde vor fünfzehn Jahren mal wegen Trunkenheit am Steuer verhaftet und Amy hat ein paar kleine Verkehrsdelikte begangen, alles in King County, wo sie gewohnt haben, bevor sie nach Snow Creek kamen. Die Fotos für die Fahrerlaubnis wurden vor über zehn Jahren in Seattle aufgenommen. Beide Führerscheine sind abgelaufen. Regina hat blaue Augen, Amy braune. Regina ist fast dreißig Zentimeter größer als Amy und fünfundzwanzig Kilo schwerer.

Ich stehe auf ihrer Veranda und starre die Tür an. Ein inzwischen wohlbekannter Notizzettel starrt zurück. Ich bezweifle, dass dieser Jared wirklich existiert. Ich habe alles Mögliche versucht, aber niemanden mit dem Namen in der Gegend gefunden.

Die Handschrift ist kühn und geradlinig.

Vielleicht hat Merritt die Nachricht als Ablenkungsmanöver geschrieben.

Ich klopfe. Wieder keine Antwort.

»Regina? Amy?«

Ich probiere den Türknauf. Diesmal ist offen. Irgendetwas stimmt hier nicht. Ich fühle es. Ich ziehe meine Waffe und schiebe die Tür auf. Der Geruch, der mir entgegenströmt, nimmt mir förmlich den Atem. Es riecht schlimmer als bei der Katzenlady, süß und schwer. Zu viel Febreze und Tannennadelduftkerzen. Und darunter ... ich zucke zusammen: unverwechselbar beißender Verwesungsgeruch.

Verdammt, ich bin zu spät. Ich versuche, nur durch den Mund zu atmen.

Merritt ist hier gewesen.

Methodisch arbeite ich mich durch das Wohnzimmer. Die sorgfältig platzierten Möbel und Fotos sind in bester Ordnung, auf den Bildern erkenne ich anhand der alten Fotos der Führerscheinbehörde Amy und Regina: die eine robust und recht hübsch; die andere, die kleinere der beiden, mit einem süßen Lächeln und wunderschönen Haaren. Als Nächstes checke ich die Küche. Alles ist aufgeräumt. Die Spüle glänzt förmlich vor Sauberkeit. Eine Spielzeugziege mit Solarantrieb wackelt fleißig mit dem Kopf. Ich kehre in den Flur zurück.

Meine Waffe ist eine Wünschelrute auf der Suche nach Unheil.

»Jemand zu Hause?«, rufe ich. »Hier spricht Detective Carpenter vom Jefferson County Sheriff's Office. Ich muss mit Ihnen reden.«

Keine Antwort.

Ich taste mich den engen, dunklen Flur entlang und schiebe vorsichtig die letzte Tür auf, die noch übrig bleibt. Der Gestank trifft mich mit voller Wucht. Angestrengt atme ich weiter durch den Mund.

Es hilft nicht.

Ich schmecke Verwesung.

Den Anblick, der sich mir bietet, nehme ich nur bruchstückhaft wahr. Mein Verstand versucht angestrengt, daraus ein Bild zusammenzusetzen, das Sinn ergibt.

Zugezogene Vorhänge.

Ein einzelner Sonnenstrahl fällt auf das Bett.

Eine batteriebetriebene Kerze flackert auf dem Nachttisch.

Zwei Umrisse auf dem Bett, nebeneinander sitzend; das Licht vom Fenster fällt auf eine Hand. Sie ist ziemlich klein. Eine Frau? Ein Kind?

»Regina? Amy?«, frage ich und suche nach dem Lichtschalter, kann ihn aber nicht finden. Also reiße ich kurzerhand den Vorhang auf, die Pistole immer noch in der anderen Hand.

Ich keuche auf, atme die faulige Luft ein und meine Knie werden weich.

Von der Decke hängen Drähte und Flaschenzüge.

Was ist das hier? Was hat er ihnen angetan?

Mit der Hüfte stoße ich an einen der Drähte. Die Frau auf der anderen Bettseite bewegt sich. Ich zucke vor Schreck zusammen, aber gleichzeitig bin ich auch erleichtert.

Trotzdem bringe ich nicht mehr als ein Flüstern zustande. »Geht es Ihnen gut?«

Ihr Gesicht liegt im Dunkeln.

Die andere Frau, die größere der beiden, starrt mich aus dem einen Auge an, das sie noch hat.

Darin ist kein Leben mehr. Der Arm mit der Pistole wird plötzlich zu schwer, sie fällt mir beinahe aus der Hand, als ich versuche, das Gleichgewicht wiederzuerlangen.

Ich lehne mich vor und stupse sie vorsichtig an. Sie ist tot. Als Nächstes wende ich mich der anderen Frau zu, ziehe das weiße Bettlaken zur Seite, das sie fast gänzlich zudeckt.

Es ist Amy. Oder was von ihr übrig ist. Ihre Haut ist vertrocknet und glänzt wie eine Mumie in einem Kuriositätenkabinett. Auf dem Kopf trägt sie eine Perücke. Auf der Kommode liegen noch mehr davon. Ihre Gliedmaßen und der Kopf sind mit Stoffbahnen umwickelt, zusammengehalten von großen Haken, an denen wiederum Drähte befestigt sind. Das ganze Konstrukt dient dazu, sie zu bewegen.

Amys Körper ist eine Marionette.

Ein Spielzeug.

Das Groteske dieses Anblicks überwältigt mich. Nichts, was ich je gesehen oder getan habe, war so abscheulich.

Ein bizarres Spiel für einen einzigen Spieler.

Ich kann nicht atmen. Nicht hinsehen. Mein Gehirn versucht verzweifelt, dem Ganzen einen Sinn abzuringen.

Ich wende mich hastig ab und will gerade aus dem Zimmer stürzen, als mein Blick auf ein zusammengefaltetes Stück Papier in Reginas Hand fällt. Damit bringe ich zwar eigentlich den Tatort durcheinander, ich weiß ... aber ich nehme es trotzdem an mich.

Im Flur komme ich mir vor wie ein Pingpongball. Ich bin völlig orientierungslos, angeekelt, stolpere mehr, als dass ich aus der Tür trete. Ich schaffe das. Das sage ich mir immer und immer wieder. Trotzdem breche ich, kaum dass ich die Veranda erreiche, einfach zusammen. Als wäre ich selbst eine Marionette.

Gierig sauge ich die frische Luft hier draußen ein, aber der bittere Geschmack in meinem Mund verschwindet nicht.

Das Stück Papier in meiner Hand raschelt leise. Tatsächlich sind es sogar zwei Zettel. Absolut knitterfrei; sorgfältig aufbewahrte Andenken an ihr gemeinsames Leben, vermute ich und falte den ersten auseinander.

Das ist alles andere als ein geliebtes Erinnerungsstück.

Es ist die Art von Brief, die niemand jemals von demjenigen erhalten will, den er liebt. Die Schrift wirkt elegant, wie die einer Lehrerin, die ihren Schülern in einer Welt der getippten Textnachrichten die Schönheit einer sauberen Handschrift vor Augen führen will. Ein zum Scheitern verurteiltes Unterfangen.

Liebe Regina,

du machst es mir nicht leicht. Du weigerst dich, mir zuzuhören. Aber das musst du. Ich liebe dich, wirklich. Du wirst immer zu einem der schönsten Teile meines Lebens gehören.

Ich kann mir schon denken, worauf das hinausläuft. Eigentlich muss ich gar nicht weiterlesen. »Du wirst immer« ist der unverwechselbare Beginn eines Abschieds.

Mit unserer Farm haben wir hier oben etwas Wunderbares geschaffen, unser kleines Paradies. Wir haben uns eine ganz eigene Welt erschaffen. Das glaube ich wirklich. Weißt du noch? Unsere Freunde hielten uns für verrückt, aber wir haben es ihnen gezeigt, nicht wahr? Darauf bin ich sehr stolz. Und ja, ich war hier sehr, sehr lange glücklich. Aber seit einer ganzen Weile schon möchte ich einfach mehr. Ich kann dich nicht darum bitten, weil du mir bereits alles gegeben hast, was du geben kannst. Alles, was du hast. Das weiß ich unheimlich zu schätzen, und ich bin sehr, sehr dankbar dafür.

Und jetzt kommt der harte Teil. Aber du musst die Wahrheit wissen. Ich bin nicht mehr in dich verliebt. Ich möchte, dass wir uns mit derselben Haltung trennen, mit der wir zusammengekommen sind. Liebst du mich genug, um mich gehen zu lassen? Ich schätze dich als Mensch, aber ich muss dich verlassen. Es tut mir leid. Wirklich.

Alles Liebe,

Amy

Ich spüre, dass ihre Worte aufrichtig sind, und leide mit ihr. Schließlich kenne ich das Gefühl nur zu gut. Vor langer Zeit habe ich jemanden zurückgelassen, weil ich nicht uns beide retten konnte. Ich konnte nicht diejenige sein, die er damals brauchte.

Ich ahne bereits, dass der andere Zettel von Regina stammt; wahrscheinlich ein Abschiedsbrief. Schon nach den ersten Zeilen wird mir klar, dass ich mich erneut geirrt habe. Das hier wurde in rasender Wut geschrieben. An manchen Stellen hat sie mit dem Stift so stark aufgedrückt, dass das Papier gerissen ist.

Amy,

verdammt noch mal! Es tut mir leid, dass ich wegen dir die Beherrschung verloren habe. Aber du hast mich tief verletzt. Mich einfach wegzuschmeißen, als hätte ich dir nie etwas bedeutet! Du bist meine Frau, für immer und ewig. Unser Gelübde ist heilig. Was war unser Leben für dich? Nur ein Testlauf für etwas, das du von Anfang an nicht wirklich wolltest? Ernsthaft. Ich kapier's nicht. Es kommt mir vor, als hätten wir uns nie wirklich verstanden, wenn du das so lange vor mir verbergen konntest. Ich wünschte, du hättest mich einfach getötet. Guck dir an, was du getan hast. Wozu du mich gebracht hast. Ich hab nur noch ein Auge. Das hast du mir angetan. Du hast mir das Küchenmesser ins Gesicht gerammt. Dabei wollte ich dich nur aufhalten. Mit dir reden. Dir sagen, dass ich niemanden je so lieben könnte, wie ich dich geliebt habe. Schau, was du angerichtet hast. Das wollte ich nicht. Und ich weiß, du hast es auch nicht so gemeint. Ich wollte doch nur, dass du mir versprichst, irgendwann zu mir zurückzukommen. Aber jetzt ... jetzt kann ich dich in den Arm nehmen und alles ist so, wie es sein soll.

Für immer.

Ja, ich bin wütend auf dich. Aber ich vergebe dir. Ich werde mich um dich kümmern. Ich werde dafür sorgen, dass du froh bist, bei mir geblieben zu sein.

In Liebe,

Regina

Ich stütze mich auf dem Dielenboden ab und erhebe mich mühsam. Mir ist schlecht. Immerhin habe ich es irgendwie geschafft, den Schock dessen, was ich im Haus gesehen habe, abzuschütteln. Ich habe mich zusammengerissen. Gerade so weit, dass ich meinen Job machen kann. In meinem Kopf arbeitet es weiter, aber im Hintergrund. Ich hole eine Rolle Absperrband aus dem Kofferraum des Taurus und wickle es um die Verandapfosten. Amy wollte die Farm verlassen. Vielleicht fühlte sie sich eingesperrt. Sie hatten kein Telefon. Es gab keinen Weg, zu entkommen. Deshalb kam es zum Streit. Sie haben miteinander gekämpft. Regina hat ein Auge verloren – Amy ihr Leben. Und Regina hat ihren Körper konserviert, damit sie nie mehr getrennt von ihr sein muss.

Ich werde dafür sorgen, dass du froh bist, bei mir geblieben zu sein.

Ich will mir gar nicht vorstellen, wie sie das angestellt hat. Das letzte Mal, dass jemand Amy lebend gesehen hat, war vor zwei Jahren.

Ich fahre, bis ich wieder Empfang habe, dann rufe ich Sheriff Gray an.

»Heilige Scheiße«, meint er, als ich ihm erzähle, was ich gefunden habe. »Drähte und Flaschenzüge?«

»Ja. Wie eine Marionette oder so.«

»Was ist da draußen passiert?«

»Mord mit anschließendem Selbstmord. Von der Sorte, die man sich nicht ausdenken kann.«

Ausschnitte der Szenerie schießen mir durch den Kopf und ich spüre einen Kloß im Hals.

»Alles okay?«, fragt er.

»Ich weiß nicht. Ich bin nicht sicher. Ich bin hingefahren, um Idas Mörder zu finden, hatte mir echt was davon versprochen. Hatte so gehofft, dass die Kinder und die Schwester endlich abschließen können. Und dann ... das.«

»Wir kriegen Merritt Wheaton.«

Ich werfe einen Blick in den Rückspiegel.

Mir laufen Tränen über die Wangen.

»Du kommst hierher zurück«, ordnet er an.

»Ich schaffe das.«

»Darum geht's nicht, Megan. Hier ist jemand, der dich sprechen will. Eine Frau. Es geht um ihre vermisste Tochter. Sie meint, du könntest helfen. Und zwar nur du. Sie hat ausdrücklich den Detective verlangt, der im Fernsehen war.«

»Klingt nach einer, die nur Aufmerksamkeit sucht. Ich bleibe lieber hier oben und warte auf die Kavallerie.«

»Vielleicht ein Fan«, frotzelt er in dem Versuch, mich von meinem düsteren Fund abzulenken. »Aber sie meint es ernst. Die Deputys werden in ...« Er hält kurz inne und ruft zu Nan hinüber: »Wann sind die zwei da oben?«

»In zehn Minuten«, ruft sie zurück.

Er wiederholt ihre Worte an mich gerichtet. Hat wohl vergessen, dass Nans Stimme problemlos durch zentimeterdicke Wände dringt.

»Komm zurück ins Büro, Detective«, drängt er noch einmal.

Ich verspreche ihm, dass ich mich auf den Weg mache, sobald der Tatort gesichert ist. Beim Anfahren werfe ich einen Blick aus dem Fenster. Es ist atemberaubend schön hier oben. Ich höre das Rauschen des Wassers, das von den Bergen herabstürzt und sich in die Bucht von Port Townsend ergießt. Noch vor ein paar Wochen, als ich durch Stapel an Papierkram zu banalen Einbrüchen gewatet bin, habe ich von einem großen Fall geträumt. Mir mehr als alles andere gewünscht, ein großes Übel wieder geradezurichten. Das hab ich nun davon. In der weitgehend ungetrübten Pracht des pazifischen Nordwestens ertrinke ich in einer Flut aus Morden, wie man sie sich düsterer und hässlicher nicht ausdenken könnte.

Sei vorsichtig mit deinen Wünschen.

Ich fahre zum Haus zurück und warte auf die Deputys.

Durch das halbgeöffnete Fenster auf der Fahrerseite strömt die sommerliche Wärme herein und bringt den Duft von Fichten, Tannen und Brombeeren mit sich. Ich lasse es ganz herunter.

Dann das Beifahrerfenster und die beiden hinteren. Die Luft soll über mich hinwegströmen. Mich reinwaschen. Alle Rückstände meiner Arbeit mitnehmen. Nicht nur den Gestank im Haus. Mord klebt wie ein übler Geruch an Menschen. Für den Rest ihres Lebens. Das weiß ich, seit ich ein Teenager war.

Und von meiner Arbeit als Detective.

Meine Hände zittern. Das ist nicht gut. Gar nicht gut. Mir die Aufnahmen anzuhören. Das mit den Wheatons. Und jetzt noch der Mord plus Selbstmord bei den Torrances. So viel in so kurzer Zeit. Vielleicht war es einfach zu viel? Vielleicht habe selbst ich eine Grenze.

Ich erreiche die Hauptstraße und mache mich auf den Weg ins Büro. Insgeheim hoffe ich – wider besseres Wissen –, dass sich diese Frau schnell abfertigen lassen wird. Und die Laborergebnisse endlich da sind.

EINUNDDREISSIG

Laurna Volkmann wartet am Empfang auf mich. Sie ist Mitte vierzig, schlank, mit korallenfarben lackierten Nägeln und passendem Lippenstift. Blonde, schulterlange Haare. Trägt einen hellrosa Pullover und eine weiße Hose.

Als sie mich sieht, stürzt sie sich sofort auf mich.

»Detective Carpenter. Ich habe Sie in den Nachrichten gesehen.«

Ich nicke.

»Sie und meine Nichte.«

Und dann bricht sie vor meinen Augen in Tränen aus. Ich bringe sie in denselben Raum, in dem ich mit Ruth Turner gesprochen habe. Auf dem kurzen Weg hat sie ihr Make-up bereits hoffnungslos verschmiert, also schiebe ich ihr eine Packung Taschentücher zu. Sie nimmt sich eins, dann noch eins und tupft damit vorsichtig an ihren Augen herum, um zumindest etwas vom ursprünglichen Werk zu retten.

Dann öffnet Laurna den Mund und ein Schwall Worte bricht über mich herein, jedes einzeln hervorgestoßen, eine lose Kette, die sich zu der Geschichte zusammenfügt, was der Familie ihrer Schwester zugestoßen ist.

»Lake Crescent.«

»Boot.«

»Unfall.«

»Alle drei ertrunken.«

»Hudson, Carrie und Ellie.«

»Die Burbanks.«

»Ellie.«

»Nie gefunden.«

Laurna hält kurz inne, zieht ein Foto aus der Handtasche und schiebt es mir über den Tisch zu. Ich werfe einen Blick darauf und reiße die Augen auf.

»Sie sieht genauso aus wie Sarah Wheaton!«

»Das denke ich auch. Ich denke, Sarah ist Ellie, Detective. Die Leichen meiner Schwester und meines Schwagers wurden wenige Tage nach dem Unfall geborgen. Der See ist tief. Wir hatten Glück, dass wir sie überhaupt gefunden haben. Aber ich glaube nicht, dass Ellie auf seinem Grund liegt. Ich glaube, sie ist hier.«

Sie tippt mit einem korallenfarbenen Fingernagel auf das Foto.

»Das ist Sarah.«

»Wie gesagt, sie sieht ihr sehr *ähnlich.*«

»Der Untersuchungsbeamte erklärte mir nach der Autopsie, dass sie zu viele Drogen im Blut hatten, um sich selbst zu retten. Das glaube ich nicht. Sie waren keine Junkies.«

Ich kann ihre Gefühle verstehen. Familienangehörige haben oft keine Ahnung, was zwischen den jährlichen Treffen zu Weihnachten, Geburtstagen und dem vierten Juli im Haus ihrer Verwandten wirklich abläuft. Jemand, der an einem Feiertag mal einen über den Durst trinkt, tut das vielleicht tatsächlich jeden Tag. Verständlich, dass Clallam County das Ganze als Unfall eingestuft hat. Es ist absolut plausibel: Ein Ehepaar, das seine Abhängigkeit vor der Familie geheim hält, zerrt seine Tochter mit sich auf den Grund des Lake Crescent, eines der tiefsten Seen im ganzen Staat Washington. In den letzten hundert Jahren sind dort rund fünfzig Menschen verschwunden, vermutlich ertrunken, und liegen nun irgendwo auf dem Grund des Sees.

»Was, glauben Sie, ist passiert?«

Ihr Blick ist stählern.

»Meine Schwester und ihr Mann wurden ermordet.« Ihre Augen schießen Blitze in meine Richtung.

»Woraus schließen Sie das?«

»Ich habe etwas herausgefunden. Das habe ich auch den Detectives gesagt, aber sie wollten nicht zuhören. Der Fall ist abgeschlossen. Niemand will, dass die Geschichte einer Familie rumgeht, die in einem der schönsten Touristenziele der Gegend gestorben ist. Sie wollten das Ganze einfach begraben.«

Ich frage sie nach Details: »Wer, glauben Sie, hat sie getötet? Was haben Sie herausgefunden, Ms Volkmann?«

Sie holt tief Luft. »Ich denke, Ellie hat ihre Eltern umgebracht.«

Ich sehe, dass es ihr schwerfällt, das zu sagen. Ein solcher Verrat durch die eigene Tochter kommt in der Kriminalgeschichte selten vor. Mutter- und Vatermord werden fast immer vom Sohn der Familie ausgeführt.

»Das ist ein ziemlich großer Schritt für eine Fünfzehnjährige.«

»Ich weiß. Aber ich habe noch mehr. Sie hat die Schule vernachlässigt. Hing ständig am Handy, um mit Jungs zu schreiben. Das ist heute zwar ganz normal für einen Teenager, aber für die Eltern ist es ein Albtraum. Also haben sie ihr Hausarrest gegeben. Sie war stinksauer, hat aber trotzdem weitergemacht. Also haben sie ihr das Handy weggenommen.«

»Das ist, als würde man einem Teenager den Arm abhacken«, bemerke ich.

Sie nickt. »Oder den Kopf.«

Mein Blick fällt kurz auf das Foto. Sie erzählt mir, dass die Polizei das Ganze als Unfall deklariert und sie sich mehr oder weniger damit abgefunden hatte. Zu dem Zeitpunkt wollte sie selbst keine große Sache daraus machen, damit niemand etwas Schlechtes von ihrer Schwester Carrie dachte.

Sie hält erneut inne, greift nach einem weiteren Taschentuch.

In der Woche nach der Beerdigung im Sunset Memorial Park in Bellevue wies Laurna Volkmann eine guatemaltekische Umzugsmannschaft an, einige Sachen aus dem Haus ihrer Schwester einzulagern. Das Haus war ziemlich groß und voller Krimskrams, der Laurna in den Wahnsinn trieb. Sie erinnerte sich an eine TV-Sendung, in der eine japanische Expertin den Zuschauern erklärte, wie man sich von Dingen trennte, die einem keinen Mehrwert brachten. Die stattdessen eher für Unruhe sorgen.

Während die jungen Männer das Haus zum Streichen vorbereiteten, trug Laurna Dinge zusammen, die sie an ihre Schwester erinnerten. Zwei kleine Kinderschlitten, mit denen Carrie und sie jeden Winter die Hügel hinter dem Elternhaus heruntergerodelt waren, selbst wenn nur eine hauchdünne Schicht Schnee lag. Fotos von einem Familienausflug nach Six Flags vor vier Jahren. Und ein paar Sachen, die aus Hudsons Familie stammten. Sie konnte sich zu dem Zeitpunkt nicht erinnern, ob auf seiner Seite der Familie noch Angehörige lebten, also packte sie alles in eine Kiste und stellte sie beiseite. Dann ging sie rauf in Ellies Zimmer.

Hier zeigten sich bereits erste Anzeichen des Übergangs vom Teenager zur Erwachsenen. Das letzte Mal, als sie hier oben gewesen war, war der Raum knallrosa gestrichen gewesen, und auch wenn Laurna die Farbe an sich sehr mochte, war das selbst für sie etwas viel gewesen. Jetzt zierte die Wände ein heller Grauton. Und in den Regalen, in denen einst Kuscheltiere ihren Platz gefunden hatten, standen nun Bücher und Fotos von Jungs. Eine Wand war mit Postern von Stars und Männermodels aus der Abercrombie-Werbung gepflastert, die frech geschürzten Lippen und direkten Blicke auf den Betrachter gerichtet.

Auf dem Shabby-chic-Schreibtisch lag ein aufgeschlagenes Buch, als wäre Ellie gerade eben aus dem Zimmer gerannt. Laurna setzte sich aufs Bett und starrte lange Zeit einfach vor sich hin, während in ihrem Kopf Bilder einer glücklicheren, unbeschwerten Zeit abliefen. Es fühlte sich an, als würde sie schlafwandeln, erzählte sie mir. Über allem lag eine Art trauriger Nebel. Sie sehnte sich nach einem kräftigen Drink. Nicht der erste an diesem Tag.

Gedankenverloren fuhr sie mit der Hand über die Steppdecke. Sie war aus Seide und fühlte sich kühl und glatt an. Als sie sich darauf abstützte, um sich zu erheben, spürte sie unter ihrer Hand nahe dem Kopfteil etwas Hartes.

Es war ein kleines Notizbuch mit Spiralbindung und Einhornaufkleber auf dem lila Deckel.

Ellie hatte zum Zeitpunkt des Unfalls immer noch am Scheideweg zwischen Jugend und Erwachsensein gestanden, mal in die eine, mal in die andere Richtung geschwankt.

Laurna lächelte bei dem Gedanken an das Mädchen, das bis vor einem Jahr noch eine wahre Freude gewesen war. Ellie wäre selbst dann ihre Lieblingsnichte gewesen, wenn sie noch tausend weitere gehabt hätte. Carrie hatte in letzter Zeit immer mal wieder über sie geklagt, sich gefragt, ob sie mit diesem Teenager wirklich klarkommen würde.

»Mom hat's auch hingekriegt«, hatte Laurna sie erinnert.

Carrie hatte ihr einen vielsagenden Blick zugeworfen. »Touché.«

Das war eine Woche vor dem Unfall gewesen.

An dem Tag hatten sie das letzte Mal miteinander gesprochen ... Das Band zwischen Schwestern ist eins der unzerstörbarsten, das es gibt. Zerbrechen kann es nur an der Schwiegermutter.

Ich stehe auf und hole Ms Volkmann eine Flasche Wasser von einem kleinen Tischchen hinter uns. Sie trinkt gierig, während sie im Geiste abwägt, was sie als Nächstes sagen wird.

»Ehrlich«, fährt sie fort und zieht das Wort in die Länge, das Lügnern mit Abstand am schwersten über die Lippen kommt, »beim Lesen dachte ich mir nichts weiter. Sie hat über dieselben Sachen geschrieben, die uns in ihrem Alter auch durch den Kopf gingen.«

»Worüber genau?«

»Das Übliche. Ich wünschte, Mom oder wahlweise Dad würde einen Autounfall haben. So was.«

Ich sehe ihr an, dass da noch mehr ist, das sie mir erzählen will. Und ich will es hören.

»Na gut, es sah mehr nach einer Liste von Wegen aus, wie man seine Eltern loswerden kann, nicht einfach ein ›Ich hasse die Welt im Großen und Ganzen‹. Ich habe mir die Seite kopiert, bevor ich das Notizbuch den Detectives in Port Angeles gegeben habe.«

Sie zieht ein Stück Papier aus der Handtasche und reicht es mir.

Es ist wirklich eine Liste.

Von einem Dutzend detaillierter Möglichkeiten, wie Ellie ihre Eltern loswerden könnte. Einige hat sie mit einem Sternchen markiert, andere durchgestrichen. Als würde sie versuchen, sich für die beste zu entscheiden. Auch wenn das Ganze nur in ihrem Kopf stattfand, scheint sie zu den weniger brutalen Mordoptionen tendiert zu haben. ›Gift‹ zum Beispiel war mit einem Sternchen markiert. ›Überdosis‹ war unterstrichen.

›Bei einem Bootsunfall ertrinken‹ war der klare Favorit: zwei Sternchen davor und zweimal unterstrichen.

Den hat sie mit einem Pfeil mit der Überdosis verbunden.

»Genau das ist passiert«, sagt Laurna.

Ich sehe ihr in die Augen. Sie könnte recht haben. Im Kopf gehe ich noch einmal durch, was dafür spricht. Wie Sarah ihren Bruder berührt hat. So zärtlich. Das kam mir zu dem Zeitpunkt schon seltsam vor. Die geflüsterte Drohung, die Ruth in der Nacht nach der Gedenkfeier gehört hat, und wie Sarah ihren Bruder angewiesen hat, wieder ins Bett zu gehen. Wie Joshua sich zu ihr herübergelehnt hat, um ihr ins Ohr zu flüstern. Und noch etwas kommt mir im Nachhinein komisch vor: Das erste Mal, dass ich Joshua gesehen habe, hatte er das Miller-Bier-T-Shirt an – beim nächsten Mal trug Sarah es.

Aber wenn das Ellie ist, wo ist dann Sarah Wheaton?

Ich bitte Laurna, mir die Liste kopieren zu dürfen, und sie folgt mir in den Druckerraum. Während das alte Gerät seinen Dienst tut, nehme ich mir vor, noch einmal zu den Wheatons rauszufahren.

»Übernachten Sie hier in der Stadt?«

»Im Seaport Inn. Mein Mann und ich. Hans meint, das Ganze sei albern. *Du bist verrückt,* hat er mir die ganze Fahrt von Wenatchee rüber immer wieder erklärt. Aber das glauben Sie nicht, oder, Detective?«

Ich bin mir nicht sicher.

»Trauer kann uns in ungewöhnliche Richtungen treiben. Aber ich erkenne Aufrichtigkeit, wenn ich sie sehe. Ich werde der Sache nachgehen. Wenn ich etwas herausgefunden habe, rufe ich Sie im Seaport an.«

Sie ergreift meine Hand und drückt sie. »Vielen Dank! Ich würde Sie damit gar nicht belästigen, wenn ich mir nicht so sicher wäre. Meine Schwester und ihr Mann waren nicht perfekt, aber sie haben ihr Bestes gegeben.«

»Niemand ist perfekt. Aber was genau meinen Sie damit?«

»Hudson war sehr streng. Hat Ellie verboten, auf Dates zu gehen. Mit Jungs zu reden. Wenn er sie erwischt hat, hat er ihr

Hausarrest gegeben. Und Carrie hat ihn einfach machen lassen. Ich denke, sie wollte nicht, dass ihrer Tochter dasselbe passiert wie ihr. Als die beiden geheiratet haben, war sie schwanger. Ellie hat sie mit siebzehn bekommen. Hudson hatte natürlich auch seinen Anteil daran, aber er hat ihr die Schuld gegeben.«

ZWEIUNDDREISSIG

Nachdem Laurna gegangen ist, tue ich, was jeder tun würde, der mehr über jemanden herausfinden will, mit dem er sich für ein Date verabredet hat, über seinen Nachbarn oder über eine Jugendliche, die ihre Eltern ziemlich hasst: Ich durchsuche Ellies Profile auf Facebook, Instagram und sogar TikTok.

In Letzteres komme ich zwar nicht rein, aber auf den üblichen Social-Media-Kanälen finde ich auch so genug über sie heraus.

Ellie Burbanks Instagram-Feed ist öffentlich und voll mit Fotos, auf denen sie sich in Pose wirft und die Lippen schürzt – warum Mädchen der Meinung sind, das lasse sie sexy aussehen, ist mir ein Rätsel. Ich schaue mir die Fotos genauer an. Das Mädchen dort sieht Sarah wirklich verdächtig ähnlich. Die Kopfform und die Gesichtszüge sind dieselben. Die Haarfarbe ist anders, aber dass sich die problemlos ändern lässt, weiß ich aus eigener Erfahrung. Auffällig ist auch das viele Make-up. Während Sarah gar keins trägt, schwört Ellie auf reichlich davon. ›Dezent‹ gehört nicht zu ihrem Wortschatz. Die Augenlider hat sie bevorzugt in Pink- und Goldtönen mit Glitzerelementen geschminkt, die Wimpern sind blau eingefärbt und unnatürlich lang.

Es *könnte* ein und dasselbe Mädchen sein.

Ihre Tante kann das wahrscheinlich mit größerer Sicherheit sagen. Oder der Verlust ihrer Schwester hat sie so sehr getroffen, dass sie jetzt nach einem Grund – oder einem Schuldigen – für den Unfall sucht.

Als ich lese, was Ellie Burbank letztes Jahr gepostet hat, beschleunigt sich mein Pulsschlag:

Meine Eltern sind so scheinheilig. Alle glauben, dass sie nette Leute sind. Sie gehen in die Kirche und tun so perfekt. Wenn ihre Freunde die Wahrheit wüssten, würden sie nie wieder ein Wort mit ihnen reden. Ich komm mir wie ein Idiot vor, dass sie jemals meine Vorbilder waren.

Ich scrolle durch ein paar weitere, die meisten harmloser als diese. Posts über ihre Träume oder ihren neuesten Schwarm. Hauptsächlich über Bieber und Drake und ein paar über Halsey. Ich scrolle noch ein bisschen weiter und stoße auf wütende Tiraden darüber, zu Hause unterrichtet zu werden, dass es so einsam sei, in der Küche zu hocken und zu lernen und nur eine Stunde am Tag ins Internet zu dürfen.

Alle Beiträge wurden zwischen sieben und acht Uhr abends gepostet.

Wenigstens das darf ich machen, ohne dass sie mir ständig über die Schulter gucken. Sie haben eine Art Kindersicherung auf meinem Laptop installiert. Aber ich weiß, wie ich meine Browserchronik lösche und dabei ein paar unverfängliche Seiten stehen lasse, damit sie nicht spitzkriegen, was ich wirklich über sie denke. Sie geben mir kein Handy. Ha ha.

Zwei Punkte gehen mir durch den Kopf: Warum bin ich

so leicht auf Ellies Facebookseite gekommen, wenn sie angeblich schlau genug war, ihre Eltern davon fernzuhalten? Hat sie ihre Privatsphäre-Einstellungen geändert? Und wenn ja, wann?

Und noch etwas ist auffällig. Oder besser: jemand. Eine »Tyra Whitcomb« hat von Ellies Freunden mit Abstand am häufigsten gepostet, und immer irgendeinen speichelleckerischen Kommentar. Es gibt auch Fotos von den beiden, in »real life«, wie man so schön sagt. Sie sieht nett aus. Etwas robuster gebaut als ihre beste Freundin, aber mit derselben Vorliebe für theatralisches Make-up.

Ich klicke auf ihr Profil. Es ist privat.

Aber Whitcomb ist kein sonderlich häufiger Nachname. Also durchsuche ich die Datenbank der Kraftfahrzeugbehörde nach dem Treffer, der den Burbanks geografisch am nächsten ist – drei Türen weiter, um genau zu sein.

Die Telefonnummer herauszufinden ist einfach, mit einem Klick erledigt. Ich komme mir vor wie der genialste Klicker der Welt. Wenn es einen Preis dafür gäbe, würde ich ihn definitiv verdienen.

Ich wähle die Nummer.

Troy Whitcomb geht ran, und ich erkläre ihm, dass ich seine Tochter sprechen möchte. Er ist kurz angebunden. Offensichtlich bin ich nicht die erste Gesetzeshüterin, die wegen ihr anruft.

»Was hat sie jetzt wieder angestellt? Brauchen wir einen Anwalt?«

»Nein, nein, keine Sorge. Ich arbeite gerade am Burbank-Fall und möchte mit ihr über Ellie sprechen.«

Ich hoffe, er kennt sich in Geografie nicht allzu gut aus. Jefferson County ist für die ertrunkenen Burbanks nämlich gar nicht zuständig, das Gebiet gehört zu Clallam County. Aber die meisten Leute aus Seattle denken gar nicht bis über die Stadtgrenzen hinaus. Für sie gibt es da nur die Olympic-Halbinsel oder die restlichen zwei Drittel des Staates, den Osten Washingtons.

»Ach so, die Sache«, atmet er auf. »Das war wirklich hart für sie. Tyra und Ellie standen sich sehr nahe.«

»Den Eindruck hatte ich auch.«

Dass der von Facebook stammt, sage ich ihm lieber nicht.

»Ich brauche zwei Stunden nach Seattle und wollte eh noch ein paar Sachen in der Stadt erledigen, deshalb dachte ich, ich frage bei der Gelegenheit, ob ich mich mit ihr unterhalten könnte. Heute Abend vielleicht?«

Das mit dem Sachen-Erledigen ist gelogen, aber ich will, dass er Ja sagt, deshalb lasse ich das Treffen wie eine reine Formalität klingen.

»Um ein paar offene Fragen zu klären«, füge ich in das Schweigen am anderen Ende hinzu.

Er nimmt sich Zeit mit der Antwort.

»Okay«, sagt er schließlich. »Das ist vielleicht gar keine schlechte Idee. Tyra muss mit der Sache endlich abschließen können. Es nagt schon ziemlich lange an ihr. Seit dem Unfall ist sie nicht mehr dieselbe.«

»In welcher Hinsicht?«, frage ich und füge hastig hinzu: »Abgesehen davon, dass sie ihre beste Freundin verloren hat, natürlich.«

Er seufzt. »Das Übliche. Die Kids heutzutage haben so viel mehr Gelegenheiten, Mist zu bauen, als zu meiner Zeit.«

»Da sagen Sie was.« Ich werfe einen Blick auf die Uhr. Mit etwas Glück erwische ich noch die Fähre von Kingston nach Edmonds, nördlich von Seattle. Das wird allerdings nicht ganz einfach. Der Verkehr um den Puget Sound ist ein einziger Albtraum.

»Ich könnte gegen acht bei Ihnen sein. Ist Tyra dann zu Hause, Mr Whitcomb?«

»Besser wär's«, sagt er kurz angebunden. »Sonst ist Hausarrest das Geringste ihrer Probleme.«

Ich schnappe mir die Schlüssel und haste aus dem Büro. Über die Schulter rufe ich dem Sheriff zu, dass ich auf dem Weg zu einer Freundin der vermissten Ellie Burbank bin.

»Nicht unser Fall«, ruft er zurück.

»Da bin ich nicht so sicher.«

Als ich am Fährhafen ankomme, fahren gerade die Autos auf die Fähre. Ein Glück. Ein Auto nach dem anderen rollt auf das Schiff, jedes mit einem dumpfen Schlag, wenn es auf die Ladeklappe rollt. Ich bleibe im Auto sitzen und kurble das Fenster herunter, um die kühle Brise zu genießen, während wir durchs Wasser pflügen. Mir kommt die Nacht in den Sinn, die Hayden und ich auf einer Fähre verbracht haben. Die Aufnahmen ziehen mich mehr und mehr in eine Vergangenheit zurück, die ich lange versucht habe, zu vergessen.

DREIUNDDREISSIG

Das Viertel, in dem die Whitcombs leben, ist eine ausgesuchte Mischung aus Holzhäusern im Craftsman- und Ziegelsteinhäusern im Tudor-Stil, alle in hervorragendem Zustand, Hecken wie mit dem Lineal gezogen, und Immergrün, das den ganzen Sommer über fleißig zurückgeschnitten wurde. Ein Haus sticht heraus. Selbst wenn ich die Adresse der Burbanks nicht gehabt hätte, wüsste ich, wo sie gewohnt haben. In keinem der Fenster brennt Licht und der Rasen ist länger nicht gemäht worden. Ich parke an der Straße, mittig zwischen dem Haus der Burbanks und dem der Whitcombs. Mein Handy zeigt 19.46 Uhr an. Nicht schlecht. Anstatt bei den Whitcombs zu klingeln, gehe ich rüber zu dem Haus, in dem die Burbanks früher gewohnt haben. Und »früher« trifft es: Es ist wirklich alt. Wahrscheinlich über hundert Jahre. Abgesehen von dem vernachlässigten Vorgarten ist es ein echtes Traumhaus: weiß und grau gestrichen, mit schwarzen Fensterläden und einer leuchtendroten Tür. Im Blumenbeet daneben liegt etwas, das wie Potpourrireste aussieht.

Verwelkte Blumen, zusammengehalten von bunten Bändern.

Sträuße, die im Gedenken an die Familie hier niedergelegt worden sind.

Ich schiebe das Grünzeug mit dem Schuh beiseite, um eine der Karten lesen zu können.

Herzliches Beileid

Wir kannten euch nicht gut, aber wir trauern um den Verlust jedes Einzelnen von euch, Carrie, Hudson und Ellie.

Die Nachbarschaftswache

Als improvisierte Gedenkstätte macht es nicht viel her, aber das ist vielleicht weniger eine Reflexion ihres Charakters als dem Umstand geschuldet, wie abgeschottet die Burbanks gelebt haben. Ich leuchte mit meiner Minitaschenlampe durchs Fenster. Das schummrige Wohnzimmer ist größtenteils leer. Ein paar Möbelstücke stehen an die Wände geschoben noch herum.

Das Eichenparkett ist neu lackiert worden.

Ellies Tante wird das Haus wohl bald verkaufen.

Als ich um das Haus herumgehe, meldet sich eine Frau aus dem Garten, der an den der Burbanks angrenzt.

»Ich rufe die Polizei«, spuckt sie mir förmlich entgegen. »Sie haben kein Recht, sich hier herumzutreiben.«

»Ich bin die Polizei«, antworte ich. »Ich arbeite gerade an ein paar offenen Fragen im Fall Burbank.«

Sie öffnet das Gartentor und kommt herüber. Sie ist Mitte fünfzig, schlank, die braunen Haare im allgegenwärtigen Seattle-Bob frisiert, trägt hellgrüne Gartenhandschuhe und eine kleine Schaufel.

»Zeigen Sie mir Ihren Ausweis«, fordert sie mit zusammengekniffenen Lippen, während ihre braunen Augen mich misstrauisch mustern, als sei ich eine Gefahr für die Allgemeinheit.

Ich erkläre ihr, wer ich bin, und zeige ihr meine Marke.

»Okay«, meint sie verschnupft. »Wir hatten seit dem Unfall nichts als Ärger. Ständig schleichen hier Leute rum.«

Sie heißt Chantelle Potter und wohnt seit zehn Jahren in dem Viertel.

»Carrie und ich waren früher ziemlich gut befreundet. Hudson war eher ein Einzelgänger, aber immerhin kam er zu den jährlichen Viertelpartys. Nette Leute. Ein bisschen komisch.«

Wir setzen uns auf eine Bank.

»Inwiefern?«

Sie schaut kurz zum Haus rüber und ihr Blick zuckt zum Fenster im ersten Stock.

»Ellie«, sagt sie schließlich. »Das Mädchen tat mir leid. Am Anfang war sie einfach eins der Kinder aus der Gegend, die immer miteinander gespielt haben … später war sie praktisch unsichtbar. Bis auf die letzten paar Jahre haben wir sie gar nicht mehr zu Gesicht bekommen.«

Ich weiß nicht genau, worauf sie hinauswill, und das sage ich ihr auch.

»Detective«, sie sieht mir direkt in die Augen, »ich kann es nicht erklären.«

»Versuchen Sie es.«

Chantelle holt tief Luft. »Eines Nachts war Ellie im Garten und hat mit jemandem telefoniert. Ich wollte wirklich nicht lauschen.« Sie hält kurz inne und wirft mir einen Blick zu. »Ich belausche nicht einfach heimlich andere Leute, da können Sie jeden fragen.«

Also belauscht sie einfach heimlich andere Leute. Für Ermittlungen ist das allerdings der praktischste Menschenschlag. Leute, die sich um ihren eigenen Kram kümmern – blöd. Leute, die immer alles wissen müssen, was um sie herum geschieht – prima.

»Natürlich nicht«, versichere ich so glaubhaft wie möglich. »Was haben Sie gehört?«

»Sie weinte. Meinte, sie könne es nicht erwarten, endlich auszuziehen und aufs College zu gehen. Ihre Eltern würden ihr ständig auf der Pelle hängen. So Sachen. Ihr erginge es noch schlimmer als demjenigen am anderen Ende der Leitung.«

Das klingt wie ein typisches Gespräch zwischen Millionen Teenagern praktisch überall auf der Welt.

Sie fährt fort: »Und dann kam Hudson raus und schnauzte sie an, sie solle ihren Arsch ins Haus bewegen und ihm ihr verdammtes Handy geben. Sie warf es in die Büsche in meinem Garten. Da packte er sie am Arm, richtig fest ... aber jetzt nicht so fest, dass es unter Missbrauch fallen würde oder so, sonst hätte ich Ihre Leute angerufen.«

Sie wirft mir einen Blick zu.

»Meinen Sie, ich hätte anrufen sollen?«

Eh zu spät, denke ich.

»Nein«, sage ich. »Sie haben sich auf Ihr Urteil verlassen. Ich verstehe, warum Sie das jetzt hinterfragen, aber dafür gibt es keinen Grund, Ms Potter.«

Sie schenkt mir einen dankbaren Blick.

Eine heimliche Lauscherin mit Gewissen – sogar noch besser.

»Wie war Carrie so?«

»Nett. Passiv. Mit den Jahren wurde sie regelrecht unterwürfig. Ab und an haben wir ein Gläschen Wein zusammen getrunken. Eines Tages kam sie rüber und meinte, dass sie lieber Mineralwasser hätte. Als sie das beim nächsten Mal wieder sagte, hab ich sie gefragt, ob sie schwanger ist oder einen über den Durst getrunken hat und es jetzt mal etwas langsamer angehen lassen will.«

»Was hat sie geantwortet?«

»Stellen Sie sich vor: Sie meinte, sie hätte mit dem Trinken aufgehört, weil Hudson es ihr gesagt hat.«

Innerlich fluche ich lauthals, aber ich zeige es nicht. »Sie meinen, er hat es ihr verboten?«

»Genau. Wortwörtlich hat sie gesagt: ›Hudson will, dass ich meinen Körper nicht länger mit Wein verunreinigen soll. Er ist das Familienoberhaupt.‹«

Oberhaupt?! Sie sieht die Verachtung in meinen Augen und verstummt, als hätte sie schon zu viel gesagt. Verdammt.

Ich versuche, sie zum Weiterreden zu animieren: »Was ging Ihnen dabei durch den Kopf?«

»Zuerst«, erklärt Chantelle, »dachte ich: Ich glaub, ich kenn die Frau gar nicht mehr. Ich wusste, dass sie Ellie zu Hause unterrichten und in eine bibeltreue Kirche irgendwo im Osten der Stadt gehen. Aber dann tat sie mir einfach nur leid. Ich wollte mit ihr darüber reden, sie fragen, wie es ihr denn mit der Entscheidung ginge. Aber ich hab mich nicht getraut. Ich wusste, dass mein Nachbohren das Ganze nur schlimmer machen würde.«

»Können Sie mir irgendetwas über die Whitcombs erzählen?«

»Ob Troy und Tyra Lügner sind? Ja.«

»Was meinen Sie damit?«

»Ich hab Susan Whitcomb vor zwei Wochen gesehen.«

Ich verstehe kein Wort – und das sieht man mir auch an.

»Sie ist nicht bei irgendeinem Unfall gestorben. Ihr Mann und ihre Tochter haben sich die Geschichte ausgedacht, nachdem sie herausgefunden haben, dass sie eine Affäre hatte. Ich weiß nicht, was das sollte. Wahrscheinlich wollten sie Mitleid. Waren froh, sie los zu sein. Und sie hat mitgemacht. So ist Susan. Schwach. Ich hätte ihn richtig bluten lassen.«

»Ich bin ehrlich gesagt sprachlos«, gebe ich zu. »Das erklärt, warum in den Unterlagen nichts über ihren Tod steht. Und auch nichts in der Zeitung.«

»Genau. Die zwei haben darüber geredet, als mache es sie glücklich, wenn sie wirklich tot wäre.«

Wir unterhalten uns noch ein wenig länger. Dann werfe ich

einen Blick auf die Uhr und frage sie, ob ich noch einmal mit ihr sprechen kann. Sie gibt mir ihre Nummer.

»Detective«, sagt sie, als ich gerade gehen will, »ich wünschte, ich könnte Ihnen mehr helfen, aber ehrlich gesagt …« Sie schaut zu dem Zaun hinüber, der ihr Grundstück von dem der Burbanks trennt. »Nachdem Hudson das Oberhaupt oder was auch immer der Familie wurde, war kein Zaun mehr nötig. Er hat eine unsichtbare Mauer zwischen uns hochgezogen.«

VIERUNDDREISSIG

Troy Whitcomb öffnet die Haustür aus glänzendem Mahagoni, bevor ich klopfen kann. Er ist älter, als er am Telefon klang, um die sechzig wahrscheinlich. Bis auf ein Büschel aus grauem Flaum auf dem Scheitel sind ihm die Haare bereits ausgegangen. Er wirkt erschöpft, in sich zusammengefallen. Die Augenringe sind groß genug, um die Reisetasche einer ganzen Familie auf dem Weg zum Strandurlaub darin zu verstauen.

»Haben Sie gut hergefunden?«, fragt er und lässt mich rein. »Ich dachte, Sie wollten um acht hier sein.«

Es ist erst Viertel nach, aber ich entschuldige mich trotzdem.

»Sie wissen ja, wie das mit den Fähren ist.«

Er wirft mir einen argwöhnischen Blick zu.

»Natürlich. Absolut unzuverlässig.«

Sein Tonfall ist anklagend. Das scheint die Straße der Kontrollfreaks zu sein.

Er brüllt die Treppe rauf:

»Tyra! Die Polizei ist hier!«

Für so eine eingefallene Erscheinung hat er eine ziemlich kräftige Stimme.

»Ich habe ihr gesagt, warum Sie hier sind.«

»Vielen Dank. Ist Mrs Whitcomb zu Hause?«

»Susan ist tot. Ein Unfall.«

»Oh, das tut mir leid. Mit dem Auto?« Ich beobachte seinen Gesichtsausdruck. Sein Blick huscht zur Treppe, von der in dem Moment Schritte erklingen.

»Nein. Mit dem Boot«, antwortet er. »Bitte sprechen Sie das Thema nicht an. Tyra war mit ihr auf dem Boot, als es passierte.«

Ich nicke, während meine Gedanken um die auffällige Ähnlichkeit im Leben dieser beiden Freundinnen kreisen.

Eine von beiden lügt.

Die andere ist vielleicht eine Mörderin.

Tyra Whitcomb sieht umwerfend aus. Bei der Frisur, zu der ihre dunklen Haare geformt sind, hatte offensichtlich ein Stylist die Finger im Spiel. Die Erinnerung, wie ich mir selbst die Haare schneide, blitzt vor meinem inneren Auge auf. Ich hatte keine Wahl. Ihre Augen sind strahlend blau, ihre helle Haut ohne Makel. Sie könnte wirklich hübsch sein.

Wenn sie mal lächeln würde.

Ich stelle mich vor.

»Dad sagte, Sie wollen mit mir über Ellie reden.«

»Das stimmt. Ich habe gehört, ihr beiden wart ziemlich eng befreundet. Ich weiß, dass mein Auftauchen hier vielleicht wie ein Eindringen wirkt.«

Tyra zuckt mit den perfekt geformten Schultern. »Passt schon. Als es passierte, war ich ziemlich fertig, aber inzwischen ist es okay. Sie ist an einem besseren Ort.«

Sie wirft ihrem Vater einen spürbar genervten Blick zu.

»Dad, musst du dabei sein? Sie will mit *mir* reden.«

Troy dreht sich um und schlurft in den Nebenraum. Die Küche vermutlich.

»Meinetwegen ... aber pass auf, was du sagst, Fräulein«,

meint er über die Schulter. »Kein Grund, gleich Höhenflüge zu kriegen.«

»Jaja«, meckert Tyra hinter dem Rücken ihres Vaters. »Das sagt heute keiner mehr, nur dass du's weißt.«

Wir setzen uns ins Wohnzimmer. Es ist in dem schrecklichen Stil dekoriert, bei dem alles zu allem passen muss und den nur schlechte Innenarchitekten oder Frauen schön finden, die Magazine über die perfekte Inneneinrichtung förmlich inhalieren.

»Was für ein hübscher Raum«, sage ich.

»Das war Mom«, antwortet Tyra und verdreht herablassend die Augen. »Ihr ist nie ein Tierfell- oder Pünktchenmuster über den Weg gelaufen, dass sie nicht sofort haben musste. Ich hasse es.«

»Dein Dad hat mir erzählt, was deiner Mom passiert ist. Mein herzliches Beileid.«

Tyras blaue Augen verwandeln sich von zwei glitzernden Kristallen in Eissplitter. Sie rutscht unruhig auf dem Sessel im Zebramuster hin und her und ihre Finger drücken auf den sauber aufgereihten silbernen Ziernieten herum, die die Armlehnen einrahmen.

»Ja, ihrer Mom und meiner ist das Gleiche passiert.«

Ihre Stimme ist kalt und abweisend.

»Das hab ich der Polizei längst erklärt. Es ist einfach ein dummer Zufall, mehr nicht.«

Ich nehme etwas Druck raus. »Bestimmt. Aber deswegen bin ich auch gar nicht hier, Tyra. Ich will mehr über Ellie wissen. Es besteht die Möglichkeit, dass sie noch am Leben ist.«

Sie schüttelt den Kopf. »Dann hätte sie sich bei mir gemeldet. Wir waren beste Freundinnen. Genauer gesagt war ich ihre *einzige* Freundin. Ihre Eltern haben sie praktisch eingesperrt. Früher durfte sie zumindest noch vor die Tür, und dann zack, von einem Tag auf den andern dreht ihr Dad völlig frei und sperrt sie ein.«

»Dreht völlig frei?«

»Ja. Als sei er von heute auf morgen plötzlich der Chef im Haus. Hat ihr vorgeschrieben, was sie anziehen darf. Gemeint, Make-up sei was für Schlampen. So Sachen.«

»Ich hab gehört, dass er sehr streng gewesen sein soll«, sage ich und gebe ihr damit einen Anknüpfungspunkt.

Tyras Finger knubbeln an den Ziernieten herum. Einige fehlen bereits.

»*Meine* Eltern sind streng. Vor allem Mom. Dad, naja. Er versucht, mein Freund zu sein, aber letztlich ist er nur ein Besserwisser. Ellies Mom, Carrie, hat alles gemacht, was Hudson wollte. Sie war schwach, als hätte sie überhaupt keinen eigenen Willen.«

Ich stelle fest, dass ich das Mädchen wirklich nicht mag. Natürlich zeige ich ihr das nicht.

»Aber sie war trotzdem ein Mensch, Tyra.«

Sie wirft mir einen abschätzigen Blick zu. »Sie wissen schon, was ich meine, Detective. Sie hat nie ihre Meinung gesagt. Sich nie auf Ellies Seite gestellt.«

Ich nicke. »Erzähl mir von Ellie.«

»Sie war toll. Wir haben jeden Abend telefoniert. Sie durfte kein Handy haben, aber ich hab ihr heimlich eins besorgt. Hab meinem Dad erzählt, dass ich zwei bräuchte, eins für meine Freunde und eins für die Schule. Das hat er nie hinterfragt.«

»Worüber habt ihr euch unterhalten? Hat sie jemals was gesagt, worüber du dir Sorgen gemacht hast?«

Tyra schüttelt den Kopf. »Nein. Bei ihr war alles okay. Am Abend vor dem Ausflug zum Lake Crescent haben wir auch miteinander geredet.«

»Habt ihr geschrieben oder miteinander gesprochen?«

»Sie hat ihr Handy 'ne Woche oder so vorher verloren gehabt, und mein Dad hat sich ziemlich angestellt, als ich ein neues wollte. Meinte, das wär 'ne Lektion für mich, oder irgend so ein Blödsinn.«

Ich erinnere mich daran, was die Nachbarin erzählt hat: dass Ellie sich mit Hudson gestritten und ihr Handy in deren Garten geschmissen hat.

Das war eine Woche vor dem Unfall.

»Hat sie irgendetwas zu dem geplanten Ausflug gesagt?«

»So was wie ›Ich werd ' meine Eltern umbringen und davonschwimmen‹? Nein.«

Sie hat eine der Nieten erfolgreich ausgegraben und rollt sie jetzt zwischen den Fingerspitzen herum.

»Tyra«, sage ich, weil mir langsam die Geduld ausgeht. »Das hier ist kein Witz. Deine Freundin könnte in Gefahr sein.«

»Das ist mir ehrlich gesagt ziemlich egal. Wenn sie wirklich davongeschwommen ist, dann ist sie jedenfalls nicht hierher zurückgekommen. Tolle beste Freundin. Mir ging's zu der Zeit auch nicht grad toll. Nach der Sache mit Mom.«

Das Mädchen ist echt unglaublich. Ich will zwar keinen Streit vom Zaun brechen, aber am liebsten würde ich es darauf ankommen lassen. Stattdessen bohre ich nach.

»Hatte sie einen Freund?«, frage ich, um die Atmosphäre etwas zu entspannen. »Irgendjemanden, dem sie sich sonst noch anvertraut hat?«

»Keine von uns hat feste Freunde. Klar, wir treffen uns mit Jungs, wenn es sich ergibt. Aber wir hängen an niemand Bestimmtem.«

»Verstehe.«

Blödsinn.

Tyra erklärt, sie müsse sich jetzt wieder was auch immer widmen, das sie bis zu meinem Erscheinen beschäftigt hat.

»Mir fällt sonst nichts ein, was ich Ihnen über Ellie erzählen könnte.«

Ihr Vater erscheint im Türrahmen und begleitet mich zur Tür.

Und bevor ich mich versehe, stehe ich wieder draußen.

Einfach so.

Es ist zu dunkel, um nach Ellies Handy zu suchen. Ms Potter würde diesmal garantiert die Polizei von Seattle rufen, wenn sie mich mit einer Taschenlampe im Gebüsch in ihrem Garten herumkriechen sähe. Ich werfe einen Blick auf die Uhr. Wenn ich mich beeile, erwische ich die Fähre noch. Oder ich nehme auf dem Heimweg die landschaftlich schönere Route über die Tacoma Narrows Bridge.

Oder ich mache einfach das, von dem ich längst weiß, dass ich es tun werde.

Schriftlich lügen ist einfacher als mit einer Sprachnachricht.

Sheriff Gray ist sowieso längst im Bett. Ich will ihn nicht wecken.

Also setze ich mich ins Auto und tippe.

Hab die letzte Fähre verpasst und keine Lust, ewig durch die Gegend zu fahren.
Komme morgen später ins Büro. Dann bring ich dich auf den neuesten Stand.

FÜNFUNDDREISSIG

Mein Zimmer im SeaTac Red Roof Inn hat Aussicht auf einen Friedhof und den Verkehr auf dem vielbefahrenen Pacific Highway, bekannt vor allem als Jagdgebiet eines unserer zahlreichen örtlichen Serienmörder. Gary Ridgway ist diesen Teil des Highways auf der Suche nach Dates rauf und runter gefahren. Dates, die er erwürgt und häppchenweise entsorgt hat, vor allem entlang des nahen Green River.

Ich habe kaum geschlafen, und das sieht man mir auch an. Ich bin eigentlich zu jung, um so ramponiert auszusehen, so müde. Ich *fühle* mich nicht müde – im Gegenteil: Der Fall elektrisiert mich förmlich. Ich dusche, putze mir die Zähne mit der Hotelzahnbürste, die dabei reichlich Borsten verliert, und ziehe dieselben Sachen an wie gestern.

Für diesen Walk-of-shame-Look bin ich eigentlich fünfzehn Jahre zu alt. Und schlecht vorbereitet. Ich nehme mir vor, zukünftig immer einen Satz Wechselklamotten im Kofferraum des Taurus zu haben.

Für alle Fälle.

Ich vermute, Chantelle Potter arbeitet nicht in Schichten, deshalb wird sie wohl nicht schon um sieben Uhr morgens im Büro sein müssen. Da ich keinen Durchsuchungsbeschluss habe, brauche ich ihre Erlaubnis, um nach dem Handy zu suchen. Als ich bei ihr ankomme, ist es 7.30 Uhr.

Die Vorhänge sind aufgezogen. Sie ist also wahrscheinlich schon auf.

Während ich parke, öffnet sich das Garagentor und ein Mercedes – klar, was sonst – fährt rückwärts auf die Straße. Mr Potter. Er ist älter als seine Frau, trägt einen sauber gestutzten Bart und hat goldbraune Augen.

Erinnert mich an eine Ziege.

Er bemerkt mich und fährt das Fahrerfenster herunter.

»Kann ich Ihnen helfen?«

»Mein Name ist Megan Carpenter. Ich bin der Detective, mit dem sich Chantelle gestern Abend unterhalten hat.«

Er nickt mir zu. »Ja … wirklich schlimm, das mit den Burbanks. Nette Leute. Schrecklicher Unfall.«

Dass ich stark bezweifle, dass es ein Unfall war, sage ich ihm lieber nicht.

»Ist sie zu Hause?«

»Sie ist immer zu Hause«, meint er leicht gereizt. »Ist gerade bei der dritten Tasse Kaffee.«

Ich bedanke mich und gehe zur Haustür weiter, begleitet vom Rumpeln des sich schließenden Garagentors.

Chantelle ist schnell an der Tür. Sie wirkt in ihrem ärmellosen smaragdgrünen Kleid und den Schuhen, die mehr kosten als ein durchschnittlicher Wochenlohn in Jefferson County, wie aus dem Ei gepellt. Als sie mich erkennt, lächelt sie.

»Wie im Fernsehen«, sagt sie. »Sie sind wiedergekommen, weil da noch eine kleine Sache offen ist.«

»So ähnlich.«

Sie bittet mich herein. Ich bin mir fast sicher, dass keines der Möbelstücke im Fünfzigerjahre-Stil eine Reproduktion ist.

Leder, Holz, Chrom. Dazwischen Modernes aus Stahl und Glas, und natürlich Elektronik. Wie ein Ausstellungsraum für Sachen, die Leute mit Geld heutzutage haben müssen.

Wir setzen uns auf eines dieser Leder-Chrom-Sofas, die unglaublich ungemütlich aussehen, aber tatsächlich sehr bequem sind, und unterhalten uns bei einer Tasse Kaffee aus der Cafetière.

Ich erkläre, dass ich wegen Ellies Handy noch einmal hier bin.

»Wenn das für Sie okay ist.«

Chantelle nickt und nippt an ihrem Kaffee.

»Kein Problem«, sagt sie und stellt die Tasse beiseite. »Ich würde Ihnen ja beim Suchen helfen, aber ich bin mit meinen Freundinnen verabredet. Wir treffen uns einmal die Woche.«

Sie plaudert weiter fröhlich über ihre Verpflichtungen.

Ich beneide sie weiter um ihre Schuhe.

»So, nun lasse ich Sie aber wirklich in Ruhe«, sage ich schließlich. »Sie haben ja auch noch etwas vor.«

Sie seufzt. »Das stimmt. Ich weiß wirklich nicht, wie ich durch den Tag kommen soll. Nachdem ich meine Freundin verloren habe und all das. Gestern Abend habe ich sogar eine Pille mehr nehmen müssen. Es ist so schrecklich, sich vorzustellen, wie Carrie und Ellie ... und Hudson ... Das Ganze ist so traurig.«

Auf mich wirkt sie nicht traurig. Sie will einfach untröstlich rüberkommen, um mir zu beweisen, dass sie ein echter Mensch ist. Keines ihrer Möbelstücke ist ein Imitat. Ihre Gefühle dagegen ...

»Sehr traurig«, sage ich. »Es tut mir wirklich leid, dass Sie Ihre Freunde verloren haben.«

Der Plural ist Absicht – damit sie mich nicht korrigieren und noch einmal beteuern kann, wie sehr sie auch Ellie und Hudson vermisst.

»Vielen Dank, Detective.«

Sie führt mich in den Garten und zeigt auf die Büsche.

»Irgendwo da drüben, da bin ich mir sicher.«

»Danke. Ich gebe Ihnen Bescheid, wenn ich irgendetwas finden sollte.«

Und schon ist sie verschwunden.

Der Garten ist genau wie Chantelle: *Perfekt.* Die niedrige Hecke, die die große Schieferplatten-Terrasse einrahmt, leuchtet in einem so kräftigen Grün und ist so schnurgerade geschnitten, dass ich sie zuerst für eine bemalte Wand halte. Die Büsche haben eine unnatürlich perfekte Form und nirgendwo zeigt sich das kleinste Fleckchen Unkraut. Auf einem Beistelltischchen sind sogar einige Bonsais aufgestellt. Auf halbem Weg zum Zaun zwischen dem Grundstück der Burbanks und dem der Potters ruft Chantelle nach mir.

Ich drehe mich zu ihr um. »Ja?«

»Ich habe das in der Garage ausgegraben«, sagt sie. »Gehört meinem Sohn. Und wie so ziemlich alles, was wir Matt gekauft haben, ist es praktisch unbenutzt.«

Sie hält mir einen Metalldetektor hin.

»Die Sprinkleranlage springt in einer Viertelstunde an. Tut mir leid, ich habe keine Ahnung, wie man sie ausschaltet. Viel Glück, Detective.«

Na prima.

»Danke«, rufe ich ihr zu, während sie mir noch zum Abschied winkt.

Nachdem ich rausgefunden habe, wie das Ding funktioniert, prüfe ich den Bereich entlang des Zaunes. Erst mit den Augen, dann mit dem Metalldetektor des undankbaren Sohns der Potters. Während ich ihn von links nach rechts schwenke, hoffe ich, dass die Sprinkleranlage erst anspringt, wenn ich längst gefunden habe, was ich suche.

Der Metalldetektor ist eine Art Hightech-Zauberstab. Ich *beschwöre* ihn, mir zu helfen.

Und prompt schlägt er unter einer Alaska-Zeder am Zaun an. Er vibriert so heftig, dass ich ihn beinahe fallen lasse.

Schnell streife ich Latexhandschuhe über und knie mich hin, um besser sehen zu können. Sofort saugt sich der Stoff meiner Hose mit Wasser voll. Wenn ich aufstehe, sehe ich bestimmt aus wie ein Statist in einer Waschmittelwerbung. Vorsichtig krieche ich unter die tief hängenden Zweige, um zu sehen, was der Detektor aufgespürt hat. Hier unten, unter dem Nadeldach und direkt am Zaun, ist es ziemlich dunkel. Wie im Keller. Ich kann kaum etwas sehen. Halb blind tasten meine Finger über ein paar Tannenzapfen, bevor sie auf etwas Rechteckiges treffen. Ohne es zu sehen, weiß ich, dass es Ellies Handy ist.

Mit meiner Beute in der Hand krieche ich rückwärts unter dem Nadeldach hervor und verstaue sie in einer Beweismitteltüte.

Mein Herz pocht schneller.

Und ich sehe wirklich wie ein Statist in einer Waschmittelwerbung aus.

In dem Moment, in dem ich die Autotür schließe, springt die Sprinkleranlage an. Ellies Handy ist sicherlich gesperrt, aber ich will zumindest sehen, ob es sich noch laden lässt. Also öffne ich vorsichtig die Beweismitteltüte.

Im Rückspiegel erhasche ich einen Blick auf mein Gesicht.

Ein breites Grinsen zieht sich über mein Gesicht.

Ich fühle mich lebendig.

Weil ich tue, wozu ich bestimmt bin.

Mein eigenes Handy meldet eine eintreffende Nachricht. Ich angle danach, wobei mir Ellies aus der Hand rutscht und zwischen Sitz und Mittelkonsole fällt. Die Nachricht ist von Dan. Ich weiß, dass er sehen kann, dass ich sie gelesen habe, aber das ist mir egal. Ich will wissen, was er zu sagen hat.

Um behaupten zu können, dass er mir nicht immer mal wieder im Kopf herumgespukt wäre, müsste ich eine schlechtere Lügnerin sein.

Detective-Superstar. Hab Sie im Fernsehen gesehen. Würde Sie gerne in real treffen. Wenn Sie nicht antworten, ist das Ihre Antwort. Dan

Sofort fahre ich rechts ran.

Würde Sie auch gerne sehen. Treffe mich @7 mit Freunden im Hops. Kommen Sie vorbei.

Nervös drücke ich auf SENDEN. Ich will mir nicht etwas verbauen, was zur Abwechslung vielleicht mal gut für mich wäre. Als Nächstes schreibe ich Mindy, dass ich mich mit ihr treffen will.

Je mehr, desto besser.

Sie antwortet sofort. Ich soll sie anrufen. Also rufe ich sie an.

»Ich mag ihn«, werfe ich ein, bevor Mindy auch nur ein Wort sagen kann.

»Ich weiß, aber darum geht's nicht, Megan. Ich rufe wegen des Torrance-Falles an. Das sollte heute Abend besser nicht Gesprächsthema sein. Aber wow.«

Sie ist komplett im Mindy-Modus. Ich vermisse sie. Sie ist zwar ein Vollprofi, aber ihre gelegentliche Freude am Makabren kann sie nicht verbergen. Sie liebt Blumen und Blutspritzer gleichermaßen. Ursprünglich wollte sie ihren Laden *»Ins Gras gebissen«* nennen, hat es aber dann doch lieber gelassen.

»Was hast du für mich?«, frage ich.

Sie holt tief Luft und legt los.

»So was wie den Torrance-Fall hatten wir noch nie. Er erinnert mich an den von Carl Tanzler in Florida in den 1930ern.«

Klar. Florida.

Sie erzählt, wie der zwanghafte Radiologieassistent den Körper seiner Angebeteten, Elena Milagro de Hoyos, konserviert hat.

»Er hat sie sieben Jahre lang in seinem Bett liegen gehabt, wie eine tote Sexsklavin.«

»Okay, das ist eklig.«

»Nicht wahr?«, meint sie etwas zu enthusiastisch.

»Regina Torrance hat mit Amy etwas ganz Ähnliches gemacht. Ihre Leiche war mit Aktivkohle und Holzwolle ausgestopft, die Öffnungen hat sie mit – stell dir vor – Saiten aus einem alten Tennisschläger zugenäht. Sie hat Amys Knie- und Ellbogengelenke entfernt und sie durch Federn und Drähten ersetzt.«

Das Bild der Drähte, die von der Decke hängen und mit denen Regina den Körper ihrer Frau bewegt haben muss, blitzt vor meinem inneren Auge auf. Ich lasse Mindys Begeisterung über mich hinwegwaschen, werfe ab und an ein »wow« oder »schrecklich« ein.

»Du hast recht. Darüber können wir vor Dan wirklich nicht reden.«

»Nope. Bis heute Abend.«

SECHSUNDDREISSIG

Im Büro ist es ruhig. Der Sheriff ist auf Schulbesuch im County unterwegs. Er liebt es, mit jungen Leuten über Verantwortung und das Gesetz zu reden. Wobei er mir neulich gestanden hat, dass es zunehmend schwieriger wird, zu den Jugendlichen durchzudringen. In den letzten Jahren hat sich ihre Haltung der Polizei gegenüber gewandelt: von »dein Freund und Helfer« zu Misstrauen und Skepsis. Selbst in so superliberalen Gegenden wie Port Townsend, wo es herzlich wenig Verbrechen und praktisch keinen strukturellen Rassismus bei der Polizei gibt – zumindest nicht, dass es mir zu Ohren gekommen wäre –, schlägt die Stimmung um. Weniger Leute grüßen, wenn Polizisten nach der Schicht noch in den Supermarkt gehen.

So wie die unverbesserliche, selbstgefällige Tyra, die mich praktisch rausgeschmissen hat. Ich frage mich, ob sie mich als »den Feind« angesehen oder etwas zu verbergen hat.

Ich gehe kurz die Prozessliste und meine verpassten Anrufe durch, dann tippe ich die Befragungsberichte ab – einen zu Tyra und einen zu Chantelle. Sheriff Gray wird sie heute Abend lesen, die Details liefere ich ihm morgen früh.

Es ist schon fast sechs.

Meine Klamotten sehen aus, als hätte ich darin geschlafen.

Stimmt ja auch irgendwie.

Also zur Hintertür raus und ab nach Hause. Sechzehn Minuten später schalte ich die lautstarke alte Dusche ein, damit das Wasser nachher warm ist, dann schäle ich mich aus meinen Klamotten und lasse das lauwarme Wasser auf meine Schultern prasseln. Alte Häuser im viktorianischen Stil sind nur von außen charmant. Außer natürlich, man hat ein reichlich gefülltes Bankkonto, um sie ausgiebig zu renovieren. Damit die Abwasserrohre nicht klopfen. Meine Gedanken wandern zu den letzten paar Tagen. Mein altes Leben vermischt sich zunehmend mit dem jetzigen. Die Kassetten. Der Fall. Ständig tun sich neue Ähnlichkeiten zwischen den Wheaton-Geschwistern und meiner eigenen Situation damals auf.

Ich schalte die Dusche aus und trockne mich schnellstmöglich ab.

Zu sagen, mein Kleiderschrank sei eher spärlich bestückt, ist die Untertreibung des Jahrhunderts. Freundlich ausgedrückt. Der Inhalt sieht aus wie der Laden eines Kellnerinnenausstatters: schwarze und blaue Baumwollhosen, weiße Hemden. Blazer vervollständigen die tägliche Arbeitskluft. Eine Galerie des Untragbaren.

Ich überlege kurz, ein Kleid anzuziehen, entscheide mich dann aber dagegen. Schließlich wird Mindy auch da sein und ich müsste später ihren Spott ertragen.

Ich kann sie förmlich hören.

Heilige Scheiße, ich hatte völlig vergessen, dass du Beine hast, Megan.

Also ziehe ich stattdessen die Jeans an, die meine Vorzüge am besten herausstellt, und dazu ein weißes Top, das mir zumindest ein bisschen Sex-Appeal verleiht. Lippenstift, etwas Make-up um die Augen, und schon bin ich wieder unterwegs.

Die Bar hieß ursprünglich mal Hops Ahoy und war auf Touristen ausgelegt. Überall hingen Netze, Steuerräder und riesige Schwarzweißfotos unseres Hafens aus viktorianischer Zeit. Dummerweise suchten die Touristen, die hierher kamen, nicht nach einer künstlich inszenierten, sondern einer authentischen Erfahrung, die um ihrer selbst willen gefiel.

Mindy sitzt alleine an einem Tisch, und ich bin ein bisschen enttäuscht. Als sie mich entdeckt, leuchtet ihr Gesicht förmlich auf, und meins tut es ihr nach. Ich weiß, ich imitiere sie gerade nur, aber das heißt nicht, dass ich mich nicht freue, sie zu sehen.

Nur sitzt Dan nicht neben ihr.

»Bin ich heute deine Anstandsdame oder deine Ausrede, wenn du gehen willst?«, fragt Mindy, während sie nach der Bedienung winkt.

»Weder noch.«

Am liebsten würde ich einen Scotch on the rocks bestellen, wähle stattdessen aber einen Chardonnay.

»Ich weiß auch nicht. Ich bin schon lange keinem Typen mehr begegnet, der mich interessiert. Dan macht mich neugierig.«

Sie nippt an ihrem Wein. »Liegt das an dem Bart?«

Die Frage trifft mich unvorbereitet.

»Woher weißt du, dass er einen Bart hat?«

»Kleinstadt. Hier weiß man Dinge«, erklärt sie.

Ich werfe einen schnellen Blick zur Tür und sacke innerlich wieder ein wenig zusammen.

»Nein, am Bart liegt's nicht. Er wirkt einfach wie ein netter Typ. Interessant. Könnte was werden. Vielleicht auch nicht.«

»Willst du mit ihm schlafen?«, stachelt Mindy mich an wie

früher, als wir uns noch regelmäßiger getroffen haben. Ihre Neckerei ist ungezwungen. Ich habe sie wirklich vermisst. Ich werfe einen Blick aufs Handy. Kurz nach halb acht. Er ist spät dran. Hat auch nicht geschrieben, dass er es nicht schafft.

Also erzähle ich Mindy inzwischen, was ich von Tyra und Chantelle erfahren habe.

»Und bevor du mir erklärst, dass das nicht unser Fall ist – so wie der Sheriff –,ich bin mir sicher, dass es da eine Verbindung gibt. Die beiden Mädchen standen sich unheimlich nahe. Weil Ellie praktisch unter Hausarrest stand, mussten sie sich heimlich unterhalten.«

»Ging sie denn nicht zur Schule?«

Ich werfe einen prüfenden Blick zur Tür.

Kein Dan.

»Nein. Ihre Mom hat sie zu Hause unterrichtet, weil ihr Mann das so wollte. Er war ein echter Kontrollfreak.«

Mindy tut, was sie am besten kann: Sie geht die Informationen, die ich ihr gegeben habe, durch, als würde sie einen Tatort untersuchen.

Ich liebe ihre Art, die Dinge anzugehen.

»Deine Theorie ist also, dass ... was? Die beiden Mädchen zusammen geplant haben, ihre Eltern umzubringen? Warum lebt Tyras Dad dann noch?«

»Weil der Plan nur von einer Seite wirklich ernst gemeint war. Tyra hat das Ganze für ein Spiel gehalten. Sie hatte nie vor, ihre Mutter loszuwerden. Sie hat Ellie einfach nur erzählt, wie sie es anstellen würde – und dann behauptet, sie hätte es getan.«

»Wie ist sie damit durchgekommen?«

»Leichter, als man denkt. Tyra wusste, dass ihre Freundin keinen Internetzugriff hat. Sie konnte die Lokalnachrichten nicht checken. Ihr Handy, quasi ihre Rettungsleine, war ja weg.«

Mindy schaut von ihrem Weinglas auf.

»Das ist ziemlich verdreht, Megan.«

»Wie der Sheriff immer sagt: ›wie ein Softeis‹.«

Als ich gerade einen weiteren Blick aufs Handy werfen will, höre ich seine Stimme.

»Hey, Detective«, sagt Dan, der plötzlich neben mir steht.

»Hey«, antworte ich. »Das ist meine Arbeitskollegin Mindy Newsom.«

Er lächelt. »Wir sind uns schon mal begegnet.«

»Ja«, sagt sie. »Im Laden.«

»Wusste gar nicht, dass Sie da auch arbeiten, Megan.«

»Sie ist außerdem Kriminaltechnikerin. Eine verdammt gute sogar.«

»Wenn ich so gut wäre«, sagt Mindy, während Dan seine hagere Gestalt auf den Sitz neben mir faltet, »wäre ich irgendwo anders und würde Leichen ausgraben, anstatt Blümchen zu pflanzen.«

Dan trägt eine leichte Steppjacke über einem eng anliegenden T-Shirt und riecht ein bisschen wie Lagerfeuer, aber angenehm. Er bestellt einen Scotch aus einer lokalen Destillerie.

Hätte ich auch machen sollen. Zu Hause trinke ich Wein, weil er gut zu Fischstäbchen passt und allem, was ich sonst noch vom Gefrierfach in den Backofen befördere.

Während ich am Tisch sitze und zuhöre, wie mein Leben sich von einer Kassette abspult.

Wir reden bewusst weder über den Wheaton- noch über den Burbank-Fall.

Sondern lieber über schöne Dinge. Sein Hof. Seine Schnitzereien. Dan schaut mich erwartungsvoll an. Mindy bemerkt meinen panischen Blick und erzählt fröhlich von ihrer Familie und ihrer bisher ausgesprochen erfolglosen Mission, einen Hortensienhybriden zu züchten, der an sonnigen Plätzen gedeiht.

Sie weiß kaum etwas über meine Vergangenheit. Nicht so viel wie Sheriff Gray.

Und ganz sicher nicht so viel, wie ich Dr. Albright gegenüber preisgegeben habe.

»Was ist mit Ihnen, Detective?«, fragt Dan.

Ich rutsche unruhig auf dem Stuhl herum. »Bitte nennen Sie mich Megan.«

»Okay. Was ist in Ihrem Leben so alles passiert?«

Die Frage lädt mich geradezu dazu ein, zu lügen, und ich will nicht mehr lügen. Aber ich tue es trotzdem.

»Meine Eltern sind bei einem Autounfall gestorben, als ich klein war. Gab sonst keine Verwandten, die uns hätten aufnehmen können.«

Er sieht mich mit seinen freundlichen Augen an.

»Das tut mir leid.«

Ich nicke ihm zu. Ich hasse es, dass mein Leben daraus besteht, meine Spuren zu verwischen.

»Uns?«, fragt er. »Haben Sie noch Geschwister?«

»Einen Bruder. Er ist in Übersee stationiert.«

Und hasst mich. Will nichts mit mir zu tun haben. Das ist meine Schuld. Alles ist meine Schuld!

Meine Hilflosigkeit schnürt mir die Kehle zu. Erwürgt mich fast. Ich will nicht mehr darüber reden. Deshalb werfe ich Mindy einen Blick zu.

Sie kennt mich gut. Zumindest gut genug, um mir einen Rettungsring zuzuwerfen.

»Ja«, sagt sie und streichelt meine Hand. »Megan hat viel durchgemacht, aber sie ist der tollste Mensch, den ich kenne.«

Das klingt, als wolle sie mich verkaufen, aber zumindest schiebt es dem Thema sauber einen Riegel vor.

»Ich wollte nicht neugierig sein«, sagt Dan.

»Schon okay.«

Also reden wir darüber, was jeder von uns morgen vorhat.

Mindy stellt ein Bukett für eine Beerdigung zusammen. Dan installiert ein Eingangstor.

Und ich? Ich jage einen Mörder.

Wir bezahlen und verlassen die Bar. Seemöwen, die sich dahinter versammelt hatten, fliegen auf. Der Mond schickt einen goldenen Lichtstrahl über das schwarze Wasser der Bucht. Von Port Townsend nach irgendwo ganz weit weg. Mindy steuert ihren Van am anderen Ende des Parkplatzes an.

»Ich parke immer direkt an der Straße«, hat sie mir mal erzählt, »weil mein Auto ein fahrendes Werbeplakat ist.«

»Hey«, meint Dan und zögert, bei meinem Auto angekommen, »ich gehe Samstag zu einer Kunstausstellung. Die Konkurrenz begutachten, Sie wissen schon. Wenn Sie Zeit haben, wollen Sie mich begleiten, Megan?«

Mein Samstag ist damit verplant, Rechnungen zu bezahlen und mich um den ganzen Kram zu kümmern, der seit dem Wheaton-Fall zu kurz gekommen ist.

Diesmal lüge ich nicht, um mich zu schützen, sondern um mich bewusst einer Gefahr auszusetzen. Allerdings einer guten.

»Hab noch nichts vor. Warum nicht?«

Dan schenkt mir sein attraktives Lächeln.

»Dann ist es abgemacht. Ich schicke Ihnen die Details.«

»Gute Nacht, Dan.«

»Nacht, Megan.«

Als ich den Motor starte, erklingt das typische Geräusch eines Handys, das aufgeladen wird: ein leises Vibrieren. Instinktiv sucht meine Hand danach. Es steckt zwischen Sitz und Mittelkonsole. Und es ist nicht meins. In der Eile, mich mit Dan zu treffen, hatte ich das Handy völlig vergessen, das ich in Chantelles Garten gefunden habe. Das ist ein unverzeihlicher Fehler. Ich hätte es sofort als Beweisstück erfassen müssen, als ich ins Büro gekommen bin. Jetzt ziehe ich es am Ladekabel hervor.

Der Bildschirm leuchtet. Ich starre darauf. Das Hintergrundbild ist ein Gesicht, halb verdeckt von den zahlreichen Appsymbolen.

Aber ich weiß, wer das ist.

Ich kenne das Gesicht.

SIEBENUNDDREISSIG

Der Sheriff sitzt auf seinem mit Klebeband geflickten Polsterstuhl und liest den *Leader*. Aus dem Radio erklingt leise Countrymusik. Aus dem Mülleimer bei der Tür ragt eine ölige Fastfoodtüte. Normalerweise würde ich ihn damit aufziehen, aber diesmal nicht.

Ich sage nicht mal guten Morgen.

»Du musst mit mir zu den Wheatons raus kommen. Ich erklär dir alles unterwegs.«

Die Dringlichkeit in meiner Stimme bringt ihn im Nu auf die Beine.

Als wir gerade zur Tür hinauswollen, ruft uns Nan hinterher, dass das Kriminallabor am Telefon ist.

»Sollen sie es später noch mal versuchen?«

Ich reiße ihr den Hörer aus der Hand. Möglich, dass ich ihr dabei wehtue, aber das ist mir egal. Mit ihr ist jeder Moment anstrengend. Ich bin mir ziemlich sicher, das macht sie mit Absicht.

»Hi Detective, hier ist noch mal Marley«, sagt eine bekannte Stimme. »Ich hab Neuigkeiten für Sie. Ziemlich spannende sogar.«

Er gehört garantiert zu der Generation, die *CSI im Fernsehen geschaut hat.* Die dachte, der Job würde unheimlichen Spaß machen und sie würden dabei den ganzen Tag Songs von *The Who* hören. Bis sie sich im langweiligen Alltag eines Kriminallabors wiederfanden.

»Ich bin ganz Ohr.«

»Okay. Gut. Also so weit sind wir im Moment: Am Hammer haben wir Blut von drei verschiedenen Leuten gefunden, also vermutlich drei Opfer; zwei weibliche, ein männliches. Die Haare und ein Teil des Blutes stimmen mit unserem Opfer, Mrs Wheaton, überein. Die anderen beiden sind nicht im System, aber die DNA des zweiten weiblichen Opfers weist einen Verwandtschaftsgrad sowohl mit dem männlichen Opfer als auch mit Mrs Wheaton nach. Das einzige andere Werkzeug auf dem Grundstück, an dem Blut gefunden wurde, ist eine Schaufel. Das stammt auch von Mrs Wheaton.«

Ich versuche, das zu verarbeiten.

»Verrückt, oder?«

»Kann man so sagen. Bei den Blutspritzern an der Wand dasselbe?«

»Genau. Blut von allen drei Opfern.«

»Danke, Marley. Schicken Sie mir den Bericht.«

Ich warte nicht mal, bis wir zur Tür raus sind.

»Drei Opfer, sagt das Kriminallabor«, berichte ich und springe auf den Beifahrersitz von Sheriff Grays Auto.

Er schaut mich verwirrt an.

»Was meinst du, was das heißt?«

Ich ziehe die Tür zu und schnalle mich an. »Sarah. Es besteht die Möglichkeit, dass sie eigentlich Ellie Burbank aus Seattle ist.«

Auf der Fahrt nach Snow Creek hört er gespannt zu, wie ich ihm von Ellie erzähle. Davon, dass sie vielleicht gar nicht auf dem Grund des Lake Crescent liegt, und davon, dass Susan Whitcomb ziemlich sicher noch am Leben ist – dass ihr angeblicher Tod lediglich als Inspiration für den Tod der Burbanks gedient hat. Dann bringt er mich im Fall Torrance auf den neuesten Stand. Die nationalen Nachrichtensender fangen langsam an, sich zu melden.

»Und ihre Tante ist sicher, dass es Ellie ist? Nicht Sarah?«

»Das glaubt sie zumindest.«

»Auf einmal wimmelt's hier von Morden«, sagt er.

Ich kann nicht widersprechen.

»Wir müssen Merritt Wheaton finden. Er ist irgendwo da draußen.«

»Stimmt. Das ist erst der Anfang.«

Ich schaue aus dem Fenster, während mir der Gedanke durch den Kopf geht, dass dieser Fall mit Abstand der bizarrste ist, mit dem ich je zu tun hatte.

Zumindest offiziell.

ACHTUNDDREISSIG

Bernadine Chesterfield, grandiose Wichtigtuerin und Selbstdarstellerin – eine Frau, die ihren vielzitierten Moralkodex ohne zu zögern in tausend Teile zerdeppern würde, wenn sie dafür im Zentrum der Aufmerksamkeit stehen dürfte, sitzt wie ein Häufchen Elend am Straßenrand.

Wir halten abrupt an und springen raus.

Ich verabscheue diese Frau, und damit bin ich nicht allein. Sie weint, in sich zusammengerollt wie ein überdimensionierter Ball, und sieht aus, als hätte sie jemand zu Tode erschreckt.

Aber das stimmt nicht ganz. Etwas anderes ist nicht in Ordnung.

Der Sheriff geht auf sie zu, ich folge ihm in ein, zwei Schritten Abstand. Bernie und ich haben eine Vorgeschichte. Eine ausgesprochen zwiespältige. Sie weiß nicht, dass die Beschwerde über ihren Umgang mit den Medien während der Trauerfeier der Wheatons von ihm stammt. So kurz ihr Einsatz auch war.

Und so künstlich.

»Ich bin so dumm«, sagt sie immer und immer wieder. »So gottverdammt dumm.«

Von mir hört sie keinen Widerspruch. Von Sheriff Gray auch nicht.

Ohne, dass wir groß nachhaken müssen, entrollt sie sich und beginnt zu erzählen. Ihre blaue Hose ist zerrissen, an einem Ärmel klebt Blut.

Sie sieht, wie wir den Zustand ihrer Kleidung und das Blut mustern, das von ihrem Arm tropft.

»Mir geht's gut. Nur ein Kratzer. Ich bin gerannt, so schnell ich konnte.«

»Was ist passiert?«, fragt Sheriff Gray.

Sie stützt sich am Auto ab.

»Ich bin hier rausgefahren, um nach den Kids zu sehen. Sie schienen so verloren. Wirklich. Ich wollte nur helfen.«

Ich frage gar nicht erst, ob ihr Besuch offizieller Natur war – ich weiß, dass die Antwort Nein lautet. Schließlich weiß ich, wie sie tickt.

»Im Haus war es ruhig, deshalb bin ich auf die Suche nach den beiden gegangen. Ich dachte, vielleicht sind sie im Obstgarten, aber da waren sie nicht. Da hab ich angefangen, mir Sorgen zu machen. Nach all dem, was hier passiert ist. Ich wusste nicht, was ich tun soll. Ich dachte, vielleicht ist ihnen was passiert.«

Am liebsten würde ich ihr sagen, sie solle endlich zum Punkt kommen, aber ich halte den Mund. Der Sheriff fordert sie auf, weiterzuerzählen.

»Also bin ich noch mal ins Haus zurück, um eine Nachricht zu hinterlassen. Mein Handy hat hier draußen keinen Empfang, deshalb konnte ich nicht anrufen.«

»Hier draußen gibt es generell keinen Empfang, Bernie«, sagt der Sheriff.

Sie nickt. »Eben. Also habe ich eine kurze Nachricht geschrieben, und als ich zu meinem Auto zurückging, dachte ich, ich hätte ein Geräusch von der Scheune her gehört. Es klang wie ein verletztes Tier oder so. Total gedämpft. Also bin ich reingegangen, und o Gott … hab etwas gesehen, dass ich nicht hätte sehen sollen.«

»Was denn, Bernie? Was haben Sie gesehen?«, frage ich. Ich weiß, ich bin kein sonderlich geduldiger Mensch. Nicht so wie der Sheriff.

»Ich hab noch mal nach ihnen gerufen. Und dann hab ich sie gesehen. Sie waren im hinteren Teil der Scheune. Joshua hat geweint und Sarah hat ihm gesagt, dass alles in Ordnung sei. Als er mich gesehen hat, hat er aufgehört. Und als er sich zu mir umgedreht hat, ich weiß auch nicht … hab ich gesehen, dass seine Hose offen war. Er hat gesehen, dass ich es gesehen hab, und hat sich schnell weggedreht, während Sarah mich angeschnauzt hat.«

»Was hat sie gesagt?«

»Sie hat ganz böse geguckt und mir erklärt, ich hätte gar nichts gesehen. Ich hab gelogen und gefragt, was sie damit meint. Dann hat Joshua so was wie ›Es gibt ja auch gar nichts zu sehen‹ zu ihr gesagt. Ich hab ein paar Schritte rückwärts gemacht und erklärt, dass ich nur mal nach ihnen schauen wollte, aber jetzt gehen würde. Ob sie irgendwas bräuchten? Dass ich schnell im Supermarkt vorbeifahren könnte. Dann hab ich mich schleunigst davongemacht. Ich bin nicht mal zu meinem Auto gerannt, weil ich dafür noch mal an der Scheune vorbeigemusst hätte.«

Sheriff Gray schaut mich an, dann wieder Bernie.

»Was, glauben Sie, haben die zwei da gemacht?«

»Sex«, flüstert sie. »Das haben sie gemacht. Sie hatten Sex.«

Ich setze mein Pokerface auf und sage ihr nicht, was ich weiß.

»Ich weiß wirklich nicht, was ich mir dabei gedacht habe, die beiden hier draußen zusammen zu lassen. Ich dachte einfach … ich dachte, sie sollten zusammenbleiben, schließlich sind sie Bruder und Schwester.«

Ich tue so, als ginge mir ihr Zustand nicht am Allerwertesten vorbei. »Es ist nicht Ihre Schuld. Sie haben die Lage ja sorgfältig eingeschätzt und keinen Grund gehabt, irgendetwas Unrechtes zu vermuten, nicht wahr?«

Bernie weiß, was ich damit bezwecke. Ich bin nicht immer so clever, wie ich denke. Oder vielleicht doch? Ich will, dass sie weiß, was ich von ihrer Arbeitsweise halte: Dasselbe wie alle anderen Gesetzeshüter von Jefferson County. Jeder weiß, dass sie den Job seit Jahren zu ihrem Privatvergnügen macht.

Sie schlingt die Arme um den Körper und tut so, als würde sie erschauern.

»Ich weiß, dass Sie es nur gut meinen«, sagt der Sheriff.

Sie schnieft, als hätte sie geweint. »Das stimmt. Das stimmt wirklich.«

»Haben Sie Ihr Handy bei sich?«, frage ich.

Sie schüttelt den Kopf.

»Nehmen Sie meins. Und unser Auto. Fahren Sie, bis Sie Empfang haben, das sind nur ein paar Meilen. In der Gegend ist eine Patrouille unterwegs. Sagen Sie ihnen, wir brauchen hier etwas Verstärkung.«

Der Sheriff nickt.

Er weiß, was ich weiß.

NEUNUNDDREISSIG

Ich greife nach meiner Waffe, aber der Sheriff bedeutet mir, sie stecken zu lassen.

»Wir wollen sie nicht zu etwas aufstacheln, mit dem wir nicht zurechtkommen«, sagt er leise, flüstert es beinahe. »Wir wollen die Situation halbwegs ruhig auflösen.«

Ich sage, dass ich ihm zustimme. Gleichzeitig weiß ich, womit wir es zu tun haben. Ich weiß, dass Ellie hier der Boss ist. Leuten wie ihr bin ich schon ein paar Mal begegnet. Sie hat Joshua um den Finger gewickelt. Seine Familie ist tot, weil sie sie loswerden wollte.

Genauso, wie sie ihre Eltern loswerden wollte.

Auf der Straße knirscht Kies. Die Verstärkung ist da.

Sheriff Gray bedeutet den Deputys, zurückzubleiben, außer Sicht, während wir auf die Scheune zugehen.

Das Gras ist grün und man sieht, wo es durch Fußspuren niedergedrückt wurde. Die Szenerie scheint einer Postkarte entsprungen zu sein: Das Haus. Die Werkstatt. Die Scheune. Der Obstgarten, in dem die Gedenkfeier für Mrs Wheaton abgehalten wurde. Die Äpfel sind reif. Die Goldzeisige in den

Zweigen verlieren langsam ihr leuchtendgelbes Federkleid und nehmen das braun-graue der kalten Jahreszeit an.

Joshua erscheint im Eingang der Scheune. Seine Schulter blutet. Sein weißes Hemd sieht aus wie ein blutroter Rorschachtest.

Er stolpert uns mit wilden, angsterfüllten Augen entgegen. Auch Verwirrung steht darin.

»Sie hat auf mich eingestochen«, sagt er. »Sie hat versucht, mich umzubringen.«

Er fällt auf dem staub- und heubedeckten Boden auf die Knie.

»Wo ist sie?«, frage ich, während ich mich zu ihm herunterbeuge und mein Sakko ausziehe.

»Weg. Sie ist weg.«

Ich presse das Sakko auf die Wunde.

»Halt das fest. Das wird schon wieder«, sage ich, auch wenn ich weiß, dass das nicht stimmt. Er wird den Rest seines Lebens im Gefängnis verbringen.

Sheriff Gray fragt: »Was ist passiert?«

Joshua wirkt verloren, sprachlos. In seinen Augen glitzern Tränen. Das ist ein Trick. Sie hat alles unter Kontrolle. Wann er was zu wem sagt, bestimmt Ellie. Sie hat mehr Macht über ihren Geliebten als Delilah über Samson. Wenn wir sie finden, wird sie ihm die ganze Schuld zuschieben.

Und er liebt sie so sehr, dass er das zulassen wird.

Der Sheriff überlässt mir das Kommando. Nicht, dass er mir das schuldig wäre – aber er respektiert mich, deshalb lässt er mir den Vortritt.

Ich wähle einfache Worte, angefüllt mit all dem, was er hören muss. Damit er uns die Wahrheit sagt.

»Joshua, wir wissen, was mit deiner Familie passiert ist. Wir wissen, dass Ellie nicht Sarah ist.«

»Das ist eine Lüge. Sie ist Sarah.«

»Was ist mit deinen Eltern, Josh? Du weißt, was mit ihnen

passiert ist. Genau wie wir. Dein Vater hat deine Mom nicht getötet, stimmt's?«

Sheriff Gray winkt die Deputys näher und weist den jüngeren der beiden an, einen Krankenwagen anzufordern.

Dann sieht er zu mir.

»Leg ihm Handschellen an. Wir checken die Scheune, dann gemeinsam den Rest des Grundstücks.«

Ich nicke.

»Mein Junge, du musst uns sagen, wo Ellie ist. Du wirst es vor Gericht schwer genug haben – das ist deine Chance, damit es zumindest etwas einfacher für dich wird.«

Als ob an einem Dreifachmord irgendetwas einfach wäre.

»Also, wir gehen zuerst in die Scheune«, ordnet der Sheriff an. »Wir suchen nach dem Mädchen.«

Joshuas Augenlider flattern, als ich ihm die Handschellen anlege, und seine Pupillen werden immer größer. Er steht unter Schock. Er braucht einen Arzt. Der Deputy, der den Krankenwagen angefordert hat, macht sich auf den Weg zu uns. Ich winke ihm, damit er sich beeilt, und er schreit: »Achtung, Detective!«

Sheriff Gray hechtet in meine Richtung, aber es ist zu spät.

»Sie hat ein Messer!«

Ellie hat sich auf mich gestürzt wie eine Furie. Ich liege mit dem Gesicht im Dreck, während sie mir die Klinge an den Hals drückt.

»Wenn du dich bewegst, schlitze ich dir die Kehle auf«, sagt sie gelassen. Sie meint es ernst. Hat es vielleicht sogar schon mal getan. Sie sucht nach den Schlüsseln für die Handschellen, aber die sind in meiner vorderen Hosentasche, unter meinem Gewicht begraben. Ihr heißer Atem brennt mir im Nacken, während ihre Finger wie hundert Spinnen über meinen Körper krabbeln.

»Du willst das nicht tun, Ellie«, fleht Sheriff Gray.

Ihr Blick huscht kurz zu ihm.

»Du hast keine Ahnung, was ich tun will.«

Sie presst die Klinge fester gegen meine Kehle, während sie sich an Joshua wendet.

»Das hast du gut gemacht.«

Ich ringe nach Luft, atme aber vor allem Dreck ein und komme mir so dumm vor wie noch nie in meinem Leben.

Auch wenn Joshua ernsthaft verletzt ist, war das Ganze eine Falle. Sie hat ihn als Köder benutzt. Und wir sind drauf reingefallen.

Wir hätten es besser wissen müssen.

Ich hätte es besser wissen müssen.

Das Blut, das aus Joshuas Wunde sickert, bildet langsam eine Pfütze.

»Wir wissen, dass du Ellie Burbank bist«, sage ich. »Morgen um die Zeit kennt jeder deinen Namen und weiß, wie du aussiehst. Also hör auf. Jetzt sofort. Bevor du alles verlierst.«

Ellie zischt wütend: »Du blöde Schlampe! Lieber hab ich das Nichts, das ich jetzt hab, als irgendwas von dem, was ich früher hatte. Der ganze Mist, der Leuten wie dir so wichtig ist, ist mir scheißegal. Ich scheiß sogar auf Freiheit.«

Sie hat den Schlüssel gefunden.

»Steh auf, Josh. Komm hier rüber.«

Er rutscht im Dreck aus, und unartikulierte Laute dringen aus seiner Kehle.

Sie dreht sich um, um ihm den Schlüssel zu geben. Das ist meine Chance – und ich nutze sie wie ein blutiger Anfänger:

Ich greife nach dem Messer. Bescheuert. Natürlich schneidet es mir in die Hand, und ich schreie auf vor Schmerz. Dann werfe ich mich so heftig herum, dass sie abgeworfen wird und auf Joshua fällt, der einen gurgelnden Schrei ausstößt.

Und dann, ein kehliges Staccato: »Ich hab sie nicht getötet!«

Ellie rutscht von Joshua herunter. Ihr Blick wirkt erstarrt und leer.

»Er hat mich vergewaltigt!«, schreit sie. »Hat mich gefangen gehalten. Ich dachte, er wäre ein netter Kerl, aber er ist ein Monster!«

Ich weiß, wer hier das wahre Monster ist.

Es ist jung. Hübsch. Und böse.

»Netter Versuch«, sage ich, während der Sheriff und die Deputys uns umstellen, Blut aus meiner Wunde quillt und der Staub unter Joshuas Körper sich rot verfärbt.

Sheriff Gray zieht mich mit panischem Blick hoch und zur Seite, während er ein T-Shirt mit Miller-Highlife-Logo gegen meine Hand presst, das er in der Scheune gefunden hat.

Ich schaue zu Joshua hinüber.

Er lebt.

»Jemand muss die Blutung stoppen«, sage ich und zeige auf ihn.

Der erste Krankenwagen braust mit Sirene und Blaulicht davon, die die schreckliche Szenerie noch zusätzlich unterstreichen.

Ich sitze im zweiten Krankenwagen und bin gleichermaßen beschämt und stolz. Ich weiß, dass meine Nachforschungen wesentlich zur Lösung des Falls beigetragen haben. Aber ich war unachtsam. Ich beobachte, wie Mindy die Deputys anweist, Beweisstücke einzusammeln und den Tatort zu sichern. Sie setzen ihre Schritte präzise und umgehen alle Bereiche, in denen sich weitere Spuren befinden könnten.

Der Sheriff gießt heißen Kaffee aus einer Thermoskanne in einen Pappbecher und reicht ihn mir. Dank der Bandage kann ich ihn problemlos ohne Papphülle als Hitzeschutz halten. Das ist so ziemlich der einzige Vorteil meiner Verletzung.

»Er wird durchkommen«, sagt er.

»Gut. Sterben wäre zu einfach.«

Er weiß, was ich damit meine: dass er seiner gerechten

Strafe entgehen würde. Auch wenn es wie ein bitterer Kommentar klingt, geboren aus meiner eigenen Vergangenheit.

»Wie geht's dir, Megan?«

»Ich bin okay. Ich denke nur nach.«

»Worüber?«

Ich kippe den Kaffee hinunter. Er schmeckt gut und ich kann das Koffein gut gebrauchen, weil ich keine Schmerzmittel genommen habe. Ich will das hier bewusst erleben. Diesen Moment. Das Foto von dem Mädchen und ihrem Bruder, das im Wohnzimmer hängt, taucht vor meinem geistigen Auge auf.

»Sarah Wheaton. Wir müssen sie finden.«

»Sie oder ihre Leiche?«

Mein Blick bleibt an dem Polizeiauto hängen, in dem Ellie sitzt.

»Stimmt. Unter den Proben vom Tatort war das Blut eines dritten Opfers. Weiblich. Joshua hat gesagt, er hätte sie nicht getötet. Meinte er damit Sarah?«

»Alles gute Fragen.«

Ich erhebe mich. »Entschuldige mich kurz, Sheriff.«

Ich gehe hinüber zu dem Streifenwagen, der Ellie ins Gefängnis von Jefferson County bringen wird, klopfe ans Fenster und bitte den Officer, mich kurz mit ihr unterhalten zu dürfen.

»Allein.«

Er versucht, mich davon abzubringen, weil er es für gefährlich hält.

»Sie hat schließlich versucht, Sie zu töten.«

Mir liegt ein »Da ist sie nicht die Erste« auf der Zunge, aber ich schlucke es hinunter. Es machen so schon genug Gerüchte die Runde, dass ich aus zerrütteten Verhältnissen käme. Keine Eltern. Keine Familie. Autounfall? Mord mit anschließendem Selbstmord? Mir ist schon einiges über mich zu Ohren gekommen.

Dabei können sie sich die Wahrheit nicht einmal vorstellen.

»Aber es ist ihr nicht gelungen«, sage ich stattdessen. »Es dauert nicht lange, okay?«

Er steigt aus. Ich lasse mich auf den Fahrersitz gleiten und betrachte sie im Rückspiegel. Das Metallgitter, das uns trennt, zeichnet ein Schachbrettmuster auf ihr Gesicht. Sie reagiert gar nicht auf meine Anwesenheit.

Ich ziehe das Handy aus der Tasche und schalte es ein. Ohne mich umzudrehen, halte ich es so, dass sie den Bildschirmhintergrund sehen kann. Das Bild von Joshua, größtenteils verdeckt von ihrer Sammlung an Apps. Ungefähr in der Mitte des Bildes sieht man das unverwechselbare »M« des T-Shirts mit dem Bierwerbelogo darauf, das er getragen hat, als ich das erste Mal hier war.

Und das sie das nächste Mal anhatte. Dieses Detail ist mir so hängengeblieben, dass ich möglicherweise auch ohne das Handy rausgefunden hätte, was zwischen den beiden abläuft.

Auch ohne Bernies Entdeckung.

Ihre Augenlider flattern kurz, ansonsten zeigt sie keinerlei Emotionen.

»Unsere Techniker werden es schnell entsperren, und dann folgen wir einfach der Spur deiner Textnachrichten, Ellie. Sie werden uns zu Josh führen. Und sie werden uns noch etwas verraten, nicht wahr?«

Sie rührt sich nicht.

»Du hast deine Eltern getötet.«

»Sie wissen gar nichts, Detective. Das werden Sie schon noch sehen.«

Sie spielt die Toughe, klingt aber eigentlich nur trotzig. Ich durchschaue ihre Maskerade. Sehe eine Soziopathin, die weiß, dass sie verloren hat. Dass sie sich aus dieser Sache nicht herauswinden kann.

»Wo ist Sarah?«

Zum ersten Mal sieht sie mir direkt in die Augen.

»Keine Ahnung. Als Joshua mich geschnappt hat, waren sie alle schon nicht mehr da.«

»Geschnappt?«

Sie seufzt ungeduldig, um mich wissen zu lassen, dass sie frustriert ist.

»Das hab ich doch gesagt, Detective. Er hat mich eingesperrt. Mich vergewaltigt. Ich war seine Gefangene.«

Sie bleibt bei ihrer Geschichte. So fadenscheinig die auch ist.

»Das Handy, Ellie. Was du sagst, werden wir widerlegen. Das ist dir doch klar, oder? Wir werden der Spur folgen, die du auf diesem Handy hinterlassen hast.«

Sie sieht zu, wie Mindys Van davonfährt. Dann der Krankenwagen.

Der Officer klopft ans Fenster.

»Es ist mir wirklich egal, was Sie meinen, herausfinden zu können«, sagt sie, als ich mich zu ihr umdrehe. »Ich bin einfach nur froh, dass es vorbei ist.«

»Es ist noch lange nicht vorbei, Ellie. Für dich geht es jetzt erst richtig los.«

VIERZIG

Meine Hand musste mit fünf Stichen genäht werden. Ich bin froh, dass ich sonst nirgendwo verletzt wurde. Ich will nicht, dass die Ärzte im Krankenhaus die Spuren auf meinem Körper entdecken. Narben, die die Stationen meines Überlebenskampfes markieren. Aus demselben Grund fahre ich nie an den Strand. Manchmal frage ich mich, ob das in meinem Umkreis irgendwem aufgefallen ist. Ob derjenige vielleicht meint, ich sei irgendwie missgestaltet oder würde mich heimlich ritzen.

Wie viel schöner wäre es, wenn eins von beidem tatsächlich stimmen würde.

Zumindest hätte ich es dann selbst in der Hand, etwas daran zu ändern.

Im Haus und auf dem Grundstück der Wheatons wurden nur wenige Beweisstücke sichergestellt. Bernies Ansicht dagegen, dass Joshua und Ellie Sex hatten, wird von DNA-Proben aus Joshs Bett untermauert. Scheinbar hat Ellie nichts von ihren Sachen nach Snow Creek mitgenommen. In einer Feuertonne im Hof fanden sich allerdings reichlich Überreste der Kleidungsstücke von Ida und Merritt. Und des Hochzeitsfotos, das sie neu gerahmt hatten.

»Ellie hat einen Anwalt aus Bellevue«, sagt der Sheriff, während er mein Büro betritt, in der einen Hand die Zeitung, in der anderen ein paar Blaubeermuffins, die seine Frau gebacken hat.

»Sie sagt, die Zitrone macht den Unterschied.«

Ich lächle. Das ist wahrscheinlich schon sein dritter Muffin heute.

»Ein Anwalt aus Bellevue«, wiederhole ich. »Klingt teuer.«

»Rolex-Typ.«

»Tante Laurna?«

Er nimmt einen großen Bissen. »Yep.«

Ich schüttle den Kopf und lege meinen Muffin aus der Hand. »Ihre Nichte hat ihre Schwester und ihren Schwager getötet.«

»Sie glaubt nicht daran.«

»Dann wird sie ein böses Erwachen erleben, wenn wir das Handy entsperren.«

»Möglich. Denk dran: Das ist nicht unser Fall. Er gehört Clallam County.«

Natürlich. Das weiß ich.

»Klar. Wir entsperren das Handy für unseren Fall, und falls wir darin auf etwas stoßen, das Clallam helfen könnte, können wir damit leben, stimmt's?«

Er verputzt den Rest seines Muffins.

Sobald er gegangen ist, rufe ich Laurna an. Es dauert ziemlich lange, bis sie rangeht. Ich spare mir die Begrüßung.

»Laurna, was ist los? Sie wissen doch, was Ellie getan hat.«

»Hören Sie, Detective, ich hab gesehen, dass Sie es sind, und wollte erst gar nicht rangehen. Ellies Anwalt sagt, dass ich nicht mit der Polizei reden darf. Es könnte ihrer Verteidigung schaden.«

Ich bin ziemlich gereizt, und das hört man mir auch an.

»Was für eine Verteidigung? Sie wissen, was sie getan hat, Laurna.«

Sie atmet geräuschvoll aus.

Sie denkt offensichtlich nach. Entscheidet. Bereitet vielleicht eine Lüge vor.

»Ja, ich weiß. Sie hat es mir gesagt. Sie hat gesagt, dass sie missbraucht wurde, und ich glaube ihr. Wir zwei haben eine besondere Verbindung, die mich sofort erkennen lässt, wenn sie lügt.«

Mein Magen rutscht mir in die Kniekehle. Ich weiß wirklich nicht, was ich darauf sagen soll. Also schweige ich und lasse sie ausreden.

»Sie ist das Kind meiner Schwester. Ich selbst habe keine. Sie verstehen doch sicher, dass das Leben eines jungen Menschen es wert ist, dafür zu kämpfen.«

Klar. Eine dieser Plattitüden, mit der die Leute auf Twitter um sich schmeißen, wenn sie aufgebracht sind.

Ich sage ihr nicht, was ich davon halte.

»Machen Sie es gut, Laurna«, sage ich und lege auf.

Viel Glück dabei.

EINUNDVIERZIG

Um elf gibt mein Handy auf dem Nachttisch einen leisen Signalton von sich.

Ich denke, dass ich bereits geschlafen habe, aber sicher bin ich nicht. Ich bin in dieser seltsamen Zwischenwelt, die sich zwischen Gedanken über den Tag und dem Aufreißen alter Wunden öffnet, wenn ich mich Dingen stelle, die ich lange verdrängt habe.

Es ist eine Nachricht von Marley Yang aus dem Kriminallabor.

»Detective Carpenter, unsere Techniker haben das Handy des Burbank-Mädchens entsperrt. Tonnen an Material. Ich schicke Ihnen, was wir bisher haben. Würde das gerne persönlich mit Ihnen durchgehen. Gibt noch viel zu tun, und wir müssen Prios klären. Komme morgen 7.30 Uhr bei Ihnen im Büro vorbei.«

Ich widerstehe dem Impuls, ihn sofort zurückzurufen. Er hat kleine Kinder zu Hause und eine Frau, deren Geduld nicht endlos ist. Schlimm genug, dass der Job im Kriminallabor ihn zu den unmöglichsten Zeiten heimkommen lässt.

Vor allem, wenn bei einem Fall so viel auf dem Spiel steht.

Ich öffne den ersten von mehreren Ordnern und überfliege den Inhalt so schnell ich kann. Textnachrichten zwischen Ellie und Joshua. Plötzlich bin ich kein bisschen mehr müde. Ich stehe förmlich unter Strom. Der Morgen kann für meinen Geschmack gar nicht schnell genug kommen.

Die Wahrheit herauszufinden ist der Adrenalinstoß, der Detectives dazu antreibt, sich immer wieder dorthin zu begeben, wo sich kein anderer hinwagt.

Die Wahrheit ist unsere Lieblingsdroge.

Als ich um sieben im Büro ankomme, sitzt Marley Yang in einem Auto aus dem Fuhrpark des County auf dem Parkplatz. Er stößt die Fahrertür auf, zerrt einen großen schwarzen Aktenkoffer hinter sich her und eilt mir entgegen. Er ist klein und kompakt gebaut, und während an seinem Kinn nur ein kleines Büschel Haare sprießt, schmücken sie seinen Kopf auf eine Weise, die Mann wie Frau vor Neid erblassen lässt. Lang, schwarz, dick und üppig fließen sie ihm auf die Schultern, mit einer Wellenform im Nacken, die vermuten lässt, dass er normalerweise einen Pferdeschwanz oder, Gott bewahre, einen Männerdutt trägt.

In der anderen Hand hält er zwei Becher Kaffee auf einem Papptablett.

Der Balanceakt entlockt mir ein Grinsen.

»Die Dateien, die Sie mir geschickt haben, haben mich die halbe Nacht wachgehalten. Kaffee ist nicht nur willkommen, sondern dringend nötig, Marley.«

Er deutet mit dem Kinn auf einen Umschlag, den er in den Kaffeehalter gesteckt hat. Darin liegt ein USB-Stick.

»Champagner wäre angebrachter.«

»Ich mag Champagner. Der Sheriff auch.«

Sheriff Gray wartet drinnen auf uns, und zusammen begeben wir uns in einen abgedunkelten Besprechungsraum.

Marley kümmert sich um die Technik, dann öffnet er seinen Aktenkoffer und holt einen Stapel Ausdrucke heraus. Einen ziemlich dicken Stapel. Über hundert Seiten dick. Detaillierte Ausführungen dessen, was er uns gleich zeigen wird. Er hat mir mal erzählt, dass er, wenn er nicht für das staatliche Kriminallabor arbeiten würde, professioneller Pokerspieler wäre.

Er liebt es, sein Publikum auf die Folter zu spannen, bevor er die Bombe platzen lässt.

Damit habe ich kein Problem.

»Auf dem Handy sind wortwörtlich Tausende von Textnachrichten gespeichert. Nachrichten und Fotos. Und Ellies Such- und Downloadhistorie.«

»Das klingt nach einer ziemlichen Sisyphusarbeit«, meint der Sheriff.

»Stimmt schon. Aber ich habe die Inhalte zumindest mal provisorisch vorsortiert. Nachdem wir alles durchgegangen sind, lassen Sie uns wissen, wie wir weiter vorgehen sollen, während Sie Ihre Fälle für die Anklage vorbereiten.«

»Fälle?«, fragt Sheriff Gray.

Ich bin mir sicher, dass Marley das mit Absicht gesagt hat, deshalb nicke ich ihm zu, während der Projektor zum Leben erwacht.

»Lassen Sie uns mit den Textnachrichten anfangen«, sage ich. »Ich hab die ganze Nacht gebraucht, um sie durchzulesen.«

Marley nickt. »Ja, Ellie ist eine routinierte Texterin. Vielleicht sogar auf Weltklasseniveau. Bis vor drei Wochen hat sie praktisch jeden Tag Hunderte von Nachrichten geschrieben.«

»Meine Daumen tun allein bei der Vorstellung schon weh«, sage ich. »Haben Sie sie nach Datum oder nach Empfänger sortiert?«

Er öffnet einen Ordner am Bildschirm.

»Beides.«

Sheriff Gray schenkt mir einen anerkennenden Blick.

Ihm gefällt die Richtung, in die das Ganze läuft.

»Ich habe mich auf die Personen konzentriert, die Detective Carpenter in ihrem Bericht erwähnt hat. Tyra Whitcombs Nummer war unter ›Ty‹ abgespeichert. Sie war einige Zeit die Hauptempfängerin von Ellies Nachrichten per Handy und über Social Media.«

Er zeigt auf den projizierten Bildschirm. »Die meisten Texte klangen ungefähr so.«

Eine Gruppe von Texten wird angezeigt.

Hey Girl, wie geht's? Lust, was zu unternehmen?

Lust auf Pizza?

Hab mir neue Schuhe gekauft.

»Ziemlich gewöhnlich«, meint Marley.

»Ziemlich geistlos«, meine ich.

»Stimmt. Und davon gibt es im wahrsten Sinne des Wortes Tausende. Sie haben sich über Klamotten, Podcasts, Stars unterhalten. Tag und Nacht.«

»Ich dachte, im Unterricht darf man keine Nachrichten schreiben«, sagt der Sheriff.

»Früher durfte man auf dem Schulgelände auch nicht rauchen«, antworte ich, ein dezenter Hinweis auf seine alte Angewohnheit. »Ellie wurde ja zu Hause unterrichtet. Und Tyra kam mir nicht vor, als sei Bildung ihr so wahnsinnig wichtig.«

»Okay«, meint Marley, »all das stimmt. Und all das hat sich im Frühsommer geändert.«

Wie ein ungeduldiger Leser, der schon mal zum Ende des Romans vorblättert, überfliege ich die Ausdrucke, die er uns gereicht hat.

»Inwiefern?«, fragt Sheriff Gray.

Marley öffnet den nächsten Ordner am Bildschirm.

»Auch die Nachrichten hier stammen alle von Tyra und Ellie. Im Frühjahr sind ihre Eltern öfter Thema. Tyra beschwert sich, dass ihr Dad ihre Mom immer schlecht macht.«

Er deutet auf einige Nachrichten von Tyra an Ellie.

Es ist schließlich mein Job, sie wie Scheiße zu behandeln, nicht seiner. Alter! Mein Dad lässt sie einfach nicht in Ruhe.

Meiner ist genauso. Meine Mom auch.

Hier geht's aber nicht um dich. Herrgott noch mal, kannst du nicht mal die Klappe halten und mich meckern lassen?! Ernsthaft.

Ich mein ja nur.

»Und so geht das noch eine ganze Zeit lang weiter. Tyra beschwert sich, dass ihre Mom so schwach sei. Fett. Eine Versagerin. Sie verpasst ihr halbwegs jeden hässlichen Beinamen, der ihr in den Sinn kommt. Und sie ist ziemlich gut darin.«

»Die fünfte Nachricht.« Ich stehe auf, gehe zur Wand mit der Projektion hinüber und zeige darauf. »Diese Nachricht von Tyra hat mich echt sprachlos gemacht.«

Dad hasst sie genauso sehr wie ich. Wenn's nach ihm ginge, könnte sie einfach tot umfallen. Letzte Nacht war sie so betrunken und high von ihren Pillen, dass wir sie einfach auf dem Boden liegen lassen haben. Sie hat alles vollgekotzt und so.

Ich setze mich wieder. »Das war zwei Wochen vor dem Bootsunfall.«

Der Sheriff bemerkt: »Das ist nicht unser Fall.«

»Stimmt. Aber ich bin mir sicher, dass sie zusammenhängen.«

»Sie hat recht«, bestätigt Marley.

»Diese Nachricht.« Ich markiere sie mit gelbem Textmarker auf dem Ausdruck vor mir.

Dad hat Mom noch mehr Medikamente besorgt. Vielleicht hilft das.

»Das war eine Woche vor dem Unfall. Troy Whitcomb hat ihr neue Medikamente besorgt. Wie hat er das angestellt? Die Leute aus Clallam haben mir erzählt, dass sie nur Paxil und Ambien genommen hat. Wo das Oxy in ihrem Blut herkam, konnten sie sich nicht erklären. Troy hat vom Golfen eine alte Schulterverletzung. Er hat Oxy verschrieben gekriegt, es aber kaum genommen.«

Ich blättere weiter durch die Ausdrucke. Marley sieht nicht begeistert aus, dass ich ihm die Show stehle, aber er überlässt mir bereitwillig die Bühne.

»Und hier«, ich tippe mit dem Textmarker auf die Seite, »das war zwei Tage vor dem Unfall.«

Mein Dad wünscht sich insgeheim, sie würde endlich draufgehen. Ich hab ihm gesagt, sich was zu wünschen ist dämlich. Er soll sich einfach scheiden lassen. Aber er meint, dann würde er die Hälfte von allem verlieren, was wir haben, und ich müsste bei ihr wohnen. Vergiss es!

»Sie hat ihre Mutter getötet?«, fragt Sheriff Gray.

Ich schüttle den Kopf und schaue kurz zu Marley.

»Nein. Ihr Vater hat es getan.«

»Gut, das kann ich mir schon vorstellen, aber ...«

»Schon klar, nicht unser Fall.«

Marley lässt sich von unserem Austausch nicht stören. Im

Gegenteil – es scheint ihm Spaß zu machen, dabei zuzusehen, wie wir versuchen zu entwirren, was mit Tyras Mom und Ellies Eltern passiert ist. Und das ist nicht so abgelaufen, wie ich dachte: Tyra hat mit ihrer Freundin keinen Lass-uns-unsere-Eltern-umbringen-Plan geschmiedet.

»Sie hat Ellie inspiriert«, sage ich.

Marley fährt mit der Hand durch seine unglaublichen Haare und nickt.

»Schauen wir uns zunächst Ellies Nachrichten an Tyra an, dann die an Josh«, sagt er, schließt den Tyra-Ordner und öffnet einen, der »Ellie« betitelt ist.

»Tyra hat Tausende von Nachrichten an Ellie geschrieben, vor allem in der Zeit, bevor ihre Mutter starb. Ellie hat außer mit ihr hauptsächlich mit Josh geschrieben. Neunzig Prozent der Nachrichten an Tyra waren Antworten auf deren Nachrichten. Tatsächlich blieben viele davon komplett unbeantwortet oder Ellie hat nur ein Emoji geschickt.«

»Die faulste Möglichkeit, zu antworten«, sage ich mit einem Seitenblick auf den Sheriff, der auf die meisten meiner Nachrichten mit einem Daumen-Hoch oder einem Smiley reagiert.

»Stimmt«, sagt Marley, »aber auch eine ziemlich passive. Ellie war nämlich eigentlich das Alphaweibchen der beiden. Sie hat Tyra ermutigt, sie unterstützt. Ein Psychologe könnte das problemlos aus ihren Unterhaltungen rauslesen.«

Der Sheriff nimmt die Brille ab und schaut von den Ausdrucken auf. »Versteh ich nicht. Tyra hat ihre Mutter doch von ganz alleine gehasst.«

»Okay«, sagt Marley. »Schauen Sie sich zum Beispiel diesen Austausch an. Ellies Antworten bestehen ausschließlich aus Emojis.«

Ich wünschte, Mom würde verrecken.

:)

Sie behandelt mich wie Scheiße.

:(

Ich wünschte, sie würde einfach verrecken.

Happy-Dance-Emoji

»Die ganze Zeit hat Ellie sie angespornt«, erkläre ich. »Tyra gesagt, was sie hören wollte. Ich vermute, Ellie hat in ihrer eigenen kleinen Fantasiewelt gelebt. Sie wollte sehen, wie weit jemand wirklich geht – wenn man ihn sanft, aber hartnäckig in eine bestimmte Richtung stupst.«

»Okay, aber was hat das mit unserem Fall zu tun?«, fragt der Sheriff.

»Blättern Sie zu Seite 245«, sagt Marley.

»Hab sie«, antworte ich.

»Als Erstes die Highlights.« Er öffnet den Ordner namens »Joshua«. »Hier sind auch Fotos drin. Schauen wir uns zunächst die Zeitachse an. Joshua und Ellie lernen sich zwei Monate vor dem Mord an ihren Eltern kennen, was sich mit dem Tod von Tyras Mom überschneidet.«

»Wie haben sie sich kennengelernt?«, fragt Sheriff Gray.

Die Antwort übernehme ich: »Auf einer Social-Media-Seite für Kids, die sich von ihren Eltern missverstanden fühlen.«

Er verdreht die Augen. »Ich wette, die hat um die 100 Millionen Mitglieder.«

»Etwa 2,5 Millionen«, meint Marley.

»Ich dachte, Joshua durfte nicht ins Internet. Und Ellie auch nicht.«

»Sie haben keine Teenager, Sheriff«, antwortet Marley lakonisch. »Die Kids von heute finden immer einen Weg.«

»Sie lernen sich also auf der Seite kennen und unterhalten sich«, fahre ich fort. »Seine Eltern wollen alles kontrollieren.

Sein Dad ist ein religiöser Fanatiker. Ihr Dad genauso. Ihre Mom hat von nichts eine Ahnung. Und so weiter. Am Anfang ist das Ganze noch ziemlich harmlos. Sie versuchen einfach, sich gegenseitig zu übertrumpfen mit ihren Storys darüber, wie schrecklich ihre Eltern sind. Dann bekommt die Beziehung der beiden einen romantischen Vibe.«

Ellie: Ich fühl mich so einsam. So gefangen.

Josh: Ich hasse es, dass es dir so geht.

Ellie: Ich wünschte, ich könnte bei dir sein.

Josh: Die Alten wollen mich nicht daten lassen, bis ich 21 bin.

Ellie: O Gott. Meine sind genauso drauf!

»Ein paar Tage nach dem angeblichen Unfall von Tyras Mutter erwähnt sie ihn Josh gegenüber.« Ich zeige auf die Stelle.

Ellie: Sorry, dass ich mich nicht gemeldet hab. Die Mom meiner BF ist ertrunken.

Josh: Wow. Schrecklich.

Ellie: Ich weiß nicht.

Josh: Was?

Ellie: Du denkst bestimmt, ich bin gemein.

Josh: Niemals.

Ellie: Sie war echt grausam. Mir tuts nicht leid. Meine Freundin ist ohne sie besser dran.

Josh: Dazu fällt mir nichts mehr ein.

Ellie: Ich hätte nichts sagen sollen, Babe.

Josh: Ich wünschte, meine Eltern wären tot.

Ellie: Wenn es meine nicht mehr gäbe, wären wir zusammen, stimmts?

Josh: Für immer.

Ich zeige auf das Datum. »Zwei Wochen später waren ihre Eltern tot und man nahm an, Ellie sei mit ihnen ertrunken.«

Sheriff Grays Stirn kriegt Falten, während er durch die Ausdrucke blättert.

»Aber sie planen nicht offiziell, ihre Eltern umzubringen?«

»Nicht online. Das Handy wurde danach nur noch ein paar Tage genutzt. Der letzte Anruf fand allerdings zwischen Joshua und Ellie statt. Wir wissen natürlich nicht, worüber sie gesprochen haben. Irgendwann danach hat sie es in Nachbars Garten geschmissen, wo ich es gefunden habe.«

Ich werfe einen Blick auf mein eigenes Handy.

»Joshua wurde aus dem Krankenhaus entlassen und des vorsätzlichen Mordes angeklagt. Er schweigt sich aus.«

»Fragt sich, warum«, meint der Sheriff.

Marley nickt.

»Die interessanten Straftäter halten den Mund, bis sie ein paar Jahre im Gefängnis verbracht haben.«

Ich lächle.

»Ja. Ist ziemlich einsam da.«

ZWEIUNDVIERZIG

Tante Laurna, Ellie und ihr Anwalt – in einem schicken italienischen Anzug, wie ihn das ganze County wahrscheinlich noch nie zu Gesicht bekommen hat – sitzen in einer Reihe an einem der Tische im Besucherraum des Gefängnisses. Ellies jugendliche Schönheit hat durch den Gefängnisoverall einen herben Dämpfer erhalten. Sie trägt kein Make-up. Laurna, der törichte Gutmensch, hat auch ein schickes Kostüm an, dazu eine dicke Goldkette um den Hals, beide wahrscheinlich gleich teuer, und ihre auffälligen goldenen Ohrringe baumeln wie kleine Windspiele.

Während ich mich ihnen gegenüber setze, verpasse ich ihnen automatisch Spitznamen.

Leugnerin.

Mörderin.

Mercedes.

Mercedes stellt sich vor. Er heißt Clifton Scott, ist Partner in der Kanzlei bla, bla, bla.

»Ich vertrete Ellie«, sagt er.

Im Geiste ändere ich seinen Spitznamen zu Offensichtlich.

Laurna nickt mir zu, schweigt aber. Ich frage mich, ob sie

den teuren Anwalt aus Schuldgefühlen heraus engagiert hat, weil sie ursprünglich der Grund war, dass Ellie überhaupt auf unserem Radar aufgetaucht ist. Ihre Loyalität ist mir ein Rätsel. Das Mädchen, das links von ihr sitzt, hat ihre Schwester und ihren Schwager getötet. Ihr Familienalbum ist ein Buch des Schreckens.

Ellie sitzt einfach selbstgefällig da und schweigt. Ist wahrscheinlich eine ganz neue Erfahrung für sie. Nicht selbst am Drücker zu sitzen, sondern einen Anwalt dafür zu benutzen. Doch das stimmt eigentlich nicht. Schließlich hat sie bisher ja Joshua gehabt, der alles getan hat, was sie wollte.

»Warum sind wir hier?«, frage ich.

»Ich habe mit dem Büro der Staatsanwaltschaft einen Deal ausgehandelt.«

»Mir ist zu Ohren gekommen, dass Sie etwas in die Richtung vorhatten.«

»Und deshalb sind wir heute hier, Detective.«

Ich weiß, dass der Deal davon abhängt, dass Ellie uns etwas verrät, das mit dem Fall zu tun hat. Ich weiß auch, dass sie für den Angriff auf ihren Komplizen, Joshua Wheaton, und für das Bedrohen einer Polizeibeamten einsitzen wird. Und ja, auch für die Morde an den Wheatons. Darin ist sie auch verstrickt.

»Wir haben Beweise, dass sie nicht anwesend war, als die Wheatons getötet wurden, aber das ist es nicht, was wir Ihnen sagen müssen.«

»Sie müssen mir gar nichts sagen, Mr Scott.«

»Nein, muss ich nicht. Aber im Austausch für die Informationen, die ich Ihnen gleich geben werde, wird die Staatsanwaltschaft weniger schwerwiegende Anklagepunkte vorbringen und sie mit sofortiger Wirkung an Clallam County ausliefern, wo meine Klientin des Totschlags an ihren Eltern angeklagt werden wird.«

Nichts davon überrascht mich. Leute wie Ellie landen immer auf den Füßen.

»Okay, meinetwegen«, sage ich mit zusammengebissenen Zähnen. »Dass sie gegen Joshua Wheaton aussagt, überrascht mich nicht gerade. Ich habe damit gerechnet, dass sie sich gegen ihn wendet, sobald ihre Fingerabdrücke und ihr Polizeifoto aufgenommen wurden.«

Clifton Scott schenkt mir ein herablassendes Lächeln, das seine halbwegs echt aussehenden Zahnkeramiken zur Geltung bringt. Laurna klopft Ellie auf die Schulter, dabei klimpern die Windspiele. Ellie zuckt mit den Schultern und die Kette um ihren Bauch, an der die Handschellen befestigt sind, rasselt.

Der Anwalt fährt fort: »Ellie hat zugestimmt, Ihnen den Namen von Mrs Wheatons Mörder zu nennen.«

Ich runzle die Stirn. »Den kennen wir bereits. Was wir nicht wissen, ist, wo sich Sarahs Leiche befindet.«

»Ich kann Ihnen beides verraten, Detective.«

Die Fahrt nach Leavenworth, Washington, gehört innerhalb des Staates, der für seine atemberaubende Landschaft bekannt ist, mit zu den schönsten. Der Highway führt durch die Cascade Mountains, am Straßenrand gesäumt von Schneewehen und Krüppelkiefern, von Höhe und Eis gebeugt.

Bevor ich aufgebrochen bin, hat Sheriff Gray mich gebeten, die Polizeibehörde vor Ort zu kontaktieren, und mich gefragt, ob ich Verstärkung von unserer eigenen bräuchte. Ich habe ihm gesagt, dass ich die Kollegen dort bereits informiert habe und alleine zurechtkäme.

»Bring mir einen Mörder mit heim«, hat er gesagt.

»Mach ich.«

»Und eine von diesen deutschen Brezeln.«

»Selbstverständlich.«

Leavenworth ist innerhalb der USA eine ziemliche Kuriosität. Zwischen den Hängen der Cascades am rauschenden Icicle Creek gelegen, stellt es sich selbst als bayerische Stadt dar – der

Versuch, die sterbende Gemeinde zu retten, indem man ihr ein neues Image verpasst. Und es hat funktioniert. Die Stadt quillt über vor Pfefferkuchen, Bierhumpen, Frauen in Dirndln und Männern in Lederhosen. Jedes Geschäft, vom Supermarkt bis zu den zahllosen Kuckucksuhrläden, ist verpflichtet, das Thema Bayern sowohl im Namensschild als auch in der Architektur widerzuspiegeln. Ob das nun sinnvoll ist oder nicht.

Ergo: *Der* Kentucky Fried Chicken, mit deutschem Artikel davor.

Ich parke vor dem Chelan County Sheriff's Office. Bevor ich reingehe, rufe ich die Schule an, die Ellie als Teil ihres Deals mit der Staatsanwaltschaft genannt hat. Ich rede kurz mit dem Schulleiter, Paul Singer, und frage, ob die Zielperson da ist. Auch wenn ich ihm wenig verraten darf, merke ich, dass er besorgt ist. Ich schicke ihm ein Foto.

»Ja«, sagt er, »das ist sie. Können Sie vorbeikommen, wenn die Schüler heimgegangen sind? Das Personal bleibt noch etwa eine Stunde länger, um den Plan für den nächsten Tag durchzugehen.«

»Perfekt. Ich bin gerade beim Sheriffbüro und vermutlich nicht vor vier bei Ihnen.«

»Okay.«

DREIUNDVIERZIG

Paul Singer sitzt stumm in seinem trostlosen, unpersönlichen Büro, an der Wand ein Whiteboard, ein paar Zeichnungen, die sein Dad damals im College angefertigt hat, und ein Poster des Privatschulmaskottchens, eines Falken. Der Anruf von Detective Carpenter vom Jefferson County Sheriff's Office hat ihn schwer erschüttert. Sie hat angedeutet, dass die Lehrerin, die er frisch eingestellt hat, in ziemlichen Schwierigkeiten steckt. *Strafrechtlichen Schwierigkeiten.* Schweißringe beginnen, sich unter seinen Armen auszubreiten. Er hat einen Fehler gemacht, etwas, das er sich nur sehr ungern eingesteht.

Einen großen Fehler.

Er erinnert sich noch an das Vorstellungsgespräch in der winzigen Orchard School. Becky Webster repräsentierte alles, was die Kinder zwischen Leavenworth und Cashmere sich in einer kleinen Schule wünschen konnten: jung, freundlich und hübsch. Ihre Haare waren schulterlang und sie trug stylishe Kleidung. Die Schülerschaft war eine lebendige Mischung aus sozial benachteiligten Kindern aus der Region und dem Nachwuchs von Saisonarbeitern, die an der Westküste entlangzogen.

Die Lehrer dort liebten ihre Arbeit – sie taten ihren Job sicher nicht des Geldes wegen.

Auch wenn der Detective nicht gesagt hat, in welchen Schwierigkeiten Becky genau steckt, ist er sich sicher, dass sie hässliche Auswirkungen auf ihr Umfeld haben werden. Natürlich macht er sich um sich selbst Gedanken, aber auch um die Schule. Ihre Arbeit hier ist wichtig.

Er angelt nach der Schachtel mit Taschentüchern, um die Feuchtigkeit unter den Armen aufzufangen.

Becky hatte ihm erzählt, dass ihre Papiere in dem Koffer gewesen seien, der im Zug verloren gegangen war, aber ihre Referenzen waren stichhaltig.

Und sie war so verdammt hübsch.

»*Kein Problem*«, hatte er zu ihr gesagt und gelächelt. Ein Lächeln, das etwas zu lange dauerte.

Seine Kiefermuskeln verkrampfen sich kurz, dann entspannen sie sich wieder.

Sein Blick fällt auf ihre Bewerbung.

»*Das mit Ihren Eltern tut mir leid.*«

»*Autounfall. Sind in den Bergen westlich von hier von der Straße abgekommen und einen Abhang hinuntergestürzt.*«

»*Das ist schrecklich. Kein Notfallkontakt? Bruder oder Schwester vielleicht?*«

»*Nein.*«

VIERUNDVIERZIG

Ich werfe einen Blick in den Rückspiegel: Zwei Deputys folgen meinem Taurus, während wir an Apfel-, Kirsch-, Pfirsich- und Pflaumenbäumen vorbeirasen.

Reife Früchte hängen von abgestützten Ästen herab. Ich lasse das Fenster herunter und meine, den Duft von Honey Crisps, meiner Lieblingsapfelsorte, zu riechen. Ein kurzer Blick aufs Handy verrät mir, dass ich neue Nachrichten von Mindy und Dan habe, aber ich habe keine Zeit, sie zu lesen. Ich muss einen Mörder fassen.

Die Orchard School liegt am Ende einer langen, engen Schotterstraße, gesäumt von Ackerland und Häusern, die traurig und zusammengesunken in der Landschaft hocken. Eine Welt, deren Bewohner gerade so zurechtkommen. Der Anblick erinnert mich an Snow Creek. Daran, dass der Zufall in Form des Geburtsorts so viel in unserem Leben vorherbestimmt. Das Hauptgebäude hat eine Betonziegelfassade, in den Schulfarben gestrichen: Busgelb und Mitternachtsblau. Unter der amerikanischen Flagge am Fahnenmast neben dem Eingang hängt die der Schule, mit dem Bild eines Raubvogels darauf. Ein Dutzend Autos parken westlich des Gebäudes; dahinter ein

Spielfeld und zwei große Container, die während der Anmeldephase fürs neue Schuljahr wahrscheinlich als Klassenräume genutzt werden.

Ich weise die Deputys an, zurückzubleiben.

»Jungs, lasst uns unauffällig auftreten. Ich stelle den Wagen ab und gehe rein. Ihr bleibt draußen und folgt mir fünf Minuten später. Stellt euch einen Wecker oder so. Ihr an so einem Ort Angst einzujagen, könnte uns drei aus den falschen Gründen berühmt machen.«

Ich melde mich am Empfang an und werde zügig zum Büro des Schulleiters geführt.

Paul Singer schaut von der Bewerbungsmappe auf seinem Schreibtisch auf.

»Sie würden nicht so weit fahren, wenn es nicht wirklich schlimm wäre.«

Ich lasse mich auf den Besucherstuhl an seinem komplett leeren, blitzsauberen Schreibtisch gleiten. Mir liegt die Frage auf der Zunge, wie lange er den Job schon macht, ob sein allzu aufgeräumtes Büro ein Hinweis darauf ist, dass er hier verschwinden wird, sobald sich ein besseres Angebot ergibt, aber ich verkneife sie mir. Er schwitzt, und es fällt mir schwer, den Blick von dem Leck unter seinen Achseln zu nehmen.

»Es ist ernst. Aber es wird schnell vorbei sein.«

Ich zeige ihm das Foto, das ich ihm geschickt hatte.

»Sind Sie sich sicher, dass sie das ist?«

Er nimmt mein Handy entgegen und schaut sich das Bild sorgfältig an.

»Ja, ich bin sicher. Sie wirkt so nett. So normal.«

Das klingt wie die Standardaussage des Nachbarn eines gerade enttarnten Serienmörders.

»Soll ich sie hereinrufen?«

»Sagen Sie ihr, Sie müssten Papierkram mit ihr durchgehen oder irgend so was.«

Er wirkt skeptisch, während er den Knopf an der Sprechanlage drückt.

Eine Frau antwortet.

»Ms Cathy, ist Ms Webster hier?«

»*Ja. Ich hole sie.*«

»Sagen Sie ihr, sie soll in mein Büro kommen. Einer ihrer Schülerinnen zieht weg und ihre Mom will ihr für die Extrahilfe beim Lesen danken.«

»Nett«, sagt sie. Dann: »Sie ist unterwegs.«

FÜNFUNDVIERZIG

Das Klackern von Absätzen kündigt Becky Websters Ankunft an, noch bevor sie an der Tür zu dem kleinen, leeren Büro des Schulleiters klopfen kann.

»Kommen Sie rein, Becky.«

Durch die Tür tritt eine schlanke Blondine mit blauen Augen, die nur mit einem Hauch Lidschatten unterstrichen sind.

Sie schaut zu mir, dann zu ihrem Boss. Ein verwirrter Ausdruck macht sich auf ihrem hübschen Gesicht breit.

»Cathy meinte, eine Mutter würde auf mich warten. Sie kenne ich nicht, tut mir leid.«

Ich bitte Sie, sich zu setzen.

»Aber ich kenne dich, Sarah.«

Ihre Nackenmuskeln verspannen sich sichtbar, stehen hervor wie zum Reißen gespannte Gummibänder.

»Mein Name ist Becky, nicht Sarah.«

Ich zeige ihr das Familienfoto auf meinem Handy. Das, das im Wohnzimmer der Wheatons hing.

Ihre Finger krampfen sich um die Armlehnen des Stuhls.

»Das bin ich nicht. Okay, sie sieht mir ähnlich, aber das bin definitiv nicht ich.«

Innerlich ertrinkt sie gerade förmlich. Sie kämpft mit aller Macht darum, wieder an die Oberfläche zu gelangen, einen Ausweg zu finden.

Aber es gibt keinen.

»Ich weiß, was du getan hast. Deshalb bin ich hier.«

»Ich habe wirklich keine Ahnung, wovon Sie reden. Ich habe gar nichts getan.«

Wie der Blitz springt sie auf und rennt zur Tür. Aber sie ist wackelig auf den Beinen, wie ein vom Scheinwerferlicht geblendetes Reh auf einer vereisten Straße. Meine neuen besten Freunde von Chelan County warten schon auf sie. Sarah sinkt kraftlos auf den glänzenden Linoleumboden, wie eine Puppe mit kaputten Gliedern.

Ihr Gesicht ist knallrot und sie schluchzt.

»Sarah Wheaton, ich nehme dich fest wegen des Mordes an deinen Eltern, Merritt und Ida Wheaton.«

Ich lege ihr Handschellen an, verlese ihr auf dem Weg zum Auto ihre Rechte, danke den Deputys von Chelan für ihre Hilfe und verspreche, mich zu melden, wenn ich wieder im Büro bin.

Sarah ist eine traurige, kaputte Schallplatte.

»Es tut mir leid. Es tut mir leid«, schluchzt sie auf dem Rücksitz. »Ich wollte nicht, dass mein Bruder das tut. Ich hab ihm gesagt, dass es falsch ist. Dass er dafür ins Gefängnis kommen könnte.«

Sie hat offensichtlich die Nachrichten gesehen.

»Denk dran«, warne ich sie, »dass alles, was du sagst, vor Gericht gegen dich verwendet werden kann.«

Dann informiere ich sie, dass sie einen Pro-bono-Anwalt zugewiesen bekommen kann.

»Ich weiß. Aber ich hab wirklich nichts falsch gemacht.«

Ich fädle mich in den Verkehr auf dem Highway 2 gen

Westen ein. Es blieb zwar keine Zeit mehr, die Brezel zu besorgen, aber dafür bringe ich eine Mörderin mit. Sheriff Gray wird zu gleichen Teilen erfreut und enttäuscht sein. Am liebsten würde ich ihn sofort anrufen, aber ich lasse es.

Sarah hat das Bedürfnis, zu reden.

»Meine Mom und ich sind in die Werkstatt gekommen. Joshua hatte gerade unseren Vater getötet.« Sie hält kurz inne. Ob, um sich zu erinnern oder um ihre Geschichte weiterzustricken, werde ich gleich erfahren.

»Mein Dad hat mich missbraucht, Detective Carpenter. Jahrelang. Als Joshua es rausgefunden hat, hat er gesagt, er würde dem ein Ende bereiten. Ich dachte, er würde den Sheriff anrufen. Aber das hat er nicht. Meine Mom und ich kamen an dem Abend in die Werkstatt, weil wir sie streiten gehört haben. Schlimmer als normal.«

Während ich ihr zuhöre, wandern meine Augen in den Rückspiegel und bleiben länger auf ihr hängen, als sie beim Fahren sollten.

»Dein Vater hat dich missbraucht.«

Sie spürt mein Mitgefühl und stürzt sich darauf, als würde durch diese Basis eine Art Magie entstehen, die sie retten wird, obwohl ihr Bruder es nicht konnte.

»Ja. Es war schrecklich.«

»Und niemand wusste davon.«

»Nicht, bis ich es meinem Bruder erzählt habe.«

Ich bin zwar eine gute Lügnerin, aber manchmal hasse ich dieses Spiel. So wie jetzt. Sie ist jung, und das hier ist eine Nummer zu groß für sie. Als Nächstes wird sie mir eine Lüge auftischen.

»Deine Mom wusste von nichts.«

Sie schüttelt den Kopf.

»Tatsächlich?«

»Ja. Sie hatte keine Ahnung.«

»Was ist an dem Abend in der Werkstatt mit ihr passiert, als ihr dazugestoßen seid, während Joshua deinen Vater tötete?«

Sie schweigt lange. Ich hoffe, dass ihre nächsten Worte die Sache richtigstellen werden.

Leider nicht.

»Meine Mutter lief zu Dad, um ihm zu helfen, und Joshua drehte durch. Er hat sie mit dem Hammer geschlagen, und sie fiel zu Boden. Überall Blut.«

»Ellie hat mir etwas anderes erzählt.«

»Ellie war nicht da.«

»Das stimmt. Aber sie weiß bestimmte Dinge, nicht wahr?«

»Sie kann gar nichts wissen, Detective. Ich war längst verschwunden, als sie auf den Hof kam.«

»Ich glaube dir, dass du missbraucht wurdest. Verdirb es dir nicht, indem du mich anlügst, Sarah.«

Sie schaut aus dem Fenster, während ihr Tränen über die Wangen laufen. Sie ist wieder am Ertrinken.

Dieses Mal wirklich.

»Okay. Ich erzähle Ihnen alles.«

Sarah Wheaton versprach sich selbst, dass sie zum letzten Mal von ihrem Vater vergewaltigt worden war. Als er an ihrem Zimmer vorbeikam, lag sie ganz still im Bett und betete im Stillen, dass er nicht für eine zweite Runde hereinkommen würde. Manchmal tat er das. Manchmal vergingen Wochen, ohne dass er sie anfasste, und sie versuchte, sich selbst einzureden, dass das, was er ihr angetan hatte, seit sie vier Jahre alt war, vorbei war. Sie versuchte, sich einzureden, dass ihr mit sechzehn das fehlte, was ihn an ihr als kleines Mädchen angezogen hatte.

Wunschdenken führt den Geist auf den Pfad falscher Hoffnung. Das hatte sie inzwischen gelernt.

Als Sarah Joshua letztes Jahr davon erzählt hatte, hatte sie es so klingen lassen, als sei es nur das eine Mal passiert und auch kein richtiger Geschlechtsverkehr gewesen. Als hätte er sie nur im Schlaf unsittlich berührt. Sie war in ihrer Beschreibung bewusst vage geblieben. Weil sie wollte, dass er nachbohrte. Dass er ihr half. Falsche Hoffnung. Er hatte versprochen zu bleiben, bis sie achtzehn war, und dann würden sie zusammen verschwinden.

Aber nichts war passiert.

Also hatte sie schließlich ihren Mut zusammengenommen und ihrer Mutter davon erzählt.

Sie waren gerade dabei gewesen, Rosenstöcke an der Hauswand einzupflanzen. Ihr Bruder und ihr Vater waren in die Stadt gefahren, um Futter für die Tiere zu holen.

»Mom«, hatte sie gesagt, »ich muss dir was erzählen.«

Ida hatte von dem Bündel Apfelrosen aufgesehen, das sie gerade eingrub.

»Es ist was Schlimmes, Mom. Was wirklich Schlimmes.«

»Was ist los?«

Sarah hatte zu weinen begonnen. Hatte das Gefühl gehabt, die Worte blieben ihr im Halse stecken.

»Mom«, spuckte sie aus, »Dad missbraucht mich.«

Ida wandte sich wieder den Rosenstöcken zu und begann energisch, ein Loch zu graben.

Sarah stand einfach da. Wie erstarrt. Verwirrt. Diese Reaktion deckte sich mit keiner der beiden, mit denen sie gerechnet hatte: entweder einer Umarmung und dem Versprechen, ihr zu helfen; oder Leugnen und dem Verlangen nach einem Beweis. Aber das? Als hätte der Wind ihre Worte einfach davongetragen.

»Hast du mich gehört? Glaubst du mir nicht?«

Ida grub einfach weiter.

»Ich hab dich gehört, Liebes. Und ja, ich glaube dir. Ich weiß, dass es stimmt.«

Der letzte Satz durchfuhr sie wie ein Blitz.

Ich weiß, dass es stimmt.

»Woher?«

»Dein Vater hat es mir erzählt. Schon vor Jahren. Er hat mir erzählt, dass er eine Schwäche habe, und dass er viel gebetet habe. Und nach einiger Zeit habe Gott ihm erlaubt, ihr weiter nachzugeben.«

»Gott hat ihm erlaubt, mich zu vergewaltigen?«

»Es tut mir leid, dass du das nicht verstehst. Aber ich bin sicher, eines Tages wirst du es.«

»Das könnte ich nie, Mom. Wie konntest du das zulassen?«

»Ich bin zuallererst die Frau meines Ehemannes.«

Das ist noch nicht alles. Aber den Rest wird sie mir auch noch erzählen. Ich werfe einen Blick auf die Uhr und überlege, ob ich sie fragen soll, ob sie eine Toilettenpause braucht. Ich tue es nicht. Lieber soll sie mir auf den Rücksitz pinkeln, als dass ich ihr auch nur eine Minute Zeit gebe, es sich anders zu überlegen.

»Es tut mir leid, was du durchmachen musstest.«

»Danke.«

Ich beobachte sie im Rückspiegel. Sie schaut wieder aus dem Fenster, sieht zu, wie die Welt vorüberzieht. Denkt darüber nach, was passiert ist. Und über die Lüge, die sie mir erzählen wird.

Darüber, was wirklich passiert ist.

Aber ich spiele mit.

»Was ist passiert, Sarah? Wie sind deine Eltern gestorben?«

»Ich will Joshua nicht noch mehr Schwierigkeiten in bringen.«

»Erzähl's mir«, bitte ich. »Ich wurde selbst missbraucht. Ich weiß, wie es ist. Ich will dir helfen.«

Ich höre förmlich, wie Mindy und der Sheriff sich darüber

kaputtlachen. Ich mag ja vieles sein, aber »Opfer« wird nie dazugehören.

»Ich bin mir nicht sicher, ob ich wirklich darüber reden sollte.«

Will heißen, sie kann es gar nicht abwarten, jemand anderem die Schuld zu geben.

»Ich weiß, dass es dir schwerfällt«, sage ich. »Das Richtige zu tun ist nicht immer einfach.«

Ihr Blick begegnet meinem im Spiegel und sie nickt.

»Als Joshua an dem Abend heimkam, habe ich ihm erzählt, was passiert war. Dass ich Mom alles erzählt habe und dass sie einfach dagestanden und mir erklärt hat, dass sie es längst wusste. Schon seit Jahren. Da ist er völlig durchgedreht. Er war unglaublich wütend. Hat mir richtig Angst gemacht. Als sei ein Schalter in seinem Kopf umgelegt worden.«

Ich bitte sie, tief Luft zu holen.

»Was ist passiert, Sarah?«

Langsam und bedächtig zeichnet sie die Szene nach.

Joshua fand sie später am Abend, zusammengerollt und weinend in einer Ecke der Werkstatt.

Er kniete sich neben sie und nahm sie in den Arm.

»Bist du okay? Tut dir was weh?«

Sie schüttelte den Kopf. »Josh, ich habe Mom erzählt, was Dad mir angetan hat.«

»Ernsthaft? Was hat sie gesagt?«

»Dem Miststück war das einfach egal. Sie hat gesagt, sie wusste schon seit Jahren, was er mit mir macht.«

Joshua verstand nicht.

»Seit Jahren? Du hast gesagt, es war nur ein Mal.«

»Weil ich dir die Wahrheit nicht aufbürden wollte. Ich

hatte Angst, dass du etwas Verrücktes anstellen würdest. Und das wollte ich nicht. Ich wollte einfach, dass mir jemand hilft.«

Josh wurde bleich. Seine Augen hingen wie gebannt an ihr.

»Ich hab dich im Stich gelassen, nicht wahr?«

»Ist schon okay.«

Er erhob sich und wandte sich zur Tür. Wo ihr Vater stand.

»Was treibt ihr undankbaren Kinder hier drin?«

»Wir haben nur geredet.«

»Ich hab gehört, worüber ihr geredet habt, und es ist kompletter Schwachsinn. Deine Schwester ist die größte Lügnerin im ganzen County. Sie erzählt nur Scheiße. Hab sie nie angerührt.«

Joshua reichte Sarah die Hand, um ihr aufzuhelfen.

»Wir gehen zum Sheriff, Dad. Du wirst damit aufhören.«

Da stürzte sich Merritt auf Josh. Die Augen traten ihm förmlich aus den Höhlen. So wütend hatten sie ihren Vater noch nie gesehen. Er hatte zwar keinen Gürtel in der Hand, um sie damit windelweich zu prügeln, aber seine bloßen Hände reichten dafür allemal.

Kurz bevor er Josh erreichte, griff dieser nach einem Tischlerhammer und schwang ihn gegen den Kopf seines Vaters. Beim zweiten Schlag fiel der große Mann zu Boden.

Er ließ einen dritten und einen vierten folgen, während Blut emporspritzte.

»Was ist gerade passiert?«, schrie Sarah.

»Ich habe dich gerettet.«

Kurz darauf kam Ida zur Werkstatt, um nach ihrem Mann zu sehen. Das pure Chaos empfing sie. Sie sah ihre Kinder an, dann stürzte sie zu Merritt.

»Was habt ihr getan?!«, rief sie.

Und der Hammer fuhr erneut nieder.

Wir fahren eine Weile schweigend weiter, während ich in Gedanken die Blutspuren am Tatort durchgehe.

»So ist es nicht passiert, Sarah.«

»Doch.«

»Die Beweise widersprechen deiner Version.«

Für die nächsten ein bis zwei Kilometer sagt sie gar nichts. Ich schweige ebenfalls und lasse meine Worte wirken. Ich frage mich, ob Sarah nach einem Weg sucht, ihre Geschichte glaubhaft zu machen, oder sich der Realität ihrer Situation stellt.

»Joshua hat beide umgebracht. Um mich zu beschützen.«

»Das ist eine erfundene Geschichte, Sarah, und das weißt du auch.«

»Ich verstehe nicht, worauf Sie hinauswollen, Detective Carpenter.«

Mein Blick bohrt sich über den Rückspiegel in ihren. Ein Beweisstück wurde in den Ermittlungen bisher kaum beachtet, weil man es für unbedeutend hielt.

»Die Schaufel«, sage ich. »Lass uns da beginnen.«

Sie wendet den Blick ab. »Welche Schaufel?«

»Die, mit der du deine Mutter umgebracht hast.«

Sie schweigt beharrlich.

Aber sie muss auch nichts sagen. Ich weiß, was passiert ist. Die Beweise vom Tatort zusammen mit Ellies Aussage im Befragungsraum des Gefängnisses reichen völlig aus, damit eine Jury sie für schuldig erklärt.

SECHSUNDVIERZIG

Das Jefferson County Sheriff's Office ist ein Irrenhaus. Die Presse verirrt sich nur selten hierher. Das Gebäude ist eingeschossig und so unscheinbar, dass die Leute, die vorbeigehen, oft meinen, es sei ein ehemaliges Nagelstudio oder ein 1-Dollar-Shop, dessen Fassade für das Nächstbeste neu gestrichen wurde. Was immer das wäre. Vor allem hier. Drinnen richtet sich dieser idiotische Reporter bereits häuslich ein. Ob er und seine Kamerafrau es noch ins Restaurant – und danach in ein Motel – geschafft haben?

Ich sage dem Sheriff, dass ich verschwinden muss. Ich will nicht schon wieder im Fernsehen sein.

Hat mir beim letzten Mal schließlich jede Menge Ärger gebracht. Allein bei dem Gedanken daran schüttelt es mich.

»Willst du dich bei der Presse beliebt machen?«, frage ich. »Dann vergiss nicht, zu erwähnen, dass Ellie ihre Mom umgebracht hat.«

Er wirft mir einen Seitenblick zu und zuckt mit den Schultern.

»Ich krieg das schon hin«, meint er.

Ich nicke, und er zieht mich tatsächlich zu sich heran und umarmt mich.

Ich kann mich nicht erinnern, wann mich zuletzt jemand umarmt hat.

»Du bist der beste Mensch, den ich kenne«, sagt er.

Darauf erwidere ich lieber nichts. Das Lob habe ich definitiv *nicht* verdient, aber er meint es gut. Er macht sich Sorgen um mich.

»Bis später«, sage ich.

Er nickt mir noch einmal kurz zu, dann wendet er sich den Fernsehleuten zu.

Im Rausgehen höre ich, wie er sie anschnauzt, dass niemand irgendeine Stellungnahme abgeben wird.

Bevor ich losfahre, lese ich meine Textnachrichten.

Mindy informiert mich, dass die Hunde an der Feuergrube auf dem Grundstück der Torrances angeschlagen haben.

Haben einen Oberschenkelknochen und einen menschlichen Kieferknochen gefunden. An beiden Werkzeugspuren.

Ich weiß auch ohne forensischen Zahnarzt, wem der Kieferknochen gehört. Ich bin der Spur gefolgt. Genau wie Regina Torrance.

Während der Fahrt geht mir durch den Kopf, dass die Morde eine lose Kette bilden. Sie sind nicht direkt miteinander verbunden, aber dennoch auf seltsame Art miteinander verknüpft. Die erste Tote hat zwar eigentlich keine Verbindung zu dieser Kette, aber ich zähle sie trotzdem dazu, weil die letzte – Regina – die Ereignisfolge abschließt.

Sie starb, weil das Verbrechen, das sie zu verbergen versuchte, ans Licht zu kommen drohte. Alles fängt mit Reginas Frau an. Amy wurde vor mindestens zwei Jahren ermordet oder unbeabsichtigt getötet. Ein dunkles, heimliches Verbrechen. Dann erzählt Tyra Whitcomb auf der anderen Seite des Puget Sound Ellie, dass sie ihre Mutter Susan getötet hat. Das wiederum inspiriert Ellie dazu, ihre Eltern, Hudson und Carrie, umzubringen. Alle drei Morde werden als Bootsunfälle inszeniert.

Nur dass einer davon eine Lüge war. Tyra hat ihre Mutter gar nicht getötet. Sie und ihr Vater haben sie einfach auf die altmodische Weise verschwinden lassen.

Mit einer Drohung und einem Scheck.

Zur selben Zeit, oder kurz darauf, drängt Ellie Joshua, dasselbe zu tun: seine Eltern und seine Schwester zu töten, damit sie als Liebespaar in ihrer eigenen kleinen Welt leben können.

Als Regina Merritts Leiche am Rande ihres Grundstücks findet, befürchtet sie, dass ihr Geheimnis entdeckt werden könnte, deshalb entsorgt sie ihn in der Feuergrube.

Wer würde so etwas tun?

Andererseits – wenn man bedenkt, was sie mit der Leiche ihrer Frau getan hat, war Merritt zu zerstückeln und zu verbrennen wohl nicht mehr die große Herausforderung.

Aber warum hat sie nicht dasselbe mit Mrs Wheaton getan?

Ich vermute, dass sie sie einfach nicht gesehen hat. Im Wald war es dunkel, die Sicht schlecht. Und die Leiche war in einen Teppich eingewickelt.

All das sind Mutmaßungen auf Basis der Beweismittel.

Mein Handy piept, und mit Mindys Neuigkeit über die Autopsie der Frauenleichen fügt sich ein weiteres Puzzleteil ins Gesamtbild.

Regina hat sich selbst vergiftet. Der Tox-Screen wird uns Genaueres sagen. Lass uns nächste Woche mal zusammen Mittagessen.

Er trinkt einen Scotch & Soda, während ich einen Tequilashot runterkippe und an einem schnöden Pabst Blue

Ribbon nippe. Das Brennen des Alkohols in meiner Kehle fühlt sich gut an. Die Zitronenscheibe lasse ich links liegen.

»Du trinkst wie ein Kerl«, meint Sheriff Gray mit einem Lächeln.

»Du auch. Manchmal.«

Wir lachen, dann starren wir die Rückwand der Bar an, während der Barkeeper, ein korpulenter Mann Ende vierzig, sich mit einer jungen Brünetten unterhält, die an einem Gin Tonic nippt. Sie tut so, als sei sie daran interessiert, was er sagt, aber ich kenne den Blick. Hab ihn selbst schon benutzt. Sie redet mit ihm, weil sich niemand Interessanteres zu ihr gesellt hat.

Noch nicht.

»Ich wusste gleich, dass du der beste Detective sein würdest, den ich je eingestellt habe«, sagt er, während er erfolglos nach einem zweiten Scotch winkt.

»Ich weiß nicht. Du bist mit mir ein ganz schönes Risiko eingegangen.«

Er kennt einen Teil meiner Vergangenheit, aber nicht den wirklich schlimmen. Sonst hätte er mich bestimmt nicht eingestellt.

Ich hätte es an seiner Stelle nicht getan.

Plötzlich fühle ich mich unwohl. Das ist meine Schuld. Komplimente anzunehmen ist schwer für mich. Vielleicht, weil ich mir tief im Inneren wie eine Betrügerin vorkomme. Dr. Albright hatte mich gewarnt, dass ich mein Leben lang damit zu kämpfen haben und vielleicht nie wirklich daran glauben können würde, dass ich ein guter Mensch bin, dass die Sünden meiner Vergangenheit nicht festlegen, wer ich heute bin.

Schnell lenke ich das Gespräch auf den Fall. Am liebsten würde ich ihm eine Zeichnung auf die Cocktailserviette malen, aber ich lasse es. Die Sache ist kompliziert, aber der Sheriff kennt zumindest alle Puzzleteile.

Er weiß nur noch nicht, wie sie zusammenpassen.

»Ellie hat Josh durch Sarah kennengelernt«, sage ich.

»Durch das Ich-hasse-meine-Eltern-Forum.«

»Korrekt.«

Der Barkeeper schaut endlich zu uns herüber, und der Sheriff bestellt noch einen. Ich schüttle den Kopf. Das Bier reicht mir.

»Sarah hat sich zuerst dort angemeldet, dann ihren Bruder Ellie vorgestellt. Ellie wiederum hat Joshua genauso manipuliert wie seine Schwester. Sie hat ihn nicht geliebt. Sie brauchte nur einen Ort, an dem sie bleiben konnte, bis Gras über die Sache gewachsen war.«

»Ja. Sie hat in dem Wohnwagen mit der Süßkartoffelpflanze gewohnt.«

»Das hat sie zumindest ausgesagt. Zu Joshua ist sie erst gezogen, als alles erledigt war.«

»Lass uns deine Theorie durchgehen«, sagt er.

»Okay. Ellie behauptet, sie hätte nur als Zuhörerin gedient, vor der Josh seine Ideen ausbreiten konnte. Dass sie selbst mit der Ausführung nichts zu tun gehabt hätte. Ich bin mir nicht so sicher, ob das wirklich stimmt.«

Ich nehme einen Schluck von meinem Bier.

Sheriff Gray meint: »Es macht auch keinen Unterschied mehr. Sie hat einen Deal abgeschlossen und muss jetzt nur noch für den Mord an ihren Eltern geradestehen.«

»Stimmt. Also, ich denke, Folgendes ist passiert – gestützt auf die Beweismittel: Sarah hat auf den richtigen Moment gewartet, und der kam, als sie und Ida die Rosen gepflanzt haben. Sie hat mit der Schaufel ausgeholt und ihre Mutter am Hinterkopf getroffen. Laut Autopsie mehrmals. An Idas Fersen finden sich Spuren, die darauf hindeuten, dass sie über den Boden geschleift wurde.«

»In die Werkstatt. Sie ist also als Erste gestorben.«

Ich nicke. »Dann hat Sarah Merritt in die Werkstatt gelockt. Josh, der ihre Vergewaltigungsgeschichte geglaubt hat, hatte sich dort versteckt. Er schlug seinen Vater mit dem Hammer tot, während Sarah ihn anfeuerte. Währenddessen, spätestens kurz danach, begann Ida, sich zu bewegen.«

»Du meinst, sie war noch nicht tot?«

»Ihr Blut klebte auch an dem Hammer. Es gab aber kaum Blutspritzer von ihr in der restlichen Werkstatt. Ein paar schnelle Schläge, dann war's vorbei.« Wir beobachten schweigend die Brünette, die sich an einem Freigetränk festhält.

»Kaltherzig. Berechnend«, erklärt er.

Auch wenn ich weiß, dass er die Wheaton-Geschwister und Ellie meint, muss ich mich zusammenreißen, um nicht darauf hinzuweisen, dass ein Freigetränk eben ein Freigetränk ist.

»Auf dem Hammer fanden sich DNA-Spuren von drei verschiedenen Opfern. Mr und Mrs Wheaton und eines dritten. Sarahs?«

»Das Labor wird es uns wissen lassen. Aber ich vermute ja.«

»Wie ist es da drangekommen?«

»Ich bin nicht sicher. Vielleicht hat sie es selbst darauf platziert.«

»Um uns auf eine falsche Fährte zu locken?«

Mein Blick klebt an dem Schaum am Boden meines Bierglases. »Vielleicht. Vielleicht ist sie schlauer, als wir denken.«

An ihrer Stelle hätte ich es so gemacht.

Der Sheriff kommt auf Sarahs Verteidigungsstrategie zu sprechen.

»Glaubst du, dass Wheaton seine Tochter missbraucht hat?«

Ich zucke mit den Schultern. »Ich hab wirklich keine Ahnung. Aber ich schätze, darauf wird sie ihre Verteidigung aufbauen. Ihr Bruder genauso. Und vielleicht kommen sie damit sogar durch. Andererseits gibt es keine Spur eines Beweises dafür. Keine Aussage eines Beratungslehrers. Kein

Arztbesuch. Keine Freunde, denen sie sich anvertraut haben könnte.«

Das erinnert mich an meine eigene Geschichte.

Bis ich Karen Albright begegnet bin, habe ich keiner Menschenseele erzählt, was passiert ist.

SIEBENUNDVIERZIG

Ich hänge beim Burgerladen um die Ecke herum und bestelle am Drive-in-Schalter einmal das ganze Programm. Inklusive Schokomilchshake. Zu Hause angekommen, steuere ich direkt den Kassettenrekorder an. Es ist, als ob ein Poltergeist bei mir wohnen würde, der mir die kleinen Kassetten förmlich vor die Nase hält und mich lockt, sie abzuspielen.

Also tue ich genau das.

Ich kann einfach nicht widerstehen.

Sie ziehen mich an wie eine Kerze die Motte.

Ich esse langsam und lausche auf jedes Wort. Vor meinem geistigen Auge sehe ich jedes noch so kleine Detail, das mein jüngeres Ich beschreibt. Ich erlebe alles noch einmal. So sehr ich auch auf STOP drücken will, ich kann es nicht; ich bin süchtig nach den Aufnahmen. Auch wenn ich es eigentlich besser weiß und die verdammten Dinger einfach wegschmeißen sollte.

In den Müllschlucker. Wenn ich einen hätte.

Mit dem Auto drüberfahren.

»Erzähl weiter, Liebes«, sagt Dr. Albright mit ihrer sanften, dennoch eindringlichen Stimme.

»Du machst das toll. Du erinnerst dich an eine Zeit und einen Ort, die dich geprägt haben ... aber sie haben keine Kontrolle über dich. Du kannst dich von ihnen befreien. Dafür musst du akzeptieren, was passiert ist.«

Es ist schon fast lächerlich, dass Worte, die vor einem Jahrzehnt aufgenommen wurden, immer noch falsch klingen.

Mein Milchshake ist fast alle. Mit einem lauten Schlürfen sauge ich wie ein Kind auch noch die letzten Tropfen aus dem Becher.

Dann schließe ich die Augen und lasse die Erinnerung über mich hereinbrechen.

Hayden schlief im Zimmer gegenüber von meinem. Im Haus war es ruhig; so ruhig, dass ich die Uhr in der Diele die Sekunden abzählen hören konnte. Seit wir in Idaho angekommen waren, hatten meine Gedanken sich pausenlos überschlagen, sich im Kreis gedreht, waren davongerast. Nun tapste ich die Treppe hinunter und fand Tante Ginger im dunklen Wohnzimmer, in dem die Vorhänge immer noch zugezogen waren. Der Fernseher lief weiter im Hintergrund, immer noch auf stumm geschaltet. In seinem unsteten Licht schien sie verändert. Sie sah meiner Mutter überhaupt nicht mehr ähnlich. Ihre Augen waren dunkler, ihr Haar lang und fad, ohne jeden Glanz. Bis ich mich neben sie setzte, hatte ich bereits alles über sie in Erfahrung gebracht, was ich konnte. Ich hatte mir die Fotos im Flur angesehen, und ja, zugegeben, alle Schubladen durchwühlt, an die ich herankam, während sie unsere Zimmer für uns vorbereitete. Ich wusste, dass sie Single war. Den Duft von Lavendel liebte. Ich wusste, dass sie mit ihrem Sohn und ihrer Tochter zerstritten war. Warum, war mir nicht ganz klar, aber ehrlich gesagt war es mir auch ziemlich egal. Das Einzige, was für mich zählte, war die Wahrheit. Was für mich zählte, war, meine Mutter zu finden.

Dr. A: Rylee, was hat deine Tante dir erzählt? Über deine Mutter?

Ich: Sorry. Ich musste gerade daran denken, wie unglaublich und schrecklich zugleich mir das alles vorkam.

Dr. A: Aber jetzt bist du hier. Du bist in Sicherheit.

Ich: (Pause) Ich glaube schon. Aber ich weiß es nicht mit Bestimmtheit. Das weiß keiner.

Dr. A: Das stimmt vermutlich. Aber du bist nicht mehr in unmittelbarer Gefahr.

Auch wenn mein jüngeres Ich es nicht ausspricht, erinnere ich mich, was ihm zu dem Zeitpunkt durch den Kopf ging: *Das glauben Sie, Doktor.*

Die Unterhaltung mit meiner Tante läuft wie ein Film vor meinem inneren Auge ab. Wie sie auf dem Sofa sitzt, den Blick von mir abgewendet, während sie spricht.

»Als ich zwanzig war, war eure Mom sechzehn«, erklärte sie. »Eines Tages kam sie vom Füttern der Nachbarskatze heim. Das war im Sommer, die Dahlien blühten. Nach dem Abendessen wollten wir shoppen gehen. Sie brauchte ein neues Outfit für eine Party am Monatsende.« Tante Ginger zögerte, gefangen in einer Erinnerung, die zugleich bittersüß und entsetzlich sein mochte. Ich gab ihr einen Moment. Solche Erinnerungen habe ich auch; die Art, die einen weit weg von der Gegenwart führt.

»Niemand hat etwas gesehen«, sagte meine Tante,

nachdem sie von woher auch immer zurückgekehrt war. »Sie ist einfach verschwunden. Als wäre Courtney von einem Helikopter entführt worden oder so. Keine Spur von ihr. Nirgends.«

Sie hielt inne.

Aber ich wollte Antworten. »Was ist passiert?«

Wieder zögerte Tante Ginger, überlegte, wie viel sie sagen durfte. Ich wollte alles wissen, aber wenn sie mich ansah, sah sie ein Kind. Sie hatte keine Ahnung, wie stark ich wirklich war. Und wozu ich bereit war, um meine Familie zu retten.

»Wie viel weißt du?«, fragte sie schließlich.

»Ich weiß, wer mein wirklicher Vater ist, wenn du das meinst.«

Ich: Tante Ginger sagt, es tue ihr so leid, irgendwas Lahmes in der Richtung. Ich lasse es einfach über mich drüberrauschen. Wegen Entschuldigungen war ich nicht gekommen, Doktor. Ich wollte Wissen. Ich war fünfzehn und mein Erzeuger war ein Serienmörder, und ein Teil seiner DNA, durchtränkt mit Gewalt und Mord, lebte in mir weiter.

Dann endlich rückte sie mit der Sprache raus: »Deine Mom wurde von einem Monster entführt. Das ist passiert.« Es klang so leer. So nichtssagend. Und es war auch nichts Neues. Das wusste ich aus dem Brief und den Zeitungsausschnitten schon. Also fragte ich nach mehr. Nach Details. Wenn er sie jetzt wieder erwischt hatte, dann wollte ich sie suchen.

Dr. A: Wie hat deine Tante darauf reagiert?

Ich: Komisch. Sie hat ein paar Sachen gesagt. Dass ich sie nicht finden können würde, und – das kam mir so unglaublich falsch vor – dass meine Mom auch nicht wollen würde, dass ich nach ihr suche. Sie beharrte darauf, dass wir besser dran wären, wenn wir das alles einfach hinter uns ließen. Irgend so ein Mist.

Dr. A: Wie hast du dich gefühlt, als du das gehört hast?

Ich: Ich war richtig angepisst. Ich hab meiner Tante klipp und klar gesagt, dass ich meine Mom nicht einfach sterben lassen würde! Schließlich hatte sie mir die ganzen Sachen in dem Schließfach dagelassen, damit ich sie finden konnte. Sogar die Pistole.

Ich schalte das kleine Gerät aus. Auch so erinnere ich mich an jedes Wort, das jetzt folgt. Ich stehe auf und hole mir eine Flasche Wasser aus dem Kühlschrank. Heute Abend will ich keinen Wein. Auch kein Bier. Das Fenster, das zur Port Townsend Bay hinausgeht, zieht mich magisch an. Ich schaue hinaus, beobachte ein Auto, das auf der Straße vor meinem Haus vorbeifährt. Einen Hund, der ohne Leine vorbeiläuft. Eine Frau, die mit krächzender Stimme ruft, er solle nach Hause kommen.

Sie erinnert mich an Tante Ginger, die unter dem Gewicht ihrer Geschichte förmlich in sich zusammenfiel. Ich war einfach unangekündigt bei ihr aufgetaucht und hatte eine alte Wunde wieder aufgerissen, die noch gar nicht verheilt war. Auch nach sechzehn Jahren nicht. Bis eben ist mir der Gedanke gar nicht in den Sinn gekommen. Wie es ihr damit ging, hat mich nie gekümmert. Nur, wie es uns ging. Hayden und mir.

Während ich die Szene vor dem Fenster beobachte, sehe ich im Geiste meine Tante und mich, wie wir im dunklen Wohnzimmer nebeneinander auf der Couch sitzen.

»Los«, sage ich. »Erzähl mir alles.«

Sie holt so tief Luft, als wolle sie den gesamten Sauerstoff im Raum mit einem Mal einatmen. Es dauert ziemlich lange. Das macht sie aber nicht, um eine dramatische Pause einzulegen, sondern, um den nötigen Mut zu fassen.

»Deine Mom hat erzählt, dass sie jemandem helfen wollte, ein paar Sachen in den Pick-up zu laden. Die Sachen waren nicht schwer, nur unhandlich. So ist deine Mom eben. Will immer anderen helfen. Sie hat ihn nicht kommen sehen, als er von hinten auf sie zukam und ihr etwas auf den Mund gepresst hat. Chloroform wahrscheinlich. Es könnte natürlich auch etwas anderes gewesen sein …«

Sie verstummt. Ich gebe ihr einen Moment Zeit. Was immer Mom damals passiert ist – es noch einmal zu erleben, ist sicher schmerzhaft.

Für sie.

Für mich auch.

Ihre Worte prasseln auf mich ein: »Gefangen. Missbraucht. Gefoltert.« Sie sagt, dass meine Mutter den abscheulichsten Demütigungen ausgesetzt war. Nur der kränkste, verdorbenste Charakter kann sich solche Sachen ausdenken, wie meine Mutter sie über sich ergehen lassen musste. Nachdem sie einmal angefangen hat zu reden, stürzen die Worte förmlich aus ihr heraus, und meine Tante scheint in einer anderen, entsetzlichen Welt zu sein … bis ihre Augen meinen Blick einfangen und sie sich daran erinnert, wer ich bin. Wie alt ich bin.

Ich weiß noch genau, wie sie mich mit ihren hellen Augen eindringlich angestarrt hat. Sie wollte, dass ich ihre nächsten Worte wirklich verstehe, sie begreife.

»Ein schwächerer Mensch wäre zusammengebrochen und hätte einfach aufgegeben«, sagte sie. »Courtney ist die mutigste Frau, die je gelebt hat.«

Wie kann sie so etwas sagen? Mom und mutig? Wir sind mein ganzes Leben lang davongerannt. Seit wann ist Verstecken mutig?

»Wie ist sie entkommen?«

»Sie hat gesagt, dass sie etwas in seinen Kaffee getan hat. Sie wusste nicht mal, wofür die Pillen eigentlich gedacht waren. Sie hätte die Chance gehabt, ihm die Kehle durchzuschneiden. Das war der größte Fehler ihres Lebens. Dass sie es nicht getan hat, bereut sie mehr, als du dir vorstellen kannst. Sie meinte, sie sei zu schwach gewesen, ihn zu töten, selbst nach allem, was er ihr angetan hat.«

»Warum ist sie nicht einfach zur Polizei gegangen und hat ihn verhaften lassen?«

»Ich sehe, dass du es immer noch nicht verstehst: Nicht jeder Verbrecher wird gefasst. Nicht jedem Opfer glaubt man.«

»Das weiß ich, aber ich verstehe es trotzdem nicht. Man muss es doch zumindest versuchen, oder nicht?«

»Deine Mutter hat ihn angezeigt. Und sie hat ihren Körper eingehend untersuchen lassen. Sie haben an allen möglichen Stellen DNA-Proben genommen. Sie meinte, das sei fast so demütigend gewesen wie das, was er mit ihr gemacht hat. Einmal hat sie mir anvertraut, dass das Prozedere bei der Polizei und den Ärzten sich fast wie eine Fortsetzung der Gewalttaten ihres Kidnappers anfühlten. Ihre Fragen, die sie wie Säure in die frischen Wunden gossen. Sie glaubten nicht, dass sie missbraucht, vergewaltigt oder was auch immer worden ist. Unsere Mutter – deine Großmutter – glaubte ihr nicht. Ich selbst war mir auch nicht sicher.«

»Aber warum hat ihr keiner geglaubt?«

»Weil sie davor schon einmal entführt worden war.«

Sie hielt kurz inne.

»Oder es zumindest behauptet hat.«

Jetzt verstehe ich gar nichts mehr.

»In dem Jahr, bevor sie vergewaltigt wurde«, fährt sie fort, »ist deine Mom verschwunden. Sie hat später behauptet, sie sei entführt worden, aber …« An ihren verkrampften Händen erkenne ich, wie schwer es ihr fällt, darüber zu reden. Seltsamerweise scheint die Geschichte, wie meine Mutter gefoltert wurde, ihr leichter über die Lippen gegangen zu sein. »Sie ist mit einem Jungen durchgebrannt. Rüber an die Küste. Als sie wiederkam, hatte sie Angst, Ärger zu kriegen, deshalb hat sie sich eine Geschichte ausgedacht.«

Offensichtlich sieht man mir meine Gedanken an. Eindringlich sagt sie: »Sie *wurde* entführt. Dieses Monster, das sie vergewaltigt hat, hat sie brutal misshandelt. Nichts davon war gelogen.«

Das beruhigt mich nur minimal. »Wenn sie ihn bei der Polizei angezeigt hat, warum hat er sie dann weiter gestalkt? Wenn alle Bescheid wussten, dann muss ihm doch bewusst gewesen sein, dass die Polizei ihn beobachten würde, selbst wenn sie ihn nicht festnehmen.«

Ich gehe zum Küchentisch und spule den Rest der Aufnahme vor. Zu den Worten, die mein Leben für immer verändert haben.

Mich dazu gebracht haben, zu tun, was ich getan habe.

Ich: Tante Ginger sagte, die Polizei hätte ihr nicht geglaubt ... wegen der Sache vorher ... vielleicht sei da doch mehr dran gewesen ...

Dr. A: ... muss sehr schmerzhaft gewesen sein ... wie kann das sein?

Ich: ... Freunde im Sheriff 's Office ... haben die Beweise verschwinden lassen ...

Dr. A: Warum hat der Vergewaltiger sie nicht einfach in Ruhe gelassen?

Ich: ... ist davongekommen.

Ich spule weiter. Das Meiste, was jetzt noch kommt, scheint leer zu sein, man hört nur Rauschen. Kurz bevor ich die Kassette umdrehen will, höre ich meine Stimme sagen, dass meine Mom etwas hatte, das mein Erzeuger, ihr Angreifer, haben wollte.

Ich presse die Fingerspitzen an die Lippen, während mir Tränen über die Wangen laufen wie an dem Abend in Tante Gingers dunklem Wohnzimmer und später in Dr. Albrights Praxis.

Ich: Meine Tante fing an zu weinen. Und ich konnte nicht anders und hab selbst angefangen. Noch bevor sie ein Wort gesagt hat. Als hätte sie mich warnen wollen. Oder als würde sie meine Mutter verraten, indem sie es mir sagte, keine Ahnung. Sie brachte es nur abgehackt heraus, ein Wort nach dem anderen.

Dich.

Er.

Sagte.

Er.

Wollte.

Dich.

Mein Magen rebelliert und alles verschwimmt mir vor den Augen. Ich habe das plötzliche Gefühl, als würden die Worte meines jungen Ichs mich mit sich in die Vergangenheit zurückreißen. Ich muss mit dem einzigen Menschen reden, der die Geschichte kennt – zumindest das Meiste davon.

ACHTUNDVIERZIG

Ich weiß, das ist eigentlich gegen die Regeln, aber ich ziehe mir trotzdem Karen Albrights Adresse aus der Führerscheindatenbank. Sie ist inzwischen Mitte siebzig, in Rente und lebt in Woodland, einer kleinen Gemeinde nicht weit von der Staatsgrenze zwischen Washington und Oregon. Während ich auf der Interstate nach Süden fahre, überlege ich, was ich zu der Therapeutin sagen soll, die mich vor dem Weg gerettet hat, auf dem ich mich damals befand, und mir gezeigt hat, was ich wirklich tun musste. Sie hat mir keine Vorträge gehalten. Nicht versucht, mich zu überzeugen. Sie hat mir einfach gezeigt, dass das, was ich bin, etwas Gutes sein kann.

Egal, woher es stammt.

Mindy und Sheriff Gray kennen nur Bruchstücke, nicht die ganze Geschichte. Nicht die wirklich schlimmen Dinge, die ich getan habe. Oder warum ich sie getan habe.

Hayden weiß es. Das Meiste zumindest. Er würde mich nie verraten.

Ich löse bewusst meinen Klammergriff ums Lenkrad. Der Schnitt in meiner Handfläche ist wieder aufgegangen. Ein roter

Fleck breitet sich auf dem Verband darum aus. Rot. Die Farbe, die ich am besten kenne.

Dr. Albrights Haus ist in leuchtendem Gischtgrün mit cremefarbenen Balken gestrichen. Ich war noch nie hier, aber ich bin mir auf den ersten Blick sicher, dass es ihres ist. Im Vorgarten steht ein riesiger Forsythienstrauch. Auch wenn sie mit reichlich Blättern verziert sind, erkenne ich die spinnenbeingleichen Zweige. Als ich das erste Mal zu ihr in die Praxis kam, stand dort eine Vase mit ihnen darin.

»Im Moment sehen sie nicht besonders hübsch aus«, meinte sie, »aber warte nur ab. Schönheit entsteht aus den unscheinbarsten Dingen, Rylee. Du wirst schon sehen.«

Es war Februar, und die Welt draußen war kalt und grau. Genauso, wie ich mich innen drin fühlte. Leer. Verletzt. Als würde ich auf einer Eisscholle mitten in einem See treiben, das Ufer unmöglich zu erreichen. Hoffnungslos.

Als ich sie das nächste Mal besuchte, hatten die Zweige hundert leuchtendgelbe, trompetenförmige Blüten ausgetrieben.

»Siehst du?«, sagte sie. »Du bist genau wie diese Zweige. Wir kriegen dich wieder zum Blühen.«

Während ich aus meinem Taurus steige, schleicht sich bei der Erinnerung daran, wie sie Blüten aus nackten Zweigen gezaubert hat, ein leises Lächeln auf mein Gesicht.

Ich klopfe, und die Tür schwingt nur Sekunden später vor mir auf.

Ich habe sie seit mehr als einem Jahrzehnt nicht mehr gesehen, aber Dr. Albright sieht noch genauso aus wie damals, nur etwas ausgebleichter. Ihr Haar ist noch weißer als in meiner Erinnerung, und ihre Haut erinnert mich an zerknittertes Papier.

Sie erkennt mich augenblicklich wieder, und ihr Gesicht leuchtet auf.

»Rylee!«

»Dr. Albright ... ich war nicht sicher, ob Sie sich noch an mich erinnern würden.«

Das ist ein bisschen geflunkert.

Okay – ziemlich.

Ich glaube nicht, dass sie mich oder das, was ich ihr erzählt habe, je vergessen könnte.

Sie schenkt mir einen warmen Blick und nimmt mich in die Arme.

»Du bist so erwachsen geworden«, bemerkt sie. »Ich bin so froh, dich zu sehen.«

Ich trete einen Schritt zurück und schaue ihr tief in die blassblauen Augen.

Ohne zu blinzeln. Halte einfach ihren verständnisvollen Blick.

»Ich habe mir einige der Kassetten angehört.«

Sie seufzt. »Ich wusste, dass du das eines Tages tun würdest«, sagt sie und führt mich ins Haus.

Ihr Wohnzimmer schmücken Antiquitäten und moderne Möbel gleichermaßen. Auf einem Beistelltisch neben dem Sofa steht die Kristallvase aus ihrer Praxis. Der Raum ist genau wie sie, als ich noch ihre Patientin war: tröstlich, clever und warm.

»Ich habe dich verfolgt«, sagt sie.

Offensichtlich sehe ich etwas überrascht aus, denn sie korrigiert sich schnell.

»Besser gesagt, deine Karriere. Übers Internet. Ich bin kein Stalker. Zumindest kein echter. Ich freue mich für dich, Rylee. Ich habe immer an dich geglaubt.«

Das stimmt. Daran hatte ich nie einen Zweifel.

»Wann hast du sie dir angehört?«, ruft sie aus der Küche herüber.

»Wie gesagt, ich habe noch nicht alle durch.«

»Das wird auch etwas dauern. Es sind ja viele Stunden an Aufnahmen. Und es braucht natürlich die richtige seelische Verfassung.«

Ich schlucke. »Das stimmt.«

»Erzähl mir, wie ich dir helfen kann, Rylee.«

Den Namen habe ich so lange nicht mehr gehört, dass es sich fast anfühlt, als spreche sie mit jemand anderem.

»Ich bin mir nicht sicher. Vielleicht brauche ich einfach eine andere Perspektive. Sie sind die Einzige, die mich wirklich kennt. Weiß, was passiert ist. Warum ich getan habe, was ich getan habe.«

Sie reicht mir ein Glas, gießt uns beiden Wasser ein und stellt ihres auf einen Untersetzer auf dem Couchtisch. Schnell hebe ich meins wieder hoch, setze es auch auf einen um und wische den feuchten Ring von der glänzenden Glasfläche. Dabei fällt mein Blick auf mein Spiegelbild. Ich bin, wer ich bin. Ich werde nie wie alle anderen sein.

Und ich höre Dr. Albright nicht mehr wirklich zu.

»Ich kann nur wiederholen, was ich dir vor all den Jahren während der Therapie gesagt habe, weil ich es immer noch für wahr halte: Du kannst dich bewusst für ein Leben in Sicherheit entscheiden und dir trotzdem erlauben, der Mensch zu sein, der du sein willst.«

»Manchmal bin ich das auch. Manchmal frage ich mich, wie es wäre, mit jemandem zusammen zu sein, wirklich alles mit ihm zu teilen. Geliebt zu werden.«

»Kennt dich niemand wirklich? Geht es darum?«

»Der Sheriff weiß Bescheid. Er hat ein paar Strippen gezogen, damit ich bei der Polizei arbeiten kann. Nichts Illegales, aber sicher auch nicht ethisch einwandfrei. Ich schulde ihm viel.«

»Weiß er alles?«

Ich schüttle den Kopf. »Nein. Niemand außer Ihnen und mir weiß alles. Nicht einmal Hayden.«

Sie lächelt, als sein Name fällt.

»Seid ihr in Kontakt?«

Ich schaue auf mein Wasserglas, passenderweise halbleer.

»Hayden ist in Afghanistan. Wir schreiben uns manchmal Mails, und wenn er zurück in die Staaten kommt, treffe ich mich mit ihm. Unsere Beziehung war immer etwas angespannt, aber wir arbeiten daran.«

Ich frage mich, ob sie immer noch merkt, wenn ich lüge. Ich arbeite an der Beziehung zu meinem Bruder, ja. Aber darin bin ich alleine. Hayden will nichts mit mir zu tun haben.

»Das freut mich zu hören«, antwortet sie.

Sie merkt es nicht mehr. Das ist gut. Glaube ich.

»Gibt es noch mehr Kassetten?«, frage ich.

Sie sieht mich verwundert an. »Nein. Nur die, die ich dir gegeben habe. Warum fragst du?«

Ich will sie nicht beschuldigen, aber ich muss sichergehen.

»Keine Kopien?«

Sie lehnt sich zurück. »Natürlich nicht. Ich habe dir damals, als ich sie dir gegeben habe, doch gesagt, dass es die Originalaufnahmen sind und ich nie irgendwelche Kopien oder Abschriften davon angefertigt habe. Aus offensichtlichen Gründen, Rylee.«

Offensichtliche Gründe. So kann man es ausdrücken.

Ich atme erleichtert auf.

»Nachdem ich sie zu Ende angehört habe, werde ich sie vernichten. Ich muss einfach sichergehen, dass ... Sie wissen schon ... nichts davon je bekannt wird.«

Plötzlich sieht sie aus, als müsse sie sich verteidigen.

»Ich würde dich nie verraten. Das weißt du doch. Oder nicht?«

Ich laufe rot an.

»Manchmal weiß ich gar nichts mehr. Manchmal gehe ich durchs Leben und habe das Gefühl, ganz normal zu sein. Und dann auf einmal, zack, sehe ich irgendwas, das mich daran erinnert, was ich getan habe. An meine Eltern. Und den ganzen Rest. Ich will meine Vergangenheit endlich ablegen und leben, ohne dass sie mich immer wieder hinterrücks überfällt. Wissen Sie, was ich meine, Dr. Albright?«

»Ja.« Sie erhebt sich und setzt sich näher zu mir. Das Licht umspielt ihr weißes Haar wie ein Heiligenschein. In ihren blauen Augen schimmert es.

Ich habe ihr wehgetan.

»Du sollst wissen, dass ich – selbst wenn ich nicht per Gesetz dazu verpflichtet wäre«, fügt sie mit einem Hauch Empörung hinzu, »niemals irgendjemandem irgendetwas über dich verraten würde. Niemals. So arbeite ich nicht. Kein Psychologe, der etwas auf sich hält, würde das tun. Aber das tut eigentlich nichts zur Sache, Rylee. Ich wollte immer nur eines für dich: dass du dein Leben frei von all diesem Scheiß aus der Vergangenheit leben kannst.«

Ich glaube, ich habe sie gerade zum ersten Mal in meinem Leben ein Schimpfwort gebrauchen hören.

Sie legt mir die Hand auf die Schulter und lädt mich zum Abendessen ein.

»Nichts Besonderes«, erklärt sie. »Dafür, dass meine Vorfahren aus Osteuropa kommen, mache ich eine ziemlich gute Lasagne. Sie ist gerade im Herd.«

Ich muss lächeln. »Ich dachte doch, dass irgendwas hier richtig lecker riecht.«

Eine halbe Stunde später sitzen wir uns am Tisch gegenüber. Ich schaue zu dieser freundlichen, großzügigen Frau hinüber und frage mich, wie sie es geschafft hat, mich zu retten.

Und wie ich je an ihr zweifeln konnte.

Sie erzählt mir von ihrem Leben, ihrem Leguan, ihrem letzten Urlaub in Ungarn und Tschechien. Über die Arbeit reden wir kaum zwischen Pastabissen und Schlückchen des Cabernets, den sie dazu aufgetischt hat. Ich erzähle ihr, dass ich ab und an Albträume habe, und ein bisschen Allgemeines über den Wheaton-Fall.

»Du tust das, wozu du berufen bist, Rylee.«

»Ich glaube schon.«

»Ich weiß es.«

Ich schenke ihr ein warmes Lächeln.

Wenn ich einen Leguan als Haustier hätte, oder irgendein anderes Tier, dann hätte ich ihr auch davon erzählt.

NEUNUNDVIERZIG

Er wollte mich.

Während ich heimfahre, höre ich diese Worte von der Aufnahme im Geiste immer und immer wieder. Sie greifen mich förmlich an. Wie eine Katze, die mit ihren Krallen mit einem kleinen Vögelchen spielt. Blut sehen will. Gewinnen will. Das ist der Grund, warum ich nach all den Jahren das Bedürfnis hatte, Dr. Albright wiederzusehen. Psychotherapie kann einem wirklich helfen. Deshalb empfehlen wir sie anderen, die mit etwas zu kämpfen haben, ob nun sicht- oder unsichtbar.

Ich erinnere mich an jedes Detail des Moments, in dem meine Tante es mir sagte. Ihr Geruch wandelte sich von Talkumpuder mit Rosenduft zu Flieder. Er war stark, aber angenehm, als sie den Raum verließ. Wenigstens war es nicht Wintergrün. Die Uhr auf dem Kamin schlug. Ich konnte die Zimtschnecken riechen, die sie an dem Morgen gebacken hatte.

Ich erinnere mich an alles.

Die Fahrt dauert ziemlich lange. Jeder aufblitzende Scheinwerfer trifft mich wie ein Paukenschlag und durchkreuzt meine Versuche, meine Gedanken auf ein anderes Thema zu lenken.

Als ich endlich zu Hause bin, fühle ich mich irgendwie erschlagen. Um die Vergangenheit wegzusperren, mache ich mir einen Drink. Lege Maren Morris' erstes Album auf. Gieße mir ein Glas Orangensaft aus dem Kühlschrank ein. Und dann tue ich, was Zigtausende andere auch tun, wenn sie sich ablenken wollen: Ich starre auf mein Handy.

Ich kann der Versuchung nicht widerstehen.

Ich rufe mein Mailpostfach auf. Von den vierzehn ungelesenen muss doch eine von meinem Bruder sein.

Eine Schießerei in Denver. Ein Feuer in der Innenstadt von Portland. Ein Protestmarsch für die Obdachlosen in L. A.

Automatisch beginne ich, sie nacheinander zu löschen.

Bei einer zögere ich. Sie jagt mir einen Schauer über den Rücken.

Im Betreff steht:

Du bist es, Rylee.

Sie sieht nicht aus wie von einem Algorithmus erzeugt, nicht wie Spam. Die Schreibweise meines Namens ist immer wieder eine Herausforderung, weil die meisten Leute annehmen, er schreibe sich RILEY. Der Absender sagt mir nichts. Ein Typ namens Wallace.

Ich öffne sie trotzdem.

Und mir stockt der Atem.

Hab dich in den Nachrichten gesehen. Gute Arbeit. Wie ist das Wetter drüben in Port Townsend? Vielleicht komme ich mal vorbei und dann können wir darüber reden, was du getan hast.

Ich klatsche mein Handy so heftig auf den Tisch, dass es zu Boden fällt und das Display in tausend Scherben zersplittert.

Ich bin in tausend Scherben zersplittert.
Jemand weiß Bescheid.
Möge Gott mir beistehen. Jemand weiß Bescheid.

MEHR VON BOOKOUTURE DEUTSCHLAND

Für mehr Infos rund um Bookouture Deutschland und unsere Bücher melde dich für unseren Newsletter an:

www.bookouture.com/bookouture-deutschland-sign-up

Oder folge uns auf Social Media:

 facebook.com/bookouturedeutschland

 twitter.com/bookouturede

 instagram.com/bookouturedeutschland

EIN BRIEF VON GREGG

Vielen Dank, dass ihr euch entschieden habt, *Die dunkle Schlucht* zu lesen. Wenn es euch gefallen hat und ihr gerne über meine nächsten Werke auf dem Laufenden bleiben möchtet, meldet einfach über den folgenden Link an. Eure E-Mail-Adresse wird nicht weitergegeben und ihr könnt euch jederzeit wieder abmelden.

www.bookouture.com/bookouture-deutschland-sign-up

Ich bin im regnerischen, mörderischen pazifischen Nordwesten, in der Nähe von Seattle, aufgewachsen. Serienmörder sind uns nicht fremd – ein paar der berühmtesten fühlten sich bei uns in der Gegend pudelwohl. Wenn ich von zu Hause aus über die Bucht schaue, dann sehe ich die Stadt, in der Ted Bundy sein erstes Opfer fand. Gary Ridgway, der Green River Killer, hat gleich mehrere Leichen nur ein, zwei Meilen von meiner damaligen Arbeitsstelle entfernt entsorgt. Robert Lee Yates, ein Serienmörder aus Spokane, hat eines seiner Opfer nur eine Straße weiter von meinem jetzigen Haus abgeladen.

Deshalb basieren meine Figuren, etwa die brillante, aber von ihrer Vergangenheit seelisch angeschlagene Megan Carpenter in *Die dunkle Schlucht*, auf Erfahrungen, die ich als True-Crime-Autor gemacht habe. Mit Cops Zeit zu verbringen, mich mit den Opfern von Straftaten zu unterhalten und im atmosphärischen, rauen pazifischen Nordwesten zu leben sind die kreativen Kräfte, die meine Geschichten befeuern. Megans beginnt gerade erst. Und auch ich bin noch lange nicht fertig.

Ich hoffe, *Die dunkle Schlucht* hat euch gefallen, und wäre euch sehr dankbar, wenn ihr eine Rezension darüber schreiben würdet. Rezensionen machen andere Leser auf Bücher aufmerksam, die euch fasziniert oder euch sogar Angst eingejagt haben. Ich würde mich sehr freuen zu lesen, was ihr von dem Roman haltet, und es hilft einfach unheimlich dabei, neue Leser für meine Bücher zu begeistern.

Ich liebe es, mit meinen Lesern in Kontakt zu kommen. Schreibt mir einfach auf meiner Facebook-Seite, via Twitter, Goodreads oder über meine Website.

Herzlichen Dank,

Gregg Olsen

DANKSAGUNG

Ihr kennt bestimmt den Spruch: »Wenn etwas richtig gemacht werden soll, dann braucht es ein ganzes Dorf dafür.« So ist es auch, wenn man ein Buch herausbringen will. Deshalb bin ich dem fantastischen Team von Bookouture zu großem Dank verpflichtet: der Verlegerin Claire Bord, die einer meiner Lieblingsfiguren durch eine ganze Reihe von Büchern, die mich bis in meine Träume verfolgt haben, beim Erwachsenwerden geholfen hat; und jedem einzelnen Mitglied dieses unglaublichen Teams: Leodora Darlington, Alexandra Holmes, Chris Lucraft, Alex Crow, Jules Macadam, Kim Nash, Noelle Holten und Natalie Butlin.

Und natürlich meiner Lektorin Janette Currie, meiner Korrektorin Liz Hatherell, und, last but not least, meiner Coverdesignerin Lisa Horton. Jede von euch ist eine Vorkämpferin auf ihrem Gebiet, eine Meisterin ihres Fachs, die ihresgleichen suchen. Vielen Dank euch allen!

Auch meiner Agentin Susan Raihofer von der David Black Literary Agency, NY, und meiner persönlichen Assistentin, Chris Renfro, möchte ich meinen Tribut zollen – sie sorgen stets dafür, dass alles reibungslos und so schnell läuft.

Zu guter Letzt sei hier Liz Pearsons erwähnt – dir gilt mein ewiger Dank für so vieles. Ich weiß, dass du das weißt. Aber dir verdanke ich, dass ich dieses Buch geschrieben habe. Du hast erkannt, dass es geschrieben werden wollte, und du hast ihm den Weg bereitet. Ich verehre dich.

Printed in the USA
CPSIA information can be obtained
at www.ICGtesting.com
LVHW041159011023
759820LV00027B/317

9 781837 900886